呂武志著

杜牧散文研究

臺灣學生書局印行

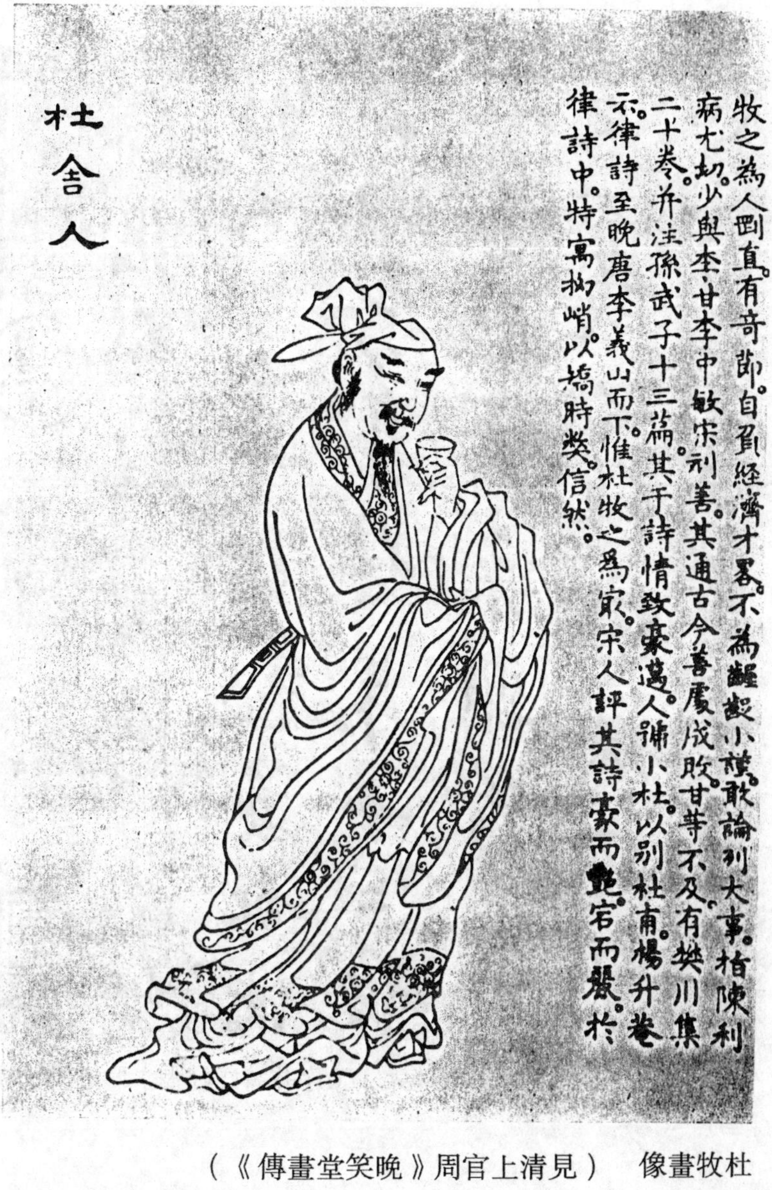
杜舍人
牧之為人剛直。有奇節。自負經濟才畧。不為齷齪小謹。敢論列大事。指陳利病尤切。少與李甘李中敏宋邧善。其通古今善處成敗。甘等不及。有樊川集二十卷。并注孫武子十三篇。其于詩情致豪邁。人號小杜。以別杜甫。楊升菴云。律詩至晚唐李義山而下。惟杜牧之為冣。宋人評其詩豪而艷。宕而麗。於律詩中。特寓拗峭。以矯時弊。信然。

杜牧畫像（見清上官周《晚笑堂畫傳》）

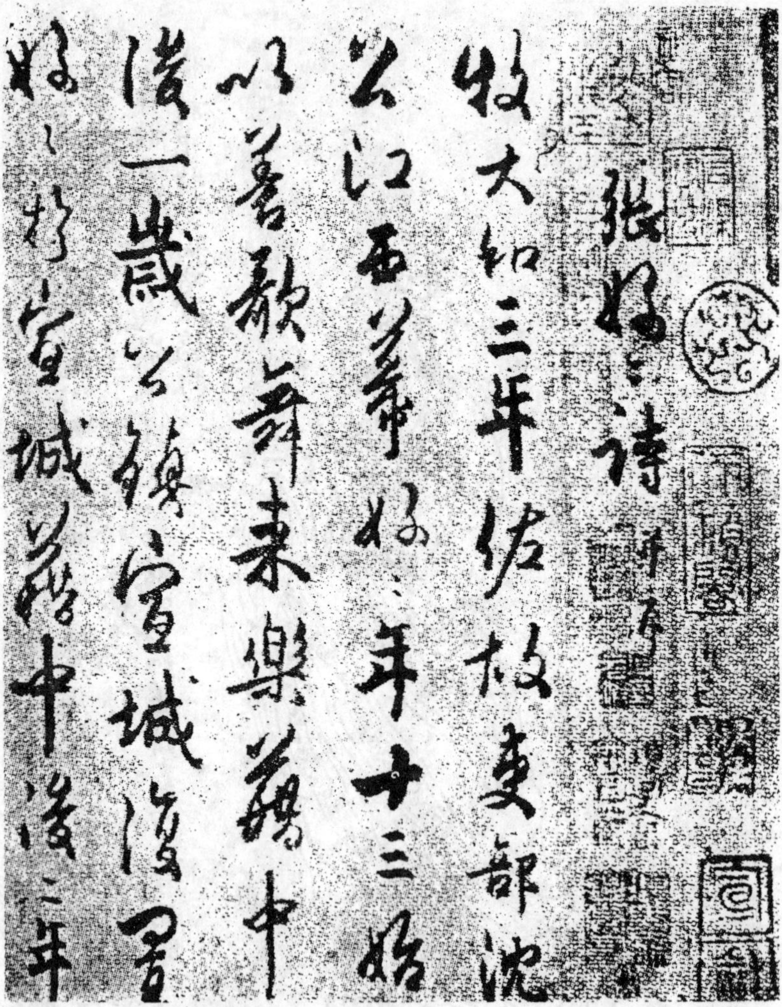

杜牧墨迹　〈張好好詩并序〉（大陸故宮博物院藏）

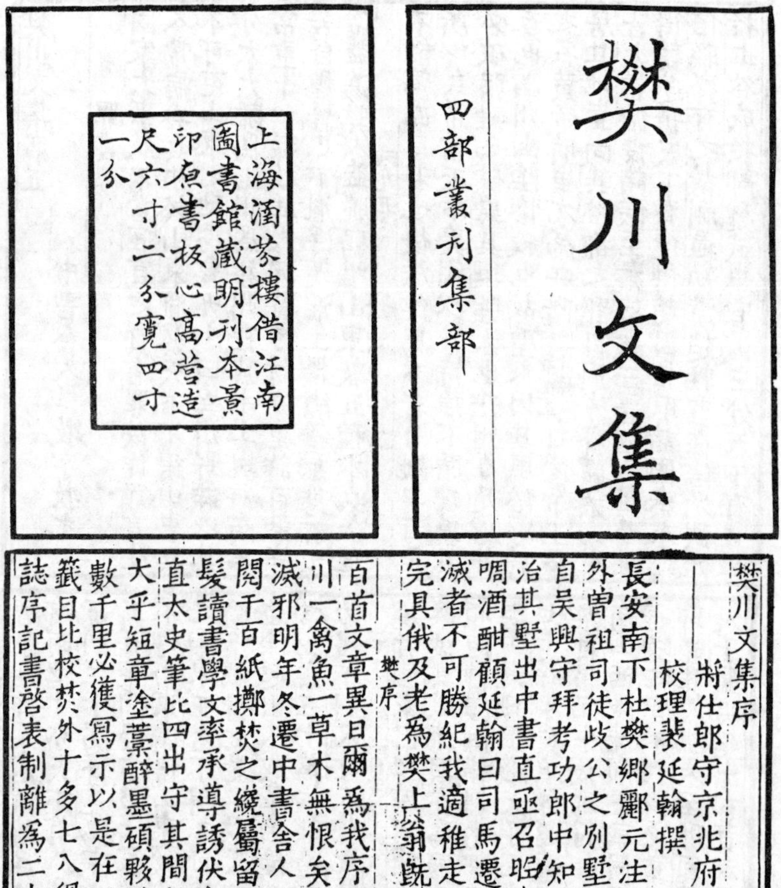
樊川文集

四部叢刊集部

上海涵芬樓借江南圖書館藏明刊本景印原書板心高營造尺六寸二分寬四寸一分

樊川文集序

將仕郎守京兆府藍田縣尉充集賢殿校理裴延翰撰

長安南下杜樊鄉酈元注水經實樊川也延翰外曾祖司徒岐公之別墅在焉上五年冬仲舅自吳興守拜考功郎中知制誥盡吳興俸錢創治其墅出中書直亟召昵密往遊其地一旦談啁酒酣顧延翰曰司馬遷云自古富貴其名磨滅者不可勝紀我適稚走於此得官受俸再治完具俄及老爲樊上翁既不自期富貴要有數百首文章異日爾爲我序號樊川集如此顧樊川一禽魚一草木無恨矣庶千百年未隨此磨滅邪明年冬遷中書舍人始少得恙盡搜文章閱千百紙擲焚之纔屬留者十二三延翰自撮髮讀書學文率承導誘伏念始初出仕入朝三直太史筆比四出守其間餘二十年凡有撰制大乎短章塗藁醉墨碩夥纖屑雖適僻阻不遠數千里必獲寫示以是在延翰久藏蓄者甲乙籤目比校焚外十多七八得詩賦傳錄論辯碑誌序記書啓表制離爲二十編合爲四百五十

樊序　一

書影一　上海涵芬樓借江南圖書館藏明刊本景印《樊川文集》二十卷之卷首（商務印書館四部叢刊）

樊川文集第五

中書舍人杜牧字牧之

罪言

國家大事牧不當官言之實有罪故作罪言生
人常病兵兵祖於山東胤於天下不得山東兵
不可死山東之地禹畫九土曰冀州舜以其
分太大離爲幽州爲并州程其水土與河南等
常重十一二故其人沉贄多材力重許可能辛
苦自魏晉巳下胤浮羨淫工機纖雜意態百出
俗益蕩弊人益脆弱唯山東敦五種本兵矢他

九五　二

不能蕩而自若也復産健馬下者日馳二百里
所以兵常當天下冀州以其恃強不循理冀其
必破弱雖巳破冀其復強大也并州力足以并
吞也幽州幽陰慘殺也故聖人因其風俗以爲
之名黃帝時蚩尤爲兵階（阪泉在今嬀川縣）自後帝王多
居其地豈尚其俗都之邪自周劣齊霸不一世
皆太常傭役諸侯至秦萃銳三晉經六世乃能
得韓遂折天下脊復得趙因拾取諸國秦末韓
信聯齊有之故蒯通知漢楚輕重在信光武始
於上谷成於鄗魏武舉官渡三分天下有其二

晉亂胡作至宋武號爲英雄得蜀得關中盡得
河南地十分天下有八然不能使一人渡河以
窺胡至于高齊荒蕩宇文取得隋文因以滅陳
五百年間天下乃一家隋文非宋武敵也是宋
不得山東隋得山東故隋爲王宋爲霸由此言
之山東王者不得不可爲王霸者不得不可爲
霸猾賊得之是以致天下不安國家天寶末燕
盜徐起出入成皐函潼間若涉無人地郭李輩
常以兵五十萬不能遇鄴自爾一百餘城天下
力盡不得尺寸人望之若迴鶻吐蕃義無有敢

樊五　二

窺者國家因之畦河脩障戍塞其街蹊齊魯梁
蔡被其風流因亦爲寇以裏拓表以表撐裏混
澒迴轉顛倒横斜未嘗五年間不戰生人日頓
委四夷日猖熾天子因之幸陝幸漢中焦焦然
七十餘年矣嗚呼運遭孝武澣衣一肉不畋不
樂自卑冗中拔取将相凡十三年乃能盡得河
南山西地洗削更革罔不順適唯山東不服亦
再攻之皆不利以返豈天使生人未至於怗泰
耶豈其人謀未至耶何其艱哉何其艱哉今日
天子聖明超出古昔志於平理若欲悉使生人

書影二　上海涵芬樓借江南圖書館藏明刊本景印《樊川文集》
二十卷之卷五（商務印書館四部叢刊）

自序

世之論散文，唐譽韓、柳，宋推歐、蘇；而不知有繼韓、柳，開歐、蘇，特立八家之外，迥爲一世之傑者，杜牧其人也乎？非徒不知，且復貶爲風流才子，因人廢言，以詩忘文，遂不知有慷慨言兵，瀟灑立傳，粹然得於天地之浩氣，卓然古今而不朽者，杜牧其文也。曩者，方余之撰《唐末五代散文研究》也，覽其文，而奇其人，格以時代斷限，不得納入，引爲憾焉。今據以爲題，抉微發幽，雖不敢自詡得其環中，而芻夫獻議，庶幾告慰前修，一了心頭宿願。遂顏其額曰《杜牧散文研究》。

全文凡九章十八萬字。首章緒論，言研究動機與範疇，及杜牧之生平事略；貳章本知人論世之旨，簡述杜牧散文之寫作背景。叁章溯其散文淵源，肆章條其體裁與風格，伍章論其重要思想，陸章析其藝術特色，柒章探其影響，捌章敘後人之評述，玖章綜合前論，誠見杜牧散文之兼賅衆體，表裏盡善，且前有所承，後有所啟，成就卓越。

寫作期間，承蒙王師更生剴切指導，悉心審訂，裁成之恩，曷可言喻。今當稿草粗成之際，猶望竭其駑鈍，日新其業，至盼同道先進賜我昌言。

呂武志

中華民國八十三年五月
謹識於師大國文研究所

杜牧散文研究

目次

第壹章 緒 論

第一節 研究動機與範疇

杜牧散文，英俊爽拔，筆力健舉；雄冠當世，睥睨八家，清李慈銘譽爲「晚唐第一人」❶。顧其成就久爲詩名所掩，文遂不彰，歷來選本徒重〈阿房宮賦〉，惟北宋姚鉉《唐文粹》輯錄二十二篇，清徐乾學《古文淵鑑》采取〈罪言〉等五篇，差堪告慰；後之論者，雖指稱歷歷，亦罕涉大體，惟清全祖望、李慈銘稍有闡發。至於今人如陳柱《中國散文史》，隻字未提，其寂寞孰甚乎此？

考當代治杜牧之學者，多於其詩作品評及生平考證著力，如繆鉞之《杜牧詩選》、《杜牧年譜》、《杜牧傳》，至於散文尚乏勾深窮高之專著，此吾所以不揣淺陋，戮力以赴者，冀能裨補杜牧文學研究之闕漏，窺晚唐散文發展之一斑也。

考《樊川文集》二十卷，詩、賦四卷，文十六卷。作品之數量，文與賦二〇一篇，詩二五八首；論質量，李慈銘稱其文「骨力與詩等，而氣味醇厚較過之」❷，洪亮吉云：「文章則有經濟，古近體詩則有氣勢。」❸觀其文，應制之作實居泰半；又表、狀、啟、祭、祝之篇，或出於廟堂所需，或基於崇敬之故，多以駢行，偶用韻語；餘則散體單行，計其篇數七十有二，此即本人於杜牧散文研究之所資也。

❶ 引文見《越縵堂讀書記》中，八，文學。
❷ 同❶。
❸ 引文見《北江詩話》卷二。

第二節　杜牧之生平事略

杜牧〈自撰墓誌銘〉云：

牧字牧之。曾祖某，河西隴右節度使；祖某，司徒、平章事、岐國公、贈太師；考某，駕部員外，累贈禮部尚書。牧進士及第，制策登科，弘文館校書郎，試左武衛兵曹參軍、江西團練巡官，轉監察御史裏行、御史，淮南節度掌書記，拜真監察，分司東都。以弟病去官，授宣州團練判官、殿中侍御史、內供奉，遷左補闕、史館修撰，轉膳部、比部員外郎，皆兼史職。出守黃、池、睦三州，遷司勳員外郎、史館修撰，轉吏部員外。以弟病，乞守湖州，入拜考功郎中、知制誥，周歲，拜中書舍人。……年五十，斯壽矣。某月某日，終于安仁里❶。

此其自言世系、仕履、年壽，措辭雖簡，輪廓大備。茲參考其他傳記資料，略事補充；綜其生平事跡，可分以下兩階段言之。

杜牧，京兆萬年（今陝西西安）人，生於唐德宗貞元十九年（八〇三），卒於宣宗大中七年（八五三）。幼年家貧，早孤，八年凡十徙其居，終力學不輟。寶曆元年（八二五）作〈阿房宮賦〉，諷敬宗大起宮室，廣聲色。文宗大和二年（八二八）春正月❷，赴東都應進士舉，以第五人及第；閏三月，又於長安應制舉，登賢良方正能直言極諫科，授弘文館校書郎；十月，應江西觀察使沈傳師辟，赴洪州（今江西南昌），為團練巡官，試大理評事，時二十六歲也。越二載，沈遷宣歙觀察使，又從至宣州（今安徽宣城）。七年（八三三）四月，沈內召為吏部侍郎，牧入牛僧孺幕府，為淮南節度推官，監察御史裏行，轉掌書記。八年（八三四），憤強藩桀驁，朝廷姑息，作〈罪言〉。九年（八三五），轉真監察御史，赴長安供職；秋七月，侍御史李甘因反對李訓、鄭注用事，貶爲封州司馬，牧憤而移疾，分司東都。開成二年（八三七）春，弟顗病眼，不能見物，遂告假百日，迎醫石生東赴揚州療疾，假滿百日，援例去官；秋末，應宣歙觀察使崔鄲辟，爲團練判官、殿中侍御史、內供奉，攜弟同往宣州。三年（八三八）冬，遷左補闕、史館修撰。至隔年春，乃先攜弟赴潯陽，依從兄江州司馬杜慥，二月始泝江、漢，赴任長安。五年（八四〇）轉膳部、比部員外郎，皆兼史職；冬，乞假往潯陽視弟，擬取西歸，不果。武宗會昌元年（八四一）四月，弟兄二人隨杜慥移任蘄州（今湖北蘄春）刺史；七月牧始歸長安，時已三十九歲。此其幼而孤苦，少而勤學，既冠登第，多迍邅幕府之間，不獲重用達十餘年之久，爲人生之前一階段也。

會昌二年（八四二）春，牧以四十之齡，出任黃州（今湖北黃岡）刺史，遣人迎周師達至蘄州爲弟治病，不效；秋，送顗至揚州，依從兄淮南節度使杜悰。三年（八四三），上書宰相李德裕，論用兵澤潞計策。四年（八四四）九月，遷池州（今安徽貴池）刺史，復上論防禦北邊回鶻事。六年（八四六）九月，移睦州（今浙江建德）刺史。宣宗大中二年（八四八）八月，內升司勳員外郎、史館修撰，十二月抵長安。三年（八四九）閏十一月，以京官俸薄，不敷供養病弟孀妹，上書宰相，求刺杭州。四年（八五〇）轉吏部員外郎；夏，復三度乞求湖州；秋，遂出爲刺史。大中五年（八五一）二月，杜顗卒，享壽四十五；秋，牧內升赴京，爲考功郎中、知制誥，遂以湖州俸錢治樊川別墅於長安城南，常招親朋遊賞。六年（八五二）拜中書舍人，十一月得病，自撰墓銘，不久而卒。此其家計困頓，輾轉各州，空懷雄才而不得施展抱負，可悲可歎！爲人生之後一階段也。

牧剛直，喜言兵，負奇節，不爲齪齪小謹，每以經邦濟世爲任。曾注《孫子》十三篇，自詡上窮天時，下極人事，後必有知之者。今傳《樊川文集》本集二十卷，有賦、有詩、有文，爲杜牧親手寫付外甥裴延翰所編，當屬可靠；至於外集一卷、別集一卷，共輯詩一七八首，乃宋人編採，鑒別不精，未可盡信。牧生平行誼參見〈自撰墓誌銘〉，又兩《唐書》皆有傳可稽。

---

❶ 引文見《樊川文集》卷十。

❷ 繆鉞云：「唐文宗年號，或作「太和」，或作「大和」，應以「大和」爲是，詳錢大昕《潛研堂金石文跋尾》卷八〈李渤留別南溪詩〉跋語中。杜牧手書〈張好好詩〉墨迹正作「大和」，楊氏景蘇園影宋刊本《樊川文集》、《四部叢刊》影明刊本《樊川文集》，亦均作「大和」。」參見清馮集梧《樊川詩集注》頁四，前言附註。

第貳章　杜牧散文之寫作背景

杜牧散文之孕育，自有其寫作背景，蓋由於時代、家世、交遊，三種因素有以致之。

第一節　時代之激盪

時代之激盪，提供杜牧散文論兵言政，補偏救弊之內容題材；造成慷慨悲切之風格特色。蓋牧身處晚唐，內憂外患益趨嚴重，如藩鎭叛亂、宦官專權、朋黨鬥爭、吏治腐敗、民生凋敝、盜賊横行，邊寇侵擾等等，唐朝已似日薄西山，欲振乏力矣！此於杜牧篇中迭有深刻之反映。

其批評藩鎭叛亂，〈罪言〉有云：

> 山東之人，叛且三五世矣，今之後生所見，言語舉止，無非叛也，以爲事理正當如此，沉酣入骨髓，無以爲非者。指示順向，詆侵族讎，語曰叛去，酋酋起矣。至於有圍急食盡，餤屍以戰，以此爲俗，豈可與決一勝一負哉❶？

此晚唐河北強藩之驕縱，根深柢固，朝廷無力與之抗衡也。

其指責宦官專權，則〈牛公墓誌銘并序〉云：

> 仇軍容開成末首議立武宗，權力震天下❷。

此閹豎弄權，得以擅自廢立天子也。

其感慨朋黨鬥爭，同篇云：

> 時李太尉專柄五年，多逐賢士，天下恨怨❸。

此指會昌時，牛李黨爭，李德裕之驅除牛黨也。

其控訴吏治腐敗，則〈唐故岐陽公主墓誌銘〉曾云：

當貞元時，德宗行姑息之政，王武俊、王士真、張孝忠子聯爲國壻。憲宗初寵于頔，來朝，以其子配以長女。皆挾恩佩勢，聚少俠狗馬爲事，日截馳道，縱擊平人，豪取民物，官不敢問❹。

此幸臣欺壓良民，無法無天，蓋中晚唐皆然。

其直陳民生凋敝，則〈上鹽鐵裴侍郎書〉云：

至如睦州百姓，食臨平監鹽，其土鹽商被臨平監追呼求取，直是睦州刺史，亦與作主不得，非裹四千里粮直入城役使，即須破散奔走，更無他圖。其間搜求胥徒，針抽縷取，千計百校，唯恐不多，除非吞聲，別無赴訴。今有明長吏在上，旁縣百里，尚敢公爲不法，況諸監院皆是以貨得之，恣爲奸欺，人無語路❺。

此晚唐監院以榷鹽爲名，行剝削之實，使人民無以爲生也。

其痛言盜賊橫行，則〈上李太尉論江賊書〉云：

濠、亳、徐、泗、汴、宋州賊，多劫江西、淮南、宣、潤等道，許、蔡、申、光州賊，多劫荆襄、鄂岳等道，劫得財物，皆是博茶，北歸本州貨賣，循環往來，終而復始❻。

此長江盜賊如毛，劫殺商旅，搶掠百姓，而妨害治安也。

其憂慮邊寇侵擾，於〈上李太尉論北邊事啟〉文中有云：

今則未聞縱東山之遊，樂後園之醉，惕惕若不足，兢兢而如無。豈不以邊障尚驚，殊虜未殄，防其入寇，猶須徵兵。伏以迴鶻種落，人素非多，校於突厥，絶爲小弱。今者國破衆叛，逃來漢南，……徵中國之兵與之首尾，久戍則有師老費財之憂，深入則有大寒瘃墜之苦，示戎狄之弱，生奸傑之心。今者不取，恐貽後患❼。

此進策李德裕，勸其及時殄滅迴鶻，以緩邊警。

凡此重重危機，如山雨欲來，令人驚惶。杜牧感慨時勢，切言富國強兵之道，條陳理政撫民之方，即緣此時代背景之激盪也。

---

❶　引文見《樊川文集》卷五。

❷引文見《樊川文集》卷七。
❸同❷。
❹引文見《樊川文集》卷八。
❺引文見《樊川文集》卷十三。
❻引文見《樊川文集》卷十二。
❼引文見《樊川文集》卷十六。

第二節　家世之惕厲

家世之惕厲，培養杜牧散文忠君愛國，守儒尊孔之思想；激發建功立業，汲汲仕進之熱情。

蓋牧乃西晉鎮南大將軍杜預之後。預博學多通，深明廢興之道，嘗與賈充等定律令，既成而爲之注，在內七年，損益萬機，不可勝數，朝野稱美。號曰「杜武庫」，言其無所不有也。雖身不跨馬，射不穿札，而用兵制勝，諸將莫及。及平吳之後，耽思經籍，爲《春秋左氏經傳集解》、《春秋釋例》、《盟會圖》等，成一家之學。此其以一人之身，兼擅武功、政事、學術三者，誠不可多得。

預之後，子孫歷世爲官，以儒相尚，五百年後而有唐之杜佑焉。佑父杜希望，官隴右節度使、太僕卿，玄宗時，守邊防，征討吐蕃，戰無不克。佑爲牧之祖父，歷任德宗、順宗、憲宗三朝宰相，封岐國公；性嗜學，涉覽古今，人憚其辯而伏其博，以富國安人之術自任。開元末，劉秩采經史百家之言，取《周禮》六官所職，撰分門書三十五卷，號曰《政典》，大爲時賢稱賞，房琯以爲才過劉更生；佑得其書，尋味厥旨，以爲條目未盡，因而廣之，加以《開元禮樂書》，成二百卷，名曰《通典》。其書盛傳於時，禮樂刑政之源，千載如指諸掌；牧所謂「家集二百卷，上下馳皇王」❶，蓋以此經世致用之學爲傲也。

佑三子，長子師損，次子式方，三子從郁，皆以蔭得官。從郁即牧之父也，位終駕部員外郎，多病早逝。堂兄杜悰，武宗、懿宗二朝，官至宰相。足見杜牧世代爵名煊赫，功業彪炳，先祖莫不以守儒風，精吏職，通律法，曉兵術，擅文學爲尚。明胡震亨推崇：「杜牧之門第既高，神穎復雋」❷，其雄才大略，爲文率能切中機宜，蓋出於家學之素矣！

杜佑卒時，牧僅十歲，而耳濡目染，實深受影響。〈上李中丞書云〉：

> 某世業儒學，自高、曾至于某身，家風不墜，少小孜孜，至今不怠。性顓固，不能通經。于治亂興亡之跡，財賦兵甲之事，地形之險易遠近，古人之長短得失，中丞即歸廊廟，宰制在手，或因時事召置堂下，坐之與語，此時迴顧諸生，必期不辱恩獎。今者志

尚未泯，齒髮猶壯，敢希指顧，一罄肝膽❸。

此年屆四十，僻守黃州，而上書戶部侍郎兼御史中丞李回❹，期能援引入朝參政也。故志大言高，雄心未已；紹承儒學，精研軍事，熱心功業，蓋皆薰沐於父祖。是以尊孔排佛，而有〈書處州韓吏部孔子廟碑陰〉、〈杭州新造南亭子記〉；論兵言事，而有〈罪言〉、〈上李司徒相公論用兵書〉；獻文求用，而有〈上門下崔相公書〉、〈投知己書〉等篇，足徵其散文創作，有本於家世背景之惕厲者也。

---

❶ 引文見〈冬至日寄小姪阿宜詩〉，《樊川文集》卷一。

❷ 引文見《樊川文集》卷二十五。

❸ 引文見《樊川文集》卷十二。

❹ 參見繆鉞《杜牧年譜》考證，頁五十二。

第三節　交遊之陶染

交遊之陶染，賦予杜牧散文正直果敢之人格色彩；及偏好散體、史筆之語言形態。

蓋牧之推先輩，如〈禮部尚書崔公行狀〉敘崔郾剛嚴；牧之言知交，如〈唐故處州刺史李君墓誌銘并序〉稱李方玄廉明，〈唐故歙州刺史邢君墓誌銘并序〉述邢群方正，〈李府君墓誌銘〉寫李戡風骨，〈薦韓乂啟〉譽韓乂高潔。凡此師友，皆對杜牧散文剛直磊落之筆，豪壯激越之論，有薰習之功。至於沈傳師、牛僧孺、周墀等尊長之教導，李甘、李中敏等同儕之砥礪，對其工爲散文，擅長史筆，尤發揮深刻之影響。

就沈傳師言，杜牧在其幕中長達五年，深受器重。〈吏部侍郎沈公行狀〉稱：

我烈祖司徒岐公，與公先少保友善，一見公喜曰：「沈氏有子，吾無恨矣。」因以馮氏表生女妻之。……公與先少保俱掌國史，撰《憲宗實錄》，……牧分實通家，義推先執，復以孱昧，叨在賓席，幼熟懿行，長奉指教❶。

可見杜佑與沈既濟因相知而聯姻，遂嫁表甥女於沈傳師。傳師與父皆長於史筆，對杜牧爲文每欲上幾《史》、《漢》自然多所啟發。《新唐書》稱唐代古文先驅蕭穎士與李華爲友，平生「以推引後進爲已任」，其子蕭存「亮直有父風，能文辭，與韓會、沈既濟、梁肅、徐岱等善」，且「韓愈少爲存所知」❷，則沈傳師承其父學，與蕭、李、梁、韓等古文運動核心作家淵源深厚，而對杜牧從事散文創作之沃灌，亦有迹可尋矣！

就牛僧孺言，杜牧受知，而任其幕府掌書記約有兩年。〈牛公墓誌銘并序〉稱：

> 故丞相韋公執誼，以聰明氣勢，急於褒拔，如柳宗元、劉禹錫輩，以文學秀少，皆在門下。韋公亟命柳、劉於樊鄉訪公，曰願一得相見❸。

顯見牛氏與柳宗元、劉禹錫等古文家有所往來。又唐李珏稱牛公「不喜釋老，唯宗儒學，早與韓吏部、皇甫郎中爲文章友。」❹可證牛與韓愈、皇甫湜之學術見解及文學意氣相投；其杜牧受教牛公，散文獲益韓、柳，誠有密切之關係可考。

就周墀言，《新唐書》譽爲「長史學，屬辭高古」❺，〈祭周相公文〉云：

> 至如牧者，受恩最深，爰自稚齒，即蒙顧許，及在宦途，援挈益至❻。

可見杜牧由幼至壯，長蒙照拂，又焉能不多受周氏擅長史筆、古文之陶冶？

就李甘、李中敏言，二人秉性激昂，敢於論事，大和時，或揭鄭注之醜，或攖仇士良之鋒，而不惜貶官。唐趙璘云：

韓、柳、皇甫（湜）、李公（翺）皆以引接後學爲務，……長慶以來，李封州甘，爲文至精，奬拔公心，亦類數公❼。

則李甘爲承續韓、柳，樂于奬掖後進之晚唐古文家也。今考《全唐文》存其作五篇，李中敏作兩篇，皆散體爲文。又《新唐書》稱中敏「性剛峭，與杜牧、李甘善；其文辭氣節，大抵相上下。」❽足見二人對杜牧危言激論，散筆爲文有桴鼓相應之效。

綜觀上述師長之教益，朋友之切磋，可證杜牧寫作散文，筆力直追《國策》、馬、班，有成於交遊背景之陶染足多也。

結　語

文學以時代爲疆場，家世爲搖籃，交遊爲染缸，所以能反映作者之寫作人生。如杜牧之身處晚唐，憂患頻仍，國勢日蹙；凡有志之士，固不得已於慷慨悲歌，而以匡偏補弊爲事，乃杜牧之指陳藩鎭、宦官、朋黨、吏治、民生、盜賊、邊寇諸端，欲加救拯，此其散文緣於時代之激盪者一也。牧之門第煊赫，勳業彪炳，如西晉杜預之精研《春秋》，集文治、武功、學術於一身，中唐杜佑之撰爲《通典》，以富國安民之道爲己任，皆於杜牧有所薰沐，故下筆每能闡揚儒學，剖析軍政，冀能建功立業，此其散文緣於家世之惕厲者二也。至於崔鄲、李方玄、邢羣、李戡、韓乂等師友之高風亮節，對杜牧多所敦勉，而磊落剛爽，直言無諱；沈傳師、牛僧孺、周墀之教導，李甘、李中敏之砥礪，其人多精史學，又率與韓、柳等古文家淵源深厚，自然對杜牧散筆爲文，擅長史傳，發揮促進功效，此其散文緣於交遊之陶染者三也。綜此三者，可見杜牧散文寫作背景之眞象矣。

---

❶ 引文見《樊川文集》卷十四。

❷ 引文見《新唐書．蕭穎士傳》卷二〇二。

❸ 引文見《樊川文集》卷七。

❹ 引文見〈故丞相太子少師贈太尉牛公神道碑銘并序〉，《全唐文》卷七二〇。

❺ 引文見《新唐書．周墀傳》卷一八二。

❻ 同❶。

❼ 引文見《因話錄》卷三。

❽ 引文見《新唐書．李中敏傳》卷一一八。

第叁章　杜牧散文之淵源

爲文有本，無不厚其所資，故清邵長蘅云：「學文者，必先濬文之源」❶，元潘昂霄曰：「前輩作文，各有入門處」❷，如韓愈上規姚姒、周〈誥〉、殷〈盤〉、《春秋》、《左氏》、《易》、《詩》、《莊》、《騷》、太史、子雲、相如❸；柳宗元本乎《書》、《詩》、《禮》、《春秋》、《易》，參之《穀梁氏》、《孟》、《荀》、《老》、《莊》、《國語》、《離騷》、太史公❹，所以清張文虎稱韓文：「原本六經、下參《史》、《漢》，錯綜變化，冠絶百世」❺；宋晏殊譽柳氏：「若其祖述墳典，憲章《騷》、〈雅〉，上傳三古，下籠百氏，横行闊視於綴述之場者，子厚一人而已矣！」❻

及清洪亮吉，倡言：「有唐一代，詩文並擅者，惟韓、柳、小杜三家」❼，設非過譽，則杜牧學養之淵厚，固不讓韓、柳專美於前也。考其〈自撰墓誌銘〉、〈上刑部崔尚書狀〉、〈上安州崔相公啟〉一再強調嗜讀好文，日夜不倦❽，〈與人論諫書〉稱多讀之餘，尚能探究「

君臣治亂之間，興亡諫諍之道」❾，足證其博研深思，所以李慈銘推崇杜牧「文章風概，卓絕一代，其學問識力，亦復如是。」❿若乃探其淵源，雖人各異區，然大體和韓愈「窮究於經傳史記百家之說」⓫，及柳氏「出入經史百子」並無不同⓬。以下特就其尤得力處，分爲「祖述經典」、「繼軌史傳」、「承沿諸子」、「廣獵辭章」四節加以說明。

第一節 祖述經典

自梁劉勰提倡「文能宗經」之論⓭，遂廣受後世文家所尊奉。清劉師培稱：「欲撣各家文學之淵源，仍須推本於經」⓮，清徐經亦認爲「八家之文，何嘗不從經學中來」⓯，就杜牧論，亦曾勸勉子姪：「經書括根本」⓰，〈注孫子序〉明言「幼讀《禮》」，既冠又「讀《尚書》、《毛詩》、《左傳》」⓱；〈杜君墓誌銘〉且敘杜顗年十七，亦熟「讀《尚書》十三篇，《禮記》七篇」⓲，足證書香世家，兄弟皆勤習六藝。惟杜牧研經，蓋不屑於章句訓詁，餖飣考證以釣取功名，而旨在考古論今，探求富強之術以濟世安邦。觀〈上池州李使君書〉稱孔子「參之於上古，復酌於見聞，乃能爲聖人」；又引諸葛亮「諸公讀書，乃欲爲博士」之言，批評當代「滯於所見，不知適變」之「腐儒」⓳，可知杜牧恥於皓首窮經，食古不化，而志在效法聖人通古變今之精神，考鏡當代利病得失，發揮補偏救弊功效。故其所親之賢長，所敬之益友，多能通經致用，如沈傳師深「明《春秋》」，「温良恭儉」⑳，政績斐然；韓乂閒暇「究《易》」，「廉愼高潔」㉑，宜居清秩；盧霈鑽研《孝經》、《論語》，勤習「先王儒學之道」㉒；至於駱峻「尤不信浮圖學，有言者必約其條目，引《六經》以窒之」㉓；李勘「年三十，盡明六經書，解決微隱，蘇融雪釋，鄭玄至于孔穎達輩，凡所爲疏注，皆能短長其得失」㉔，尤爲杜牧所景仰而津津樂道。

職是之故，杜牧散文取乎經者，正貴能成事立功，其〈上知己文章啟〉不云乎：

> 伏以元和功德，凡人盡當歌詠紀敘之，故作〈燕將錄〉。往年弔伐之道未甚得所，故作〈罪言〉。自艱難來始，卒伍傭役輩，多據兵爲天子諸侯，故作〈原十六衛〉。諸侯或恃功不識古道，以至于反側叛亂，故作〈與劉司徒書〉。處士之名，即古之巢、由、伊、呂輩，近者往往自名之，故作〈送薛處士序〉。寶曆大起宮室，廣聲色，故作〈阿房宮賦〉。有盧終南山下，嘗有耕田著書志，故作〈望故園賦〉。雖未能深窺古人，得與揖讓笑言，亦或的的分其狀貌矣㉕。

顯然杜牧無論歌功頌德，弔民伐罪，諫昏君，勸強藩，皆以裨益世教爲鵠的。而欲淑世濟民，又不得不歸於忠義仁愛之道，而上探經典，此即李慈銘譽爲「原本經訓」之根本所在㉖。

其散文援經立論者甚多。引《詩經》之例，如〈上周相公書〉連引《詩經・周頌・維清》、〈大雅・皇矣〉兩詩，申論武王伐紂、文王伐崇墉，皆嘗親爲之攻陣刺伐，鈎援衝壁，以指斥當代大儒在位，不知兵事之非是。〈與浙西盧大夫書〉引《詩經・國風・旄丘》，以仁義之道求知於浙西觀察使盧簡辭。〈上宣州高大夫書〉引《詩經・小雅・鴻鴈》申明背古不能致治之理。〈唐故江西觀察使武陽公韋公遺愛碑〉引《詩經・國風・甘棠》和〈大雅・江漢〉稱美元和名臣韋丹之事功。〈自撰墓誌銘〉引《詩經・小雅・白駒》之句，自言臨終不祥之兆。〈上宣州崔大夫書〉引《詩經・小雅》之〈鹿鳴〉和〈吉日〉二詩，以諷宣歙觀察使、守宣州刺史兼御史大夫崔龜從，盼其禮賢下士。〈與汴州從事書〉引《詩經・小雅・北山》言汴州牽船夫差役不平，人民勞怨。〈上刑部崔尚書狀〉引《詩經・小雅・何人斯》自謙，並獻文求知。

其引《書》之例，如〈注孫子序〉自言年二十，始讀《尚書》。

其引《易》之例，如〈塞廢井文〉引《周易・井》卦辭申論，破除黃州廢井不塞之陋俗。

其引《禮》之例，如〈注孫子序〉引《禮記・曲禮上》，強調不能定亂平邊，乃士大夫之恥。〈牛公墓誌銘并序〉引《周禮・春官・宗伯・雞人》，敘牛僧儒之蒙受恩賜。〈與人論諫書〉引《禮記・少儀》，論諫君之辭當婉而不激。〈上宰相求湖州第一啟〉引《周禮・天官・大宰》和《禮記・曲禮下》，反駁「吏部員外郎例不爲郡」之時議㉗。

其引《春秋》之例，如〈燕將錄〉引《春秋》示不敢對譚忠行事擅加褒貶。〈上宣州高大夫書〉引董仲舒稱《春秋》尊古貴本之語，批評朝廷另立新法，取士不公。

其引《論語》之例，如〈注孫子序〉引《論語·子張》證明孔子知兵，進而慨嘆時人恥言軍事，亡失根本。〈上宣州崔大夫書〉引《論語·衛靈公》，自稱樹德建功，立言傳世之精神，實受孔子激發而來。〈上池州李使君書〉引《論語·子罕》明聖人少賤不試，乃能多才多藝，且自比境遇尚佳，更宜自勉不懈！又引《論語·述而》，稱讚孔子能酌採見聞。〈投知己書〉引《論語·憲問》，稱聖人操心如日月，不顧時世之譏評也。〈上宰相求湖州第一啟〉引《論語·雍也》，求任湖州刺史。

其引《孟子》之例，如〈書處州韓吏部孔子廟碑陰〉推崇韓愈〈處州孔子廟碑〉引《孟子·公孫丑上》之言，以譽孔子之德。〈三子言性辯〉引《孟子·滕文公上》和〈告子上〉，以申論人性觀。〈投知己書〉引《孟子·滕文公下》，稱孔子作《春秋》，秉心堅明，自反不愧。〈上宣州高大夫書〉引《孟子·滕文公下》公明儀語，感慨朝中施設網罟，阻絕官宦子弟進身之階。

以上所舉，不過犖犖大者，足證杜牧散文誠如劉師培所謂：「能融化經書以為己用」㉘，思想實多自經中來。至於汲汲仕進，求知盧簡求，則以仁義為贄，干遇崔龜從，則以禮節相接；諫君欲其婉，撫民貴其仁；若乃歌韋丹之勤政，頌譚忠之智謀，稱牛僧孺之德澤，及破斥黃州廢井不塞，汴州賦役不均，皆足見其忠君愛民，成功立業，以聖人之志爲志，仁義之道爲心，誠纂言六經而道義醇厚者也。

---

❶引文見〈與魏叔子論文書〉，《邵青門全集・青門簏稿》卷十一。
❷引文見《金石例》卷九。
❸參見〈進學解〉，《昌黎先生集》卷十二。
❹參見〈答韋中立論師道書〉，《柳宗元集》卷三十四。
❺引文見〈唐十八家文錄序〉，《舒藝室雜著》乙上。
❻引文見宋陳善《捫蝨新話》下集卷三「李杜韓柳優劣」條。
❼引文見《北江詩話》卷二。
❽參見《樊川文集》卷十及十六。
❾引文見《樊川文集》卷十二。
❿引文見《越縵堂讀書記》中，八，文學。
⓫引文見〈上兵部李侍郎書〉，《昌黎先生集》卷十五。
⓬引文見韓愈〈柳子厚墓誌銘〉，《昌黎先生集》卷三十二。
⓭引文見《文心雕龍・宗經》。

⑭ 引文見《漢魏六朝專家文研究》十「論各家文章與經子之關係」。

⑮ 引文見〈方望溪文題後〉，《雅歌堂文集》卷六〈慎道集文鈔後〉。

⑯ 引文見〈冬至日寄小姪阿宜詩〉，《樊川文集》卷一。

⑰ 引文見《樊川文集》卷十。

⑱ 引文見《樊川文集》卷九。

⑲ 引文見《樊川文集》卷十三。

⑳ 引文見〈吏部侍郎沈公行狀〉，《樊川文集》卷十四。

㉑ 引文見〈薦韓乂啟〉，《樊川文集》卷十六。

㉒ 引文見〈唐故范陽盧秀才墓誌〉，《樊川文集》卷九。

㉓ 引文見〈唐故灞陵駱處士墓誌銘〉，《樊川文集》卷九。

㉔ 引文見〈李府君墓誌銘〉，《樊川文集》卷九。

㉕ 引文見《樊川文集》卷十六。

㉖ 同⑩。

㉗ 同㉖。

㉘ 同⑭。

第二節 繼軌史傳

清章學誠云：「夫史有三長，才、學、識也。古文辭而不由史出，是飲食不本於稼穡也。」❶故論文不溯於史，是謂不知其本。如杜牧之被譽爲「卓然史才」❷，學識高絕，其三長畢具，下筆琳瑯，又焉能不得力史傳？

考其仕履，蓋嘗於唐宣宗大中二年（八四八）八月，擔任司勳員外郎、史館修撰達一年餘❸，三年（八四九）正月，且奉詔撰〈唐故江西觀察使武陽公韋公遺愛碑〉❹，故其於史職既不陌生，史傳尤爲嫻熟。〈注孫子序〉自言甫成年，即博覽「《左傳》、《國語》、十三代史書」❺，〈杜君墓誌銘〉亦敘杜顗嗜史，年十七，病眼，讀《漢書》半途而止。進士及第後，復於大和九年（八三五）六月任咸陽尉、直史館；晚年喪明，仍「令人旁讀十三代史書，一聞不遺，客來與之議論證引，聽者忘去。」❻可見昆仲二人任史官，讀史策，論史事，皆沉潛有得，進而染翰史筆，思以文章傳世。

原夫十三史，固以《史記》、《漢書》爲最著。蓋遷、固才既穎出，又承父學，所以事信言文，迥非後世官修所能媲美！裴延翰既稱其仲舅爲文有意趨《史》、《漢》門牆❼，足證杜牧心儀馬遷、班固，決非一朝一夕。下筆更時時楷模，甚而有意爭勝，如〈上安州崔相公啟〉

云：

至於會昌三年（八四三）八月中所獻相公長啟，鋪陳功業，稱校短長，措於《史記》、兩《漢》之間，讀於文士才人之口，與二子並無愧容❽。

其欲上躋兩漢史家，口氣十分自負。至於〈上宰相求湖州第一啟〉讚美其弟〈上裴相公書〉：「遒壯溫潤，詞理傑逸」如司馬遷，「亹亹」動聽似班固❾，〈杜君墓誌銘〉引崔岐詩稱杜顗力追班固，「中間寥落一千年」❿，可見杜牧自詡兄弟史傳造詣皆不遜馬、班。明胡應麟嘗言：「唐文章近史者三焉：退之〈毛穎〉之於太史也，子厚〈逸事〉之於孟堅也，紫薇〈燕將〉之於《國策》也。宋而下蔑聞矣！」⓫胡氏認爲史筆宋不如唐，而唐亦僅杜牧堪與韓、柳鼎立，足證杜牧筆力直追先秦兩漢，誠後世史家文士所望塵不及也。

以遷、固相較，則杜牧尤推崇司馬遷。其〈上宣州崔大夫書〉強調：

司馬遷曰：自古富貴，其名磨滅，不可勝紀。靜言思之，令人感動激發，當寐而寤，在饑而飽⓬。

其發憤著述，廢寢忘食，顯見受司馬遷〈報任安書〉感召之深。故〈答莊充書〉推崇兩漢「聲勢光明」之作家⑬，以司馬遷居首，而不及班固。陳柱認爲：

司馬氏文體近散，班氏文體近駢。習駢文者，必宗班，故《昭明文選》選班氏之文獨多，選司馬氏之文只一篇而已；學古文者，宗司馬氏，故古文家韓愈數漢代能文者，屢稱司馬而不及班氏也⑭。

按後世散文家之宗馬多而法班少，誠爲事實，如韓愈習「太史所錄」⑮，柳氏「參之太史公以著其潔」⑯，皆足見彼此以馬遷相尚；至於宋歐陽修、王安石、曾鞏，明歸有光，清方苞、姚鼐，亦莫不步趨《史記》而得其神髓。

「史書閱興亡」⑰，此杜牧強調治史之功效也。其〈上池州李使君書〉云：

自漢已降，其有國者成敗廢興，事業蹤跡，一二億萬，青黃白黑，據實控有，皆可圖畫，考其來由，裁其短長，十得四五，足以應當時之務矣！

此其研求十三史，意在通古變今，去短取長，以應世之需也明矣！故時時不忘借鑑當代，所謂：

僕自元和已來，以至今日，其所見聞名公才人之所論討，典刑制度，征伐叛亂，考其當時，參於前古，能不忘失而思念，亦可以爲一家事業矣⑱。

顯然杜牧無論治史爲文，皆重在法古用今，以成功立業。

就其散文言，自以得力史傳見長。例如〈韋公墓誌銘并序〉引《史記》、《漢書》，歌頌韋温遠祖之事功。〈書處州韓吏部孔子廟碑陰〉引《史記‧太史公自序》，慨嘆儒家分歧，聖道不彰。〈同州澄城縣戶工倉尉廳壁記〉引《史記》以考證地名之沿革。〈唐故江西觀察使武陽公韋公遺愛碑〉引《漢書》著述體例，歌頌宣宗表彰韋丹治效之合於古道。〈注孫子序〉引《三國志》，考察曹操軍事著作和實戰經驗。〈史部侍郎沈公行狀〉引《憲宗實錄》，稱沈傳師及父既濟皆任史職，修撰史書。〈周公墓誌銘〉引《元和實錄》，敘周墀直言，以阻止李德裕擅改史實，以上皆明引史傳之例。

至於暗用者，如〈論相〉悲呂后、隋文帝「得一時之貴，滅百世之族」⑲，事詳《史記‧高祖紀》和《隋書‧高祖紀》；〈題荀文若傳後〉譏荀彧助曹操滅漢，死有餘辜，本乎《後漢書》及《三國志‧魏書》之〈荀彧傳〉，出處皆可覆按。

若乃大量擷取史事立論之作，如〈罪言〉上溯黃帝，下推當代，侃侃而談山東形勢數千年變遷；〈與人論諫書〉遠引漢成帝過渭水，近取唐敬宗幸驪山爲例，證明諫君當婉而不激；〈原十六衛〉敘唐代數百年兵制廢弛經過，皆能反映杜牧史學之淵博，史識之卓絕。宋邵博嘗言：「韓退之之文自經中來，柳子厚之文自史中來」⑳，杜牧固鎔經鑄史，而詳其本源，似於柳爲近。

---

❶ 引文見《文史通義・文德》。
❷ 引文見李慈銘《越縵堂讀書記》中，八，文學。
❸ 參見繆鉞《杜牧年譜》考證，頁七十。
❹ 篇中明言：「聯大中三年正月二十日詔書，授史臣尚書司勳員外郎杜牧曰：『汝爲丹序而銘之，以美大其事。』」；又《資治通鑑》卷二四八〈唐紀〉亦繫本篇於大中三年。
❺ 引文見《樊川文集》卷十。
❻ 引文見《樊川文集》卷九。
❼ 參見〈樊川文集序〉，《樊川文集》卷首。
❽ 引文見《樊川文集》卷十六。
❾ 同❽。

❿同❻。

⓫引文見《少室山房筆叢》卷十三，乙部〈史書佔畢〉一。

⓬引文見《樊川文集》卷十三。

⓭同⓬。

⓮引文見《中國散文史》第二編第二章第四節，頁一二一。

⓯引文見〈進學解〉，《昌黎先生集》卷十二。

⓰引文見〈答韋中立論師道書〉，《柳宗元集》卷三十四。

⓱引文見〈冬至日寄小姪阿宜詩〉，《樊川文集》卷一。

⓲同⓬。

⓳引文見《樊川文集》卷五。

⓴引文見《聞見後錄》卷十四。

第三節 承沿諸子

劉師培論文云：「研究各家不獨應推本於經，亦應窮源於子。」❶蓋「諸子之書，各成一家，其取材也宏，其研思也沈，其使事也博，其騁詞也辯，習之既久，臨文時浩乎沛乎，無不如吾之所欲矣。」是以經史之外，「必讀諸子百家以輔翼之」❷，此清李兆洛勉人之辭，可和劉說相彌綸者也。故如韓愈「手不停披於百家之編」❸，柳宗元「讀百家書，上下馳騁，乃少得知文章利病」❹，皆爲其例。

韓、柳之後，杜牧聞風繼起，亦精研諸子，觀〈答莊充書〉稱：「自古序其文者，皆後世宗師其人而爲之」，強調「百家之說，皆是也」❺，則杜牧於子學固有深窺。其〈書處州韓吏部孔子廟碑陰〉推崇堯、舜、禹、湯、文、武、周公、孔子之儒家道統，譏評燕昭王、秦始皇、漢武帝、梁武帝、李斯、商鞅不知遵循，反崇信法、道、佛家之說，遂致身死國滅。所謂：「儻不生夫子，紛紜冥昧，百家鬭起，是己所是，非己所非」，則「楊、墨、駢、愼已降，百家之徒」，必然「橫斜高下，不知止泊」❻，可見杜牧雖恪遵儒教，而於其他諸子之利弊得失實甚瞭然。甚至對儒家各子之論，亦有所辨明，如〈三子言性辯〉引「孟子言人性善，荀子言人性惡，楊子言人性善惡混」加以評騭❼；〈論相〉係研讀《荀子》，有感於相者徒知呂后、隋文帝貴顯一時，而不知其將因而族滅百世，是不可爲善相矣！〈上池州李使君書〉引魏王肅《孔子家語・致思》，稱夫子能參驗上古，酌取見聞，所以爲聖人；〈注孫子序〉引《孔子家語・相魯》，稱聖人知兵，皆引儒家說者也。

引佛家說者，如〈杭州新造南亭子記〉引佛經，批評其怪亂無稽，乖違倫常。

引醫家說者，如〈唐故歙州刺史邢君墓誌銘并序〉引醫書，勸邢群少食豬肉，乃其精通岐黃之證。

引陰陽家說者，如〈池州造刻漏記〉敍曾向王易簡拜習銅壺銀箭製刻漏法，且監造於池州城南門樓，可知其通曉天文算法。〈自撰墓誌銘〉記臨終前卜夢占星，推步陰陽五行，復自相其貌，知年壽將盡。可見杜牧於術數之學亦曾鑽研。

若詳予辨析，則子學沾溉杜牧散文最深著，又厥在兵和縱橫二家。清惲敬嘗言杜牧之文「自兵家、縱橫家入，故其言縱厲。」❽此逆溯其風格成因與諸子密切相關也。實則杜牧研兵且治縱橫術，自有其時代背景，劉師培云：「戰國之時，諸侯以併呑爲務，非兵不能守國，由是有兵家之學；非得鄰國之援助，則國勢日孤，由是有縱橫家之學。」❾晚唐強藩割據，朝廷力孤，局勢殆亦近之，此杜牧所以擇術立言，拯救時勢，不得不由二家入也。

就兵家言，杜牧〈注孫子序〉稱讚之孫武、曹操、諸葛亮，皆名震古今之兵家；進而推崇周公、孔子通曉軍事，則其兵學思想又能取法聖哲，本源六藝。篇中言自注《孫子》之經過云：

> 因求自古以兵著書列於後世，可以教於後生者，凡十數家，且百萬言。其孫武所著十三篇，自武死後凡千歲，將兵者，有成者，有敗者，勘其事跡，皆與武所著書一一相抵當，猶印圈模刻，一不差跌。武之所論，大約用仁義，使機權也。武所著書，凡數十萬

言，曹魏武帝削其繁剩，筆其精切，……然其所爲注解，十不釋一，……予因取孫武書備其注，曹之所注亦盡存之，分爲上中下三卷。後之人有讀武書予解者，因而學之，猶盤中走丸。丸之走盤，横斜圓直，計於臨時，不可盡知，其必可知者，是知丸不能出於盤也❿。

杜牧認爲國家存亡繫乎軍事，博學之士主兵必能興邦，有勇無謀則必喪國，驗之往古，昭昭不爽。故詳注孫武兵法，補曹公之未備，盼能協助執政平藩定寇。〈上周相公書〉云：

某所注孫武十三篇，雖不能上窮天時，下極人事，然上至周、秦，下至長慶、寶曆之兵，形勢虛實，隨句解析，離爲三編，輒敢獻上，以備閱覽。少希鑑悉苦心，即爲至幸⓫。

杜牧呈所注《孫子》於宰相周墀，不但報援引之恩⓬，亦冀能一展長才。觀其綜貫古今千餘年之戰例，詳探成敗因果，則其軍事素養之過人也遠矣！〈自撰墓誌銘〉稱：

某平生好讀書，爲文亦不出人。曹公曰：「吾讀兵書戰策多矣，孫武深矣。」因注其書十三篇，乃曰：「上窮天時，下極人事，無以加也，後當有知之者。」[13]

臨終前對詩文一筆略過，反而推重所注《孫子》十三篇，可見杜牧實以兵學爲傲。

明乎此，則可進而探究兵家對其散文之影響。其引說之例，如〈宋州寧陵縣記〉以「孫武曰：『善用兵者，無赫赫之功。』」歌頌劉昌[14]，〈上李司徒相公論用兵書〉以「孫子曰：『兵聞拙速，未睹巧之久也。』」勸李德裕[15]；即以兵學爲內容之篇章亦比比皆是，如〈罪言〉陳述削藩三策，〈原十六衛〉主張置府立衛，〈上李太尉論北邊事啟〉建議突擊回鶻，〈上李司徒相公論用兵書〉獻平澤潞策略，〈戰論〉探討平藩五種敗因，〈守論〉批評朝廷姑息養奸，〈上昭義劉司徒書〉論上黨足以牽制三鎮，〈上李太尉論江賊書〉要求設官巡檢，消滅江寇。此等散文莫不議論風發，設非精研兵學，具備豐富之素養，即無所措其辭矣！

就縱橫家之影響杜牧散文，亦迭見前人評述，如明王熙指〈燕將錄〉「純以《國策》敘事爲傳錄中變體。」[16]清聖祖譽爲「筆力陡健，極似《戰國策》中文字。」[17]清袁枚則評曰：「杜牧之〈譚忠傳〉（指〈燕將錄〉）全學《國策》。」[18]其承襲縱橫之風顯然。按縱橫家並無專書，其捭闔之辭具見《戰國策》，宋晁公武曰：「歷代以其記諸國事，載於史類，予謂其紀事不皆實錄，難盡信，蓋出於縱橫者所著，當附于縱橫家云。」[19]歸諸子部。清紀昀則以爲作者既非一人，不得稱子，又改隸史部[20]，姑不論究當何屬？其爲縱橫家書，殆無疑義。書中紀錄戰國游士之思想言行，騁說馳辯，或危言以聳聽，或慷慨以陳詞，莫不痛快淋漓，曲暢其意，而爲後世文家所肄習。如〈燕將錄〉敘譚忠遊走河北驕藩之間，運用奇謀勇智折伏強暴，過程緊張，情節曲折，以及內容之鋪陳渲染，確具縱橫遺風，而和《戰國策》有同工之妙。至於〈答莊充書〉、〈上宰相求湖州第一啟〉及〈偶題〉詩中一再推崇劉向㉑，除劉氏以〈諫起昌陵疏〉等政論散文名世外，主要當與其編訂《戰國策》有關。

綜上所述，杜牧散文識見深卓，氣勢磅礴，實旁推諸子有以致之。其學總覽百家，以儒立體，以兵和縱橫爲用，至於法、道、佛、醫、陰陽，亦皆博參約取，而不病其雜，故搦筆染翰之際，內容更加宏富，思想益形深邃，而辭采之錘鍊，風格之陶冶，又薰染既久所必至矣！

---

❶ 引文見《漢魏六朝專家文研究》十一「論各家文章與經子之關係」。

❷ 參見朱任生《古文法纂要》上篇第四轉引，頁一〇六。

❸ 引文見〈進學解〉，《昌黎先生集》卷十二。

❹ 引文見〈與楊京兆憑書〉，《柳宗元集》卷三十。

❺ 引文見《樊川文集》卷十三。

❻ 引文見《樊川文集》卷六。

❼ 同❻。

⑧ 引文見《大雲山房文稿》二集敘錄。
⑨ 引文見《國學發微》，收於《劉申叔先生遺書》。
⑩ 引文見《樊川文集》卷十。
⑪ 引文見《樊川文集》卷十二。
⑫ 杜牧〈上周相公書〉寫於宣宗大中三年（八四九），前一年八月內擢爲司勳員外郞、史館修撰，蓋周墀援引之功也。参見繆鉞《杜牧年譜》考證，頁七十。
⑬ 同⑩。
⑭ 同⑩。
⑮ 引文見《樊川文集》卷十一。
⑯ 引文見《古文淵鑑》卷四十。
⑰ 同⑯。
⑱ 引文見《隨園隨筆》卷二十五詩文著述類「古文摹倣」條，收於《隨園全集》。
⑲ 引文見《郡齋讀書志》卷三上「戰國策三十三卷」條。
⑳ 参見《四庫提要》卷五十一「戰國策註三十三卷」條。
㉑ 参見《樊川文集》卷十三、十六和卷四。

第四節　廣獵辭章

劉勰云：「將贍才力，務在博見」❶，又言：「博見爲饋貧之糧」❷。凡古今作家於前代文學英華，莫不各依才性之所近，師焉習焉而煥乎有功。就杜牧論亦然，考《樊川文集》，如先秦之屈原、宋玉，秦之李斯，兩漢之賈誼、司馬相如、司馬遷、劉向、揚雄、班固，魏晉南北朝之曹操、孔融、劉楨、禰衡、諸葛亮、阮籍、劉伶、嵇康、張翰、陸機、陸雲、郭璞、陶潛、顏延之、謝靈運、劉義慶、徐陵、庾信，及唐之李白、杜甫、韓愈、柳宗元、陸傪、楊敬之，莫不爲取資對象，足徵平素涉獵之廣，涵蓄之博。而當中尤稱道者，如〈答莊充書〉曰：「自兩漢已來，富貴者千百，自今觀之，聲勢光明孰若馬遷、相如、賈誼、劉向、揚雄之徒」❸，可見杜牧推崇兩漢作家。至於〈冬至日寄小姪阿宜詩〉勉姪兒：

> 經書括根本，史書閱興亡。高摘屈宋豔，濃薰班馬香。李杜泛浩浩，韓柳摩蒼蒼。近者四君子，與古爭強梁❹。

顯見經史之外，杜牧尚遠紹屈原、宋玉、班固、司馬遷等先秦兩漢文學先驅，近法李白、杜甫、韓愈、柳宗元等唐代文壇祭酒，而含古茹今，取精用宏。另如〈讀韓杜集〉亦云：

杜詩韓筆愁來讀，似倩麻姑癢處搔，天外鳳凰誰得髓，無人解合續弦膠⑤。

杜牧認爲杜甫詩及韓愈文能搔到癢處；尤其愁憂時展卷，更使煩悶頓消。故一則推讚兩人爲唐代文學締造異彩，再則慨嘆後起乏人；因而反問誰能掘其眞髓，再續弦膠，隱然有繼承韓、杜之意。

然上述三十餘位歷代作家，影響杜牧散文較深者，又非漢之賈誼、司馬遷、劉向、班固，和唐之韓愈、柳宗元莫屬，其中更以賈、馬、韓、柳四人爲最。其〈上宰相求湖州第一啟〉褒美杜顗之文，正以賈、馬、劉、班爲比，而頌揚備至。其推崇四人可由裴延翰〈樊川文集序〉得到印證。所謂：

嘻！文章與政通，而風俗以文移，在三代之道，以文與忠、敬隨之，是爲理具，與運高下。探採古作者之論，以屈原、宋玉、賈誼、司馬遷、相如、揚雄、劉向、班固爲世魁傑。然騷人之辭，怨刺憤懟，雖援及君臣教化，而不能霑洽持論。相如、子雲，瑰麗詭變，諷多要寡，漫羡無歸，不見治亂。賈、馬、劉、班，乘時君之善否，直豁己臆，奮然以拯世扶物爲任，纂緒造端，必不空言，言之所及，則君臣禮樂，教化賞罰，無不包焉。竊觀仲舅之文，……栽培教化，翻正治亂，變醨養瘠，堯醲舜薰，斯有意趨賈、馬、劉、班之藩牆者邪[6]。

裴氏明指杜牧推宗賈誼、司馬遷、劉向、班固，蓋因屈原、宋玉之《楚辭》，雖寓教化，卻未能持論；司馬相如、揚雄之漢賦，鋪陳閎衍，又無益治道，故四家不如賈、馬、劉、班能匡佐時君，救世濟民，關乎禮樂刑政。而杜牧散文旨在「栽培教化，翻正治亂」，正爲效法賈、馬、劉、班之確證。

關於司馬遷、班固、劉向，已見前述。今單就賈誼言，杜牧稱引次數又遠多於屈原、司馬相如、劉向、班固、揚雄輩，其心儀程度僅司馬遷可與並比。而事實上，亦常以兩人並提，如〈長安雜題長句六首〉：「舔筆和鉛欺賈、馬」[7]，〈杜君墓誌銘〉引崔岐詩：「賈、馬死來生杜顗」[8]，〈上宰相求湖州第一啟〉：「賈生、司馬遷能爲之」[9]，顯然賈誼爲其心中最高之文學典範；且常以詩文寄情，如〈感懷詩〉：「聊書〈感懷〉韻，焚之遺賈生」[10]，〈朱坡絕句三首〉：「賈生辭賦恨流落，秪向長沙住歲餘」，〈李和鼎〉：「鵩鳥飛來庚子直」[12]，以及〈杜君墓誌銘〉謂杜顗讀《漢書》止於〈賈誼傳〉，凡此當非偶然。

杜牧散文得力賈誼正復不少，試取其〈罪言〉、〈戰論〉和〈治安策〉合觀。〈治安策〉

提出「事勢可爲痛哭者一，可爲流涕者二，可爲長太息者六」⑬；〈罪言〉條列「上策莫如自治」、「中策莫如取魏」、「最下策爲浪戰」⑭；〈戰論〉主張治其「不蒐練」、「不責實科食」、「賞厚」、「輕罰」、「不專任責成」五種敗因⑮，於論述形式莫不層次分明，結構嚴謹，而內容之審度大計，切近時事，風格之透徹淩厲，氣勢宏偉，皆毫無二致。至於賈之〈過秦論〉和杜之〈原十六衛〉、〈守論〉，無論敘秦孝公至始皇積弱而強，由盛而衰；或言唐貞觀至寶曆年間兵制之腐壞；談大曆、貞元以來姑息強藩之經過，莫不抽絲剝繭，層層說入，結尾警拔，筆力萬鈞。尤以兩人行文採用大量史實，以鋪排之手法，雄辯之辭鋒，磅礡之氣勢，突顯主旨，更具峭拔斬截，上下馳騁之戰國遺風。在在可見杜牧師法賈誼。

杜牧推崇韓、柳文，暗示自已以韓、柳爲師。事實上，韓愈所謂：「李杜文章在，光焰萬丈長」⑯，杜牧承之，而最先禮讚韓、柳可與李、杜並轡；一如韓愈強調：「始吾讀孟軻書，然後知孔子之道尊」⑰，杜牧繼而發爲「稱夫子之德，莫如孟子，稱夫子之尊，莫如韓吏部」⑱。蓋極度推崇韓愈之立文、傳道皆足以媲美前修，垂範後世。

杜牧於韓愈，不僅〈讀韓杜集〉、〈書處州韓吏部孔子廟碑陰〉一抒其景仰之誠，於〈李賀集序〉、〈池州造刻漏記〉同樣反映嚮慕之意，如前者欲褒美李長吉，開門見山便云：「元和中韓吏部亦頗道其歌詩」⑲，後者思推重王易簡，則篇末飛來一筆：「韓文公多與之遊」⑳，謂其崇拜韓愈至五體投地，亦不爲過。清蔣湘南云：「昔人謂學少陵者須從義山入，蒙則謂學昌黎者須從牧之入。以牧之導昌黎，非宋代諸大家之所能角也。」㉑蓋明指杜牧師韓愈，筆力有淩駕歐、蘇、曾、王之勢。

杜牧散文學韓之例甚多，其〈答莊充書〉立意、措辭皆本韓〈與馮宿論文書〉，如強調寫作：「苟爲之不已，資以學問，則古作者不爲難到」、「苟有志，古人不難到」，語本韓文開篇所謂：「但力爲之，古人不難到」；稱「故親見揚子雲著書，欲取覆醬瓿，雄當其時，亦未嘗自有誇目」，此本韓文「昔揚子雲著《太玄》，人皆笑之，子雲之言曰：『世不我知，無害也；後世復有揚子雲，必好之矣！』」一節；又云：「斯人也豈求知於當世哉？」此脫胎於韓文「作者不祈人之知也明矣！」㉒而變肯定爲疑問句也！其摹擬之迹，彰彰甚明。再如〈宋州寧陵縣記〉以「昌之守寧陵，近比之於睢陽」㉓，篇中敘劉昌死守孤城事，無論取材手法，皆顯然受韓愈〈張中丞傳後敘〉之啟發。清陳鴻墀評〈上安州崔相公啟〉曰：「此啟雖短章，神似韓愈〈潮州謝上表〉。」㉔足以顯示杜牧讀韓集，而深得其文髓矣。

至若柳宗元，杜牧除於〈冬至日寄小姪阿宜詩〉與韓並譽之外，〈牛公墓誌銘并序〉亦稱其「文學秀少」㉕，曾拜於韋執誼門下，受命訪求牛僧孺。考《新唐書》記載唐吳武陵薦杜牧登第云：

大和初，禮部侍郎崔郾試進士東都，公卿咸祖道長樂，武陵最後至，謂郾曰：「君方爲天子求奇材，敢獻所益。」因出袖中書搢笏，郾讀之，乃杜牧所賦〈阿房宮〉，辭既警拔，而武陵吐音鴻暢，坐客大驚。武陵請曰：「牧方試有司，請以第一人處之。」郾謝已得其人。至第五，郾未對，武陵勃然曰：「不爾，宜以賦見還。」郾曰：「如教。」牧果異等㉖。

按此事前本五代王定保《唐摭言》卷六「公荐」條，言之鑿鑿，則與柳宗元關係密切之吳武陵，與杜牧亦情誼非淺，否則豈肯大力推舉？事實上，吳有〈遺吳元濟書〉，杜有〈上昭義劉司徒書〉，皆勸藩鎮歸服中央，政治立場一致；柳氏稱吳武陵「好古書百家言」㉗，「才氣壯健，可以興西漢之文章」㉘，杜牧亦博學諸子，文崇兩漢，筆力雄渾，故無論思想立場、學問根柢、爲文風格，兩人因志同道合而惺惺相惜，乃必然之勢也。而杜牧直接或間接受吳武陵、柳宗元之影響，亦有脈絡可尋矣！故吳在慶比較柳、杜散文，以爲「杜牧的傳記文〈燕將錄〉、〈張保皋鄭年傳〉、〈竇列女傳〉，與柳宗元的傳記文相近。其中〈燕將錄〉很像柳宗元的〈段太尉逸事狀〉，〈竇列女傳〉也與〈童區寄傳〉近似。」又敘事文〈同州澄城縣戶工倉尉廳壁記〉「與柳宗元的〈捕蛇者說〉在實質及用意上相似！」至於贈序文〈送薛處士序〉、〈送盧秀才赴舉序〉，亦繼承柳氏〈送崔子符罷舉詩序〉、〈送薛存義之任序〉，乃至韓文寄託怨悱，申導志義之寫法㉙，可見杜牧學柳之得力處。其深受韓、柳啟迪，爲文取法二氏，或以神行，或以貌取，皆善於會通。

結語

清朱仕琇云：「經濬其源，史覈其情，子通其指，文選詞賦博其趣。」[30]此古今能士莫不兼賅，杜牧又焉能自外？溯其散文淵源，則推宗六經，志在淑世濟民，成事立功，故不泥於章句訓詁，亦反對穿鑿附會，惟持先王儒術立本，所以下筆皆根仁苗義，取合乎古道。進而勤研十三史，則旨在考古論今，增長閱歷，探治亂興衰之本，研富民強國之術，故議論滔滔，洞鑒情理，每欲上幾《史》、《漢》。至於法、道、佛、醫、陰陽諸子百氏之說，亦廣加涉獵，而不病其雜；雖以儒爲宗，尤沉浸乎兵與縱橫二家，故能詳注《孫子》，取鎔《國策》，思既深遠，辭亦浩瀚，而凝爲雄渾縱厲之風，乃勢所必然也。至如遠紹乎兩漢之賈、馬、劉、班，而匡君輔教；近師於中唐之韓愈、柳宗元，而習其體氣，自鑄偉篇，所以卓成一家。昔劉勰云：「若夫鎔鑄經典之範，翔集子史之術，洞曉情變，曲昭文體，然後能孚甲新意，雕畫奇辭。」[31]衡於杜牧散文，足以當之矣！

---

① 引文見《文心雕龍．事類》。

❷引文見《文心雕龍·神思》。

❸引文見《樊川文集》卷十三。

❹引文見《樊川文集》卷一。

❺引文見《樊川文集》卷二。

❻引文見《樊川文集》卷首。

❼同❺

❽引文見《樊川文集》卷九。

❾引文見《樊川文集》卷十六。

❿同❹。

⓫同❺。

⓬同❺。

⓭引文見《賈長沙集》疏類，題又作〈論時政疏〉。

⓮引文見《樊川文集》卷五。

⓯同⓮。

⓰引文見〈調張籍〉，《昌黎先生集》卷五。

⓱引文見〈處州孔子廟碑〉，《昌黎先生集》卷三十一。

⑱引文見〈書處州韓吏部孔子廟碑陰〉，《樊川文集》卷六。
⑲引文見《樊川文集》卷十。
⑳同⑲。
㉑引文見〈唐十二家文選序〉，《七經樓文鈔》卷六。
㉒引文見《樊川文集》卷十三和《昌黎先生集》卷十七。
㉓同⑲。
㉔引文見《全唐文紀事》卷四十一。
㉕引文見《樊川文集》卷七。
㉖引文見《新唐書・吳武陵傳》卷二〇三。
㉗引文見〈同吳武陵送前桂州杜留後詩序〉，《柳宗元集》卷二十二。
㉘引文見〈與楊京兆憑書〉，《柳宗元集》卷三十。
㉙參見《杜牧論稿》第四章第二節〈杜牧與韓柳古文運動〉，頁二〇五及一九三。
㉚參見朱任生《古文法纂要》上篇第四轉引，頁一〇六。
㉛引文見《文心雕龍・風骨》。

第肆章　杜牧散文之體裁與風格

蓋風格不僅和作家之才、氣、學、習有關，與作品體裁尤爲密切。考杜牧《樊川文集》卷一至四爲「詩」、「賦」，卷五、六爲「論」、「辯」、「傳」、「錄」，卷七至九爲「碑」、「誌」，卷十爲「序」、「記」，卷十一至十三爲「書」，卷十四爲「祭文」、「行狀」，卷十五爲「表」、「（奏）狀」，卷十六爲「啟」、「（書）狀」，卷十七至二十爲「制」。按語言形式分析，則卷五至十三皆散體，卷十四、十六部分散行，卷十五、十七至二十爲儷偶，又卷一〈阿房宮賦〉爲散文賦，綜其大要，可得散文七十二篇。以下各就其體制內涵，及風格大略加以探述。

第一節　雄奇奔放之論辯文

論辯文者，析論事理，辨明是非之文也。杜牧此體散文有「論」、「辯」、「言」、「原」、「文」等類別，共七篇。

「論」者，論斷事理之文，劉勰所謂「彌綸羣言，而研精一理者也。」❶故其寫作必囊包衆議，詮衡輕重，以得出精當之結論，同時要求邏輯嚴密，條理清晰，斯爲得之。以〈戰論〉爲例，序云：

兵非脆也，穀非殫也，而戰必挫北，是曰不循其道也，故作〈戰論〉焉❷。

破指有力。篇中以比擬之形象手法，說明河北地勢樞紐全國云：

河北視天下猶珠璣也，天下視河北猶四支也。珠璣苟無，豈不活身；四支苟去，吾不知其爲人。何以言之？夫河北者，俗儉風渾，淫巧不生，樸毅堅強，果於戰耕。名城堅壘，巖嶭相貫；高山大河，盤互交鎖。加以土息健馬，便於馳敵，是以出則勝，處則饒，不窺天下之產，自可封殖，亦猶大農之家，不待珠璣然後以爲富也。

人無珠璣可活，喪其四支必死，此河北一日不服，朝廷終不得高枕無憂也。故杜牧歸納欲復河北，則必根除「不蒐練」、「不責實科食」、「賞厚」、「輕罰」、「不專任責成」五種敗因，若繼踵前非，則反虜難滅。其概括精當，條理嚴密，而雄辯滔滔，宋謝枋得稱「此論若當時振起行之，未必不可反危爲安，不徒文字嚴卓可垂也。」❸〈守論〉則以大曆、貞元之守邦無術諷朝廷，所謂「提區區之有，而塞無涯之爭，是以首尾指支，幾不能相運掉也」，其養癰遺患之教訓至爲慘痛。故嚴辭抨擊大臣姑息強藩之非是云：

且天下幾里，列郡幾所，而自河已北，蟠城數百，金堅蔓織，角奔爲寇，伺吾人之顛頷，天時之不利，則將與其朋伍，羅絡郡國，將駭亂吾民於掌股之上耳。今者及吾之壯，不圖擒取，而仍偷處恬逸，第第相付，以爲後世子孫背脅疽根，此復何也❹？

其揭發執政者之苟安心態，辭切言激，寓意沉痛，謝枋得譽爲「指畫禍亂本根，皆必至之理。」❺〈論相〉則批評相術未能遙知禍福，杜牧欲抑先揚，開篇舉例推崇相法云：

呂公善相人，言女呂後當大貴，宜以配季。季後爲天子，呂后復稱制天下，王呂氏子弟，悉以大國。隋文帝相工來和輩數人，亦言當爲帝者，後篡竊果得之。誠相法之不謬矣❻。

下乃逐層剖析，步步深入，終至徹底駁倒；所謂「得一時之貴，滅百世之族」，相法既不能辨禍福，誠未可以爲善。其持論皆洞鑒深遠，侃侃入理。

「辯」者，唐以前常作「辨」，後則多用「辯」，有辯駁、辯論，或判別眞僞之意。明徐師曾曰：「按字書云：『辯，判別也。』其字從言，或從刂，蓋執其言行之是非眞僞，而以大義斷之也。」❼其說理側重「破他」，和「論」體在「立己」不同。明吳訥云：「大抵辨須有不得已而辨之意。苟非有關世教，有益後學，雖工，亦奚以爲？」❽如〈三子言性辯〉辨明孟、荀、揚人性論得失，深究七情之後，以爲「荀言人之性惡，比於二子，荀得多矣。」❾其判別是非，分析透闢，有益學術者也。

「言」者，宣發志意也。故揚雄《法言·問神》曰：「言，心聲也。」其爲唐代新興之文體，至姚鉉《唐文粹》始別列一目。究其性質，多以諷喻時事爲旨，如〈罪言〉之作，蓋憤劉從諫守澤潞，何進滔據魏博，皆桀驁不循法度，故陳削藩三策於朝廷，以爲「上策莫如自治」、「中策莫如取魏」、「最下策爲浪戰，不計地勢，不審攻守是也。」所謂：

今者上策莫如自治。何者？當貞元時，山東有燕、趙、魏叛，河南有齊、蔡叛，梁、徐、陳、汝、白馬津、盟津、襄、鄧、安、黃、壽春皆戍厚兵，凡此十餘所，纔足自護治所，實不輟一人以他使，遂使我力解勢弛，熟視不軌者，無可奈何。階此蜀亦叛，吳亦叛，其他未叛者，皆迎時上下，不可保信。自元和初至今二十九年間，得蜀得吳，得蔡得齊，凡收郡縣二百餘城，所未能得，唯山東百城耳。土地人物，財物甲兵，校之往年，豈不綽綽乎？亦足自以爲治也。法令制度，品式條章，果自治乎？賢才奸惡，搜選置捨，果自治乎？障戍鎮守，干戈車馬，果自治乎？井閭阡陌，倉廩財賦，果自治乎？如不果自治，是助虜爲虐，環土三千里，植根七十年，復有天下陰爲之助，則安可以取？故曰上策莫如自治。

杜牧認爲強藩所盤據之黃河以北，太行山以東地區，自古「王者不得，不可爲王；霸者不得，不可爲霸。」❿其地勢險要，本根牢固，非輕率用兵可取，是以不如朝廷先推行仁政，自立自強，以厚植戰力，待時順機。篇中放眼天下，盱衡古今，經由縝密之分析，提出精當獨到之觀點。徐乾學云：「上策莫如自治，千古理平之要，不獨爲長慶君臣發也。」⓫清聖祖亦評爲：「綜天下之情形，權累朝之得失，如聚米畫沙，不爽尺寸。」⓬故前人每以「經濟大文」目之⓭。

「原」者，推原事理根本之謂也。皮日休〈十原系述〉稱：「夫原者何也？原其所自始也。」吳訥亦云：「按韻書：『原者，本也；一說：推原也，義始《大易》「原始要終」之訓。』若文體謂之『原』者，先儒謂始於退之〈五原〉，蓋推其本原之義以示人也。」⑭則其名乃取諸《周易》，而體例則創自韓愈。由於內容以追根溯源爲特點，故較一般論文更具說服力，如〈原十六衛〉傷府兵廢壞，推原十六衛之旨，便以破竹之勢發論，所謂：

> 國家始踵隋制，開十六衛，將軍總三十員，屬官總一百二十八員，署宇分部，夾峙禁省，厥初歷今，未始替削。然自今觀之，設官言無謂者，其十六衛乎？本原事跡，其實天下之大命也⑮。

篇旨既立，於是推溯唐代兵制演變，由開元末變府兵爲彍騎，再變爲召募，遂成晚唐外強中乾之局，故杜牧正本清源，主張重新置府立衛。其文上窮下考，議論風發。舊評：「府兵壞而藩鎮重，尾大之禍，唐卒不振。篇中利利害害，辨如列眉，惟中有感憤，故言之切摯也。」⑯

「文」者，姚鉉《唐文粹》特立爲一目。徐師曾云：「按編內所載，均謂之文，而此類獨以文名者，蓋文中之一體也。其格有散文，有韻語，或倣《楚辭》，或爲四六，或以盟神，或以諷人，其體不同，其用亦異。」⑰如〈塞廢井文〉破黃州廢井不塞，陷人以死之陋俗，而爲文投實以土，固近於盟神，而出以散體。開篇云：

井廢輒不塞，於古無所據。今之州府廳事有井，廢不塞；居第在堂上有井，廢亦不塞，或匣而護之，或横木土覆之，至有歲久木朽，陷人以至於死，世俗終不塞之，不知何典故而井不可塞？井雖列在五禮，在都邑中物之小者也。若盤庚五遷其都者，社稷宗廟，尚毀其舊，而獨井豈不塞邪⓲！

其援古證今以破除迷信，筆鋒淩厲，駁斥十分有力。

通觀杜牧論辯體散文，無論議兵言政，皆意氣風發，情感奔放，筆力雄渾，言辭博辯，蓋作於青壯之際，頗能彰顯其用世之心也。《新唐書》稱其「敢論列大事，指陳病利尤切至」者⓳，多就此類作品言。故歷來佳評如潮，李慈銘譽其「所著如〈罪言〉、〈原十六衛〉、〈守論〉、〈戰論〉諸篇，前惟賈太傅〈治安策〉、〈過秦論〉，後惟老蘇〈幾策〉、〈權書〉可以鼎立，固爲最著。」⓴錢基博則許以「辭暢」、「氣盛」㉑，清聖祖譽〈守論〉「風規峻邁，文采焰然」㉒，宋費衮亦推爲「奇崛可觀」㉓，清徐乾學稱〈罪言〉「筆勢放縱」㉔，凡此足證杜牧之論辯文，揣摩合情，剖析當理，以其豐厚才學，鑄成卓絶識略，誠雄奇奔放之風格也。

---

❶ 引文見《文心雕龍．論説》。

❷ 引文見《樊川文集》卷五。

❸引文見《古文淵鑑》卷四十。
❹同❷。
❺同❸。
❻同❷。
❼引文見《文體明辨》序說。
❽引文見《文章辨體》序說。
❾引文見《樊川文集》卷六。
❿同❷。
⓫同❸。
⓬同❸。
⓭引文見高步瀛《唐宋文舉要》甲編卷五，頁六三一轉引舊評。
⓮同❽。
⓯同❷。
⓰同⓭。
⓱同❼。
⓲同❾。

❾ 引文見《新唐書・杜牧傳》卷一六六。

⓴ 引文見《越縵堂讀書記》中，八，文學。

㉑ 引文見《中國文學史》上冊，頁四二三。

㉒ 同❸。

㉓ 引文見《梁谿漫志》卷六，「唐藩鎮傳敘」條。

㉔ 同❸。

第二節 壯偉鮮明之傳狀文

傳狀文者，記敘人物生平事迹之文也。杜牧此體散文有「傳」、「錄」、「行狀」等類別，共五篇。

「傳」者，紀載也。徐師曾言：「按字書云：『傳者，傳（平聲）也，紀載事迹以傳於後世也。』自漢司馬遷作《史記》，創爲『列傳』以紀一人之始終，而後世史家卒莫能易。嗣是山林里巷，或有隱德而弗彰，或有細人而可法，則皆爲之作傳以傳其事，寓其意；而馳騁文墨者，間以滑（音骨）稽之術雜焉，皆傳體也。」❶顯見傳體之文可分三類，一爲正史之人物傳記，二爲文人學士撰寫之散篇傳記，三爲以傳記體虛構人物之寓言故事或傳奇小說。就文人學士所撰者言，其與正史之別，在於立傳對象不限帝王將相、達官顯宦，或高士名流，而擴及農夫、工匠、老嫗、牧童等下層社會人物，對其主要事迹作突出式之敘寫。如〈張保皐鄭年傳〉開篇云：「新羅人張保皐、鄭年者，自其國來徐州，爲軍中小將。」簡單數句，便將其生平背景帶過，而集中筆墨於公忠體國一事，寫二人不以積怨相妒。首段敘兩人俱善戰鬭，常齟齬不相容；二段記彼此同心合力，卒平國亂事；三段引玄宗時郭汾陽、李臨淮忠義無私，慷慨分兵事並比；四段合論保皐、汾陽，許之以仁義；五段以感慨善用賢人，其國不亡作結。通篇先敘後議，結合對話，情節曲折，文字緊湊，如二段云：

後保皐歸新羅，謁其王曰：「遍中國以新羅人爲奴婢，願得鎮清海，使賊不得掠人西去。」其王與萬人，如其請，自大和後，海上無鬻新羅人者。保皐既貴於其國，年錯寞去職，饑寒在泗之漣水縣。一日言於漣水戍將馮元規曰：「年欲東歸乞食於張保皐。」元規曰：「爾與保皐所挾何如，奈何去取死其手？」年曰：「饑寒死不如兵死快，況死故鄉邪！」年遂去。至謁保皐，保皐飲之極歡。飲未卒，其國使至，大臣殺其王，國亂無主。保皐遂分兵五千人與年，持年泣曰：「非子不能平禍難。」年至其國，誅反者，立王以報。王遂徵保皐爲相，以年代保皐❷。

此以敘述保皋貴而不驕，知人善任爲主；鄭年窮塗潦倒，感恩圖報爲賓。以賓襯主，則保皋之人格形象得以充分突顯；至於情事之豪壯慷慨，辭句之簡潔明快，尤生動感人。〈竇列女傳〉旨在表彰竇桂娘之智勇節烈。首段敘德宗建中初，淮寧節度使李希烈破汴，強取戶曹參軍竇良之女，雖有寵，而竇女深明大義，乃暗與其部將之妻締爲姊妹。二段寫滅賊經過云：

興元元年四月，希烈暴死，其子不發喪，欲盡誅老將校，以卑少者代之。計未決，有獻含桃者，桂娘白希烈子，請分遺先奇妻，且以示無事於外。因爲蠟帛書，曰：「前日已死，殯在後堂，欲誅大臣，須自爲計。」以朱染帛丸，如含桃。先奇發丸見之，言於薛育，育曰：「兩日希烈稱疾，但怪樂曲雜發，晝夜不絕，此乃有謀未定，示暇於外，事不疑矣。」明日，先奇、薛育各以所部譟於牙門，請見希烈，希烈子迫出拜曰：「願去僞號，一如李納。」先奇曰：「爾父勃逆，天子有命。」因斬希烈及妻子，函七首以獻，暴其尸於市。後兩月，吳少誠殺先奇，知桂娘謀，因亦殺之❸。

其含桃藏書，過程離奇，卒以身殉，亦可歌可泣也。

「錄」者，記載言行事迹也，其體大抵與「述」之敘人述事略同，徐師曾引字書云：「述，譔也，纂譔其人之言行以俟考也。」❹全祖望云：「問：『杜牧之〈燕將錄〉乃傳體也，何以不曰「傳」而曰「錄」？古今文章家亦有之否？』古今諸家皆未見。牧之蓋謙言之，不敢遽爲之傳，而託於稗官別乘之流。但錄其事以俟論定，是亦傳之流也。」❺實則杜牧前後有李翺〈來南錄〉、〈何首烏錄〉，孫樵〈孫氏西齋錄〉、〈武皇遺劍錄〉，顯見當時此體惟敘事記物，非如杜牧以記人爲主也。至若〈燕將錄〉敘幽州牙將譚忠折衝於河北強藩之間，篇分五段，除首尾簡單交代傳主世系、里居、生平、卒葬事宜外，重心置於二、三、四段，共選取三件典型事例鋪敘。先言元和五年（八一〇），憲宗命左神策中尉吐突承璀將兵伐趙，魏牧田季安本欲出兵相救，時譚忠適爲燕使魏，乃說服田氏支持朝廷。次敘譚歸燕後，又激勵劉濟南伐王承宗。末述元和十四年（八一九），策動濟子劉總歸順中央。充分反映譚忠之超拔機智，與過人才辯。如三段寫勸燕伐趙云：

> 忠歸燕，謀欲激燕伐趙，會劉濟合諸將曰：「天子知我怨趙，今命我伐之，趙亦必大備我，伐與不伐孰利？」忠疾對曰：「天子終不使我伐趙，趙亦不備燕。」劉濟怒曰：「爾何不直言濟、趙叛命？」忠繫獄。因使人視趙，果不備燕。後一日，詔果來，曰：「燕南有趙，北有胡，胡猛趙孱，不可捨胡而事趙也。燕其爲予謹護北疆，勿使予復挂胡憂，而得專心於趙，此亦燕之功也。」劉濟乃解獄召忠，曰：「信如子斷矣，何以知之？」忠曰：「潞牧盧從史外親燕，內實忌之；外絕趙，內實與之。此爲趙畫曰，燕以

趙爲障，雖怨趙，必不殘趙，不必爲備。一且示趙不敢抗燕，二且使燕獲疑天子。趙人既不備燕，潞人則走告于天子，燕厚怨趙，今趙見伐而不備燕，是燕反與趙也。此所以知天子終不使君伐趙，趙亦必不備燕。」劉濟曰：「今則奈何？」忠曰：「燕孕怨，天下無不知，今天子伐趙，君坐全燕之甲，一人未濟易水，此正使潞人將燕賣恩於趙，敗忠於上，兩皆售也。是燕貯忠義之心，卒染私趙之口，不見德於趙人，惡聲徒嘈嘈於天下耳。唯君熟思之。」劉濟曰：「吾知之矣。」乃下令軍中曰：「五日畢出，後者醢以徇。」濟乃自將七萬人南伐趙，屠饒陽、束鹿，殺萬人，暴卒于師❻。

文章通過問答，敘述出兵過程，曲折細膩，條理井然。寫譚忠對盧龍、成德、昭義三鎮相互掣肘，爾虞我詐之心理分析，更入木三分。經由劉濟之陪襯，譚氏膽略豪壯，料敵如神之風采乃得以充分彰顯。

「行狀」者，人之德行狀貌也。劉勰云：「狀者，貌也，體貌本原，取其事實，先賢表諡，並有行狀，狀之大者也。」❼可見行狀旨在表揚先賢事功，據以定諡。故徐師曾稱其體「蓋具死者世系、名字、爵里、行治、壽年之詳，或牒考功太常使議諡，或牒史館請編錄，或上作者乞墓誌碑表之類皆用之。而其文多出於門生故吏親舊之手，以謂非此輩不能知也。」❽論其用途，既爲立傳定諡或撰寫墓誌之參考而提供原始資料，故往往內容詳審，篇幅較長，目的既在旌揚，故有褒無貶，與一般傳記兼寓褒貶不同。如〈禮部尚書崔公行狀〉爲座主崔郾而作。篇中敘事之後，許以「仁義忠信，明智恭儉」，旌其德也。篇末云：「嗚呼！公之德行材器，眞哲人君子，沒而不朽者也。易名定謚，爲國常典，敢書先烈，達于執事，附于史氏云爾。謹狀。」交代呈送用意也。〈吏部侍郎沈公行狀〉爲府主沈傳師作也。篇中許以「溫良恭儉，明智忠信」，篇末云：「泣涕撰記，以備遺闕，以附于史氏云爾。謹狀。」此皆常格，不能擅改。及杜牧爲之，則往往選取形象鮮明之事件，進行細微具體之刻劃，使人如聆其聲，如睹其貌，而不流於沉悶拖沓。例如描寫崔郾爲政，重在通權達變。云：

復有詔旨支稅粟輸太倉者，歲數萬斛。始歛民也，遠遠近近，就積佛寺，終輸于河，復藉民而載之，民之巨牛大車，半頓于路，前政咸知，計不能出。公曰：「管仲曰：粟行五百里，民有饑色。斯言粟重物也，不可推遷，民受其弊。況今迂直之計，有不翅習試五百里乎！」公乃大索有無，親籌而計之。北臨黃河，樹倉四十間，穴倉爲槽，下注于舟。因隙賞直，不敗時務。自此壯者斛，幼者斗，負挈囊裹，委倉而去，不知有輸。他境之民，越逸奔走，鞞鞞爭鬬，願爲陜民❾。

此由船運輸粟，紓解民困一事，徵崔公之明智。再則云：

初鎮于陝，或束梃經月，不鞭一人。至于驛馬，令五歲幸全，則爲代之，著爲定制，曰致一物於必窮之地，君子不爲。其爲仁愛，而臻於此。及遷鎮鄂渚，嚴峻刑法，至於誅戮，未嘗貰一等，後一刻。或問於公曰：「陝、鄂之政不一，俱臻於治，何也？」公曰：「陝之土瘠民勞，吾撫之不暇，尚恐其驚。鄂之土沃民剽，雜以夷俗，非用威刑，莫能致理。政貴知變，蓋爲此也。」聞者服焉。

此由治理陝、鄂，寬嚴迴別一事，見崔公之達於政理。前後二事不同，而「知變」之旨貫串如一，其剪裁精當可知。刻繪沈傳師之人品，云：

公常居中，雖有重名，每苦於飢寒，兩求廉鎮，時宰許之，皆先要公曰：「欲用某爲從事，可乎？」公必拒之。至有怒者，公曰：「誠如此，願息所請。」故二鎮幕府，皆取孤進之士，未嘗有吏一人因權勢入。嘗擇邸吏尹倫，戇滯闕事，寮佐皆患之，因請易之，公曰：「某出京師，面誡倫曰：止可闕事，不可多事。是倫適能如此，受不虛矣。」故二鎮號爲富饒，凡十年間，權勢貴倖之風不及於公耳，苞苴寶玉之賂亦不至權門，雖有怒者，亦不敢以言議公，公然侵公⑩。

此就其時宰要脅、尹倫闕事兩件典型事例，加以渲染，通過對答，突顯狀主人格廉正，皆具體可感。

通觀杜牧傳狀體散文，歷來評價甚高，其中尤以〈燕將錄〉爲最，清王士禎譽爲「瑰瑋倜儻」⑪，王煕稱爲「筆力峭勁，辭句詘屈，更欲自成一家。」⑫李慈銘則云：「〈燕將錄〉、〈竇列女傳〉亦卓然史才，雖取境太近，然一展卷間，如層巒疊嶂，煙景萬狀，如名將號令，壁壘旌旗，不時變色；如長江大河，風水相逢，陡作奇狀；又如食極潔諫果，味美于回，眞韓、柳外，一勍敵也。」⑬至若錢基博對〈燕將錄〉、〈吏部侍郎沈公行狀〉亦讚頌備至⑭。推其緣故，蓋能典雅信實，剪裁精當，運用簡鍊暢達之文字，出以靈活多樣之手法，使其形象突出，栩栩在目，而彰顯其壯偉鮮明之風格也。

---

❶ 引文見《文體明辨》序説。
❷ 引文見《樊川文集》卷六。
❸ 同❷。
❹ 同❶。
❺ 引文見〈答沈東甫徵君文體雜問〉，《結埼亭集》外編，卷四十七。

❻同❷。
❼引文見《文心雕龍・書記》。
❽同❶。
❾引文見《樊川文集》卷十四。
❿同❾。
⓫引文見《池北偶談》卷五。
⓬引文見《古文淵鑑》卷四十。
⓭引文見《越縵堂讀書記》中，八，文學。
⓮參見《中國文學史》上冊，頁四二三。

第三節　峻潔流暢之序記文

序記文者，敘說緣由，記載事物之文也。杜牧此體散文有「序」、「題後」、「送序」、「記」等類別，共十一篇。

「序」者，書或詩文完成後，對作者背景及寫作動機、經過、內容、體例進行評介者稱之。宋王應麟云：「序者，序典籍之所以作。」❶徐師曾曰：「按《爾雅》云：『序，緒也。』

字亦作敘，言其善敘事理，次第有序，若絲之緒也。」❷原其爲體，本在敘生平，述旨要，作品評；至於唐代古文家則普遍用以闡發文學思想，宣揚個人理論。而其體制亦由傳統之鋪敘爲主，轉爲議論風發，探幽抉微，故徐師曾稱「其爲體有二：一曰議論，二曰敘事。」❸實際寫作常難截然兩分，如〈李賀集序〉先敘後議，〈注孫子序〉先議後敘，大抵前者以敘事爲主，後者以議論爲重，誠不拘一格。如〈注孫子序〉，本當以言明創作動機、經過、體例爲旨要，杜牧卻僅於文末用三分之一篇幅交代，開篇則一反常規，溯古探今，慷慨發論，申明爲政當通曉軍事之理，並批評唐代「搢紳之士，不敢言兵，或恥言之。」❹其援據的當，骨鯁挺拔，入情入理，令人折服。〈李賀集序〉全文共分二段，首段說明寫作因緣，謂半夜忽得沈子明馳函，告以：

今夕醉解，不復得寐，即閱理篋帙，忽得賀詩前所授我者。思理往事，凡與賀話言嬉遊，一處所，一物候，一日夕，一觴一飯，顯顯焉無有忘棄者，不覺出涕。賀復無家室子弟得以給養卹問，常恨想其人，詠其言止矣。子厚於我，與我爲賀集序，盡道其所來由，亦少解我意❺。

敘述沈氏夜晚酒醒，重得李賀歌詩，睹物思友，不禁落淚，筆下具體可感，情味十分深厚。其即刻修書，漏夜求序，雖一生一死，而不負所託，足見交分。杜牧稱：

某其夕不果以書道不可，明日就公謝，且曰：「世爲賀才絕出前。」讓。居數日，某深惟公曰：「公於詩爲深妙奇博，且復盡知賀之得失短長。今實敍賀不讓，必不能當君意，如何？」復就謝，極道所不敢敍賀，公曰：「子固若是，是當慢我。」某因不敢辭，勉爲賀敍，然其甚慙。

通過沈氏一再推重，作者兩次辭謝，使文情跌宕生姿。同時點出李賀詩才卓絕，名滿當代，非沈氏所敢率爾操觚，必得詩道「深妙奇博」，「盡知賀之得失短長」如杜牧者，始可爲序。故二段品評下筆不凡，譽其繼軌屈《騷》，修辭奇麗，則九排連句，高入霄漢；指其無關教化，理意不足，則一字千鈞，凜若嚴霜。篇末引時人語，斷言：「使賀且未死，少加以理，奴僕命《騷》可也。」更圓融周到。清林紓云：「序貴精實」❻，觀此兩篇，無論序人、自序，評論則精闢獨到，下語則切中肯綮，至於敘事之波瀾起伏，情味深雋，以及結構之嚴密，辭氣之流轉，又不待言矣！

「題後」者，寫於典籍詩文之後，抒發讀後心得爲旨。唐以前或稱「書後」、「讀某」，宋以後多稱「跋」。徐師曾曰：「按題跋者，簡編之後語也。凡經傳子史詩文圖書之類，前有序引，後有後序，可謂盡矣。其後覽者，或因人之請求，或因感而有得，則復撰詞以綴於末簡，而總謂之題跋。……其詞考古證今，釋疑訂謬，褒善貶惡，立法垂戒，各有所爲，而專以簡勁爲主，故與序引不同。」❼吳訥亦云：「跋語不可太多，多則冗；尾語宜峭拔，使不可加。」❽可見「跋」既補「序」之不足，則寫作要求有別，大抵序詳跋簡，前者條理井然，後者峭勁有力。如杜牧序李賀詩六百字，序自注《孫子》一千四百字，〈題荀文若傳後〉之懸鑒戒，寓褒貶，則僅三百餘言，斯因乎體制，各得其當矣！按荀彧代魏武運籌，屢建奇功，一猶漢高之有子房。嗣後因勸止曹氏晉位爵國公，飲藥而卒，事詳《後漢書》、《三國志》。晉范曄許爲「殺身以成仁」❾，陳壽則惜其「機鑒先識，未能充其志」❿，南朝宋裴松之注《三國志》，乃批駁陳壽，褒荀彧「亡身殉節，以申素情，全大正於當年，布誠心於百代，可謂任重道遠，志行義立。」⓫及杜牧著論，則一反范、裴所見，指責荀彧以帝王比擬曹操在前，又阻其進窺大位在後，立場矛盾，無怪遭致懷恨，而不得善終。開篇云：

荀文若爲操畫策取兗州，比之高、光不棄關中、河內；官渡不令還許，比楚、漢成皐。凡爲籌計比擬，無不以帝王許之，海內付之。事就功畢，欲邀名於漢代，委身之道，可以爲忠乎？世皆曰曹、馬。且東漢崩裂紛披，都遷主播，天下大亂，操起兵東都，提獻帝於徒步困餓之中，南征北伐，僅三十年，始定三分之業。司馬懿安完之後，竊發肘下，奪倫權柄，殘虐狡譎，豈可與操比哉⑫。

此一責荀彧不可謂忠，二詰司馬懿不可與操並比。以下三問若使魏武從容揖讓，「天下非操而誰可以得之者？」復咄咄緊逼，勢如破竹，至於九問終篇。宋李綱稱「彧之用心，如杜牧者能知之。」⑬吳曾則慨歎「荀彧漢之忠臣，而杜牧著論譏之。」⑭雖褒貶互見，而杜牧不苟同前論也明矣！至若筆鋒之矯健，文字之峻潔，皆別具一格也。

「送序」者，爲送別親朋師友而作，即臨行贈言是也，又稱「贈序」。其與「序跋」同以「序」名，然性質有別，故姚鼐特立兩類，以示區分。溯其原始，實由序跋演變而來，蓋古人餞別，常飲酒賦詩，詩成集帙，則推舉某人作序，以說明述作之由。唐宋之後，雖無餞行唱和之實，亦常秉古代「君子贈人以言」之意，撰文相贈，故吳訥稱序文「近世應用，惟贈送爲盛。」⑮究其內容，雖以敘交誼，道別離爲主，韓、柳之後，亦往往打破舊套，抒發懷抱，寄託怨悱，議論朝政，抨擊時弊，或垂規戒勸勉之意，或傳赤懇眞摯之情，而成爲敘事、說理、抒情並兼之散文，其表現手法又較奏疏、頌贊等實用文爲靈活也。如〈送薛處士序〉諷薛君以「處士」之名義，〈送盧秀才赴舉序〉勉盧生以自我修「治」，辨有司之「公」正，皆先議後敘，侃侃發攄，一氣貫注。其送盧生開篇云：

治心、治身、治友，三者治矣，有求名而名不隨者，未之聞也。治心莫若和平，治身莫若兢謹，治友莫若誠信。友治矣，非身治而不能得之；身治矣，非心治而不能致之。三者治矣，推而廣之，可以治天下，惡其求成進士名者而不得也？況有千人皆以聖人爲師，眠而食，一無其他，唯議論是司。三人有私，十人公私半，百人無有不公者，況千人哉。古之聖賢，業大事鉅，道行則不肖懼，道不行則不肖喜，故有不公。今進士者，業微事細，如成其名，不肖未所喜懼，寧不公邪？故取之甚易耳⑯。

按盧生「嘗三舉進士」不第，此行必然憂己才未達，患有司不公，故杜牧於其在己，以修齊治平持論；在人，以聖賢事業爲比，使能寬心應試，誠立旨顯豁正大，措辭簡約圓通。篇末慰而憐之，更流露臨行期勉關心之意。

「記」者，泛指一切記事、記物之文。徐師曾曰：「按《金石例》云：『記者，紀事之文也。』〈禹貢〉、〈顧命〉乃記之祖；而記之名，則昉於《戴記．學記》諸篇。厥後揚雄作〈蜀記〉，而《文選》不列其類，劉勰不著其說，則知漢魏以前，作者尚少；其盛自唐始也。」⑰可見以「記」命篇，至唐始趨大盛，而蔚爲後世所謂「雜記」一體。其內容大致涵括「人事雜記」、「公署廳壁記」、「亭臺樓閣記」、「書畫器物記」等。至於包羅既廣，體制亦紛繁多姿；雖以敘事爲主，且多揉合議論、抒情、描寫等表達手法。如〈宋州寧陵縣記〉歌頌劉昌抗賊事蹟云：

建中初年，李希烈自蔡陷汴，驅兵東下，將收江淮，寧陵守將劉昌以兵二千拒之。希烈衆且十倍，攻之三月，韓晉公以三千強弩，涉水夜入寧陵，弩矢至希烈帳前。希烈曰：「復益吳弩，寧陵不可取也。」解圍歸汴。後數月，希烈驍將翟輝以銳兵大敗於淮陽城下，希烈且蹙，棄汴歸蔡⑱。

此僅百餘字，便完整交代劉昌艱忍不拔，悍賊勢窮力蹙，先棄江淮，復棄汴歸蔡之來龍去脈，言簡意賅，文字峻潔。以下抓住痛斬孤甥，樹立軍威之典型事件，通過對答，寥寥數筆，即勾勒出劉昌忠勇壯烈之逼眞情態，最末取天寶時薛愿、許遠、張巡死守淮陽、睢陽二城事相映，以突顯劉昌之善用兵，使其人格形象更加鮮明豐滿。全文先敘後議，緊密融合，飽含激情，辭氣充暢，皆耐人一讀再讀。其〈淮南監軍使院廳壁記〉之表彰宋公監軍淮南，時杜牧爲淮南節度使牛僧孺掌書記，蓋奉命而撰，雖屬官樣文章，卻能有聲有色，不落俗套。文分四段：首言監軍職位重要，次述宋公出任始末，三敘宋公爲政功績，末結作記因由，結構穩妥，不失體制，而稱頌手法則委婉高超，先言：

淮南軍西蔽蔡，壁壽春，有團練使；北蔽齊，壁山陽，有團練使。節度使爲軍三萬五千人，居中統制二處，一千里，三十八城，護天下餉道，爲諸道府軍事最重。然倚海塹江、淮，深津橫岡，備守堅險，自艱難已來，未嘗受兵。故命節度使，皆以道德儒學，來罷宰相，去登宰相。命監軍使，皆以賢良勤勞，內外有功，來自禁軍中尉、樞密使，去爲禁軍中尉、樞密使。自貞元、元和已來，大抵多如此⑲。

此以團練使、節度使、監軍使逐層鋪墊，水漲船高；又以牛僧孺之「道德儒學」陪襯宋公之「賢良勤勞」；以牛氏「來罷宰相」暗示宋公「去爲禁軍中尉、樞密使」，使宋公之高潔品格及煊赫爵位均得以彰顯。經由曲折手法，既巧妙達成恭維宋公之目的，亦間接具有稱頌幕主之作用，誠一舉兩得。二段以下表面平鋪直敘，實則暗潮洶湧，雖不直接贊一辭，而通過皇上、將軍、相國、百姓之衆口交譽其「賢」，褒揚之意俱顯，此一「賢」字即貫穿全篇，有筆勢流轉，井然有序之妙也。〈同州澄城縣戶工倉尉廳壁記〉乃突破歌頌之舊例，大膽揭露吏治腐敗。篇中先由澄城縣土質乾旱，物產不饒，人民卻能按時納賦起疑入筆。於是徵詢其來由：

耆老咸曰：「西四十里即畿郊也，至如禁司東西軍，禽坊龍廐，彩工梓匠，善聲巧手之徒，第番上下，互來進取，挾公爲首緣，以一括十。民之晨炊夜舂，歲時不敢嘗，悉以仰奉。父伏子走，尚不能當其意，往往擊辱而去。長吏固不敢援，復況其養秩安祿者邪？加以御女官多，盤冗其間，遞相占附比急，熱如手足，自丞相、御史咸不能與之角逐，縣令固無有爲也。非豪吏真工聯紐相姻戚者，率率解去，是以縣賦益逋。徵民幸脫此苦者，蓋以西有通澗巨壑，叉牙交吞，小山峭徑，馳鞍馬，張機罝者，不便於此，是以絕跡不到。兼之土田枯鹵，樹植不茂，無秀潤氣象，咸惡之而不家焉。民所以安活輸賦者，殆由此，儻使徵亦中其苦，則墟矣，尚安敢比之於他邑乎。」[20]

畿郊雖富，卻因禁軍、內官、御女爪牙之侵漁劫掠而舉炊維艱；澄城雖貧，竟賴天險得以安活，故篇末慨歎官吏設法而不奉法，無怪乎盜賊多如牛毛。文章諷刺辛辣，句句沉痛。其〈池州重起蕭丞相樓記〉之記丞相樓始造於大曆十年（七七五），毀於會昌四年（八四四），重建於五年（八四五），懸隔七十一載，由前後任刺史李方玄及杜牧合建，格局大小，一仍舊制。凡此所敘之歷史沿革，修葺之規模過程，固悉按常格。及〈杭州新造南亭子記〉，則抨擊佛教，議論勃發，至篇尾方略敘築亭始末作結。蓋建材取自會昌年間毀佛所得，遂因亭而發揮排佛之大論也。杜牧稱許杭州刺史李播「委曲知其俗蠹人者，剔削根節，斷其脈絡，不數月人隨化之」，復云：

子烈曰：「吳、越古今多文士，來吾郡遊，登樓倚軒，莫不飄然而增思。吾郡之江山甲於天下，信然也。佛熾害中國六百歲，生見聖人，一揮而幾夷之，今不取其寺材立亭勝地，以彰聖人之功，使文士歌詩之，後必有指吾而罵者。」乃作南亭，在城東南隅，宏大煥顯，工施手目，髮匀肉均，牙滑而無遺巧矣㉑。

文以議爲主，敘爲輔，誠唐宋以後雜記文之一大特色。至於議論則情感激昂，揭露深刻，敘事則辭氣平和，自然閒雅，又融合無間於一篇也。其〈池州造刻漏記〉敘杜牧刺池州造刻漏之經過，因憶其法授於王易簡。云：

某大和三年，佐沈吏部江西府。暇日，公與賓吏環城見銅壺銀箭，律如古法，曰建中時嗣曹王皋命處士王易簡爲之。公曰：「湖南府亦曹王命處士所爲也。」後二年，公移鎮宣城，王處士尚存，因命工就京師授其術，創置於城府。某爲童時，王處士年七十，常來某家，精大演數與雜機巧，識地有泉，鑿必湧起，韓文公多與之遊。大和四年，某自宣城使于京師，處士年餘九十，精神不衰。某拜于牀下，言及刻漏，因圖授之㉒。

杜牧經由鑿泉細節之描寫，突顯出王易簡工巧之形象。文字雅潔，情味雋永，而不流於膚泛。

綜合杜牧序記體散文，實體制多方，包羅宏富。其記敘之外，更常結合議論、描寫、抒情等手法，言事則條理井然，寫人則傳神逼眞，描摹則窮形盡態，抒情則韻味悠長，誠靈活生動，不拘一格。觀夫所序李賀歌詩及自注《孫子》，跋〈荀彧傳〉，送別薛君，歌頌劉昌，記蕭丞相樓重建，敘池州刻漏新造等，皆顯見持論嚴峻，筆調精潔，行文流利，氣勢暢達，就風格言爲峻潔流暢，足以括之矣。

---

❶ 引文見《辭學指南》，收於《玉海》卷二〇四。
❷ 引文見《文體明辨》序說。
❸ 同❷。
❹ 引文見《樊川文集》卷十。
❺ 同❹。
❻ 引文見《畏廬論文·流別論》。
❼ 同❷。
❽ 引文見《文章辨體》序說。
❾ 引文見《後漢書·荀彧傳》卷七十。
❿ 引文見《三國志·荀彧傳》卷十。

⑪ 同⑩。

⑫ 引文見《樊川文集》卷六。

⑬ 引文見《梁溪全集》卷一五〇。

⑭ 引文見《能改齋漫錄》卷十。

⑮ 同⑧。

⑯ 同④。

⑰ 同②。

⑱ 同④。

⑲ 同④。

⑳ 同④。

㉑ 同④。

㉒ 同④。

第四節　爽朗懇切之書啟文

書啟文者，泛指公私間傳情達意，互通聲息之文也。杜牧此體散文有「書」、「啟」、「

狀」等類別，共二十七篇。

「書」者，信也。劉勰云：「書者，舒也，舒布其言，陳之簡牘。」❶故古代凡臣屬進言，親朋往來之書信，均得稱「書」；大抵前者通稱「上書」或「奏書」，屬奏議體，後者單稱「書」，或「書牘」、「書札」、「書簡」，爲書信體。故吳訥云：「昔臣僚敷奏，朋舊往復，皆總曰書。近世臣僚上言，名爲表奏；惟朋舊之間，則曰書而已。」❷本節所探討僅限親朋故舊往來之書信，而非上言君王之奏書。惟唐宋之後，或對國君以外之長官表示尊敬，亦常逕稱「上書」，如〈上李司徒相公論用兵書〉，究其性質，與〈答莊充書〉之同爲書信並無差別。若乃其體本在發表意見，吐露衷情，必使誠自肺腑，言而有物，斯足以打動人心，故劉勰云：「詳總書體，本在盡言，言以散鬱陶，託風采，故宜條暢以任氣，優柔以懌懷，文明從容，亦心聲之獻酬也。」❸至其題材又包羅萬象，大而國計民生，小而日常點滴，皆可入於書信。就內容區分，其關乎軍事者有五篇：〈上李司徒相公論用兵書〉乃會昌時進言李德裕，申論討伐澤潞計策。〈上周相公書〉獻自注《孫子》於周墀，強調儒者不知兵則不能謀國。〈上河陽李尚書書〉上言李拭，批評中晚唐掌兵者多壯健不學之徒。〈上門下崔相公書〉推崇崔珙能不戰而屈服強藩。〈上昭義劉司徒書〉勸劉從諫歸順中央，則類乎檄文。此等作品皆激昂慷慨，氣勢豪邁，茲以勸劉司徒協助朝廷進討盧龍、魏博、成德三鎭爲例，杜牧於恭維「將軍之功德，今誰比哉」之後，復稱：

始者將軍賴齊，然後得祿仕，入臥內等子弟，一身聯齊，累世之逆，卒境上爭首，其恩甚厚，其勢甚不便。將軍以爲大仁可以殺身，大忠不顧細謹，終探懷而取之。今者將軍負三無如之望，上戴天子，四海之大，以爲緩急，所宜日夜具申喧請，今默而處者四五歲矣。負天下之三無如者，宜如是邪？不宜如是耶❹？

作者採激將法，通過譴責、質問、嘉勉、鼓舞，敦促劉從諫及時效忠，仗義報國，辭韻鏗鏘，氣勢雄壯；其嫉惡如仇，見善如不及之熱情，十分具有感召力。其上書周墀一文當中，批評唐代用兵之失，所謂：

天時、地利、人事，此三者皆不先計量短長得失，故困竭天下，不能滅樸樕之虜，此乃不學之過也。不教人之戰，是謂棄之，則謀人之國，不能料敵，不曰棄國可乎❺！

誠義正辭嚴，啟人深思。其反映民生疾苦者有三篇：即〈與汴州從事書〉指陳牽船差役不均，〈上李太尉論江賊書〉批評江盜殺人如麻，〈上鹽鐵裴侍郎書〉揭發監院壓榨百姓，皆於悲天憫人之餘，提出具體改革方案。如晚年擔任湖州刺史，目睹監院公然不法、胥吏巧取豪奪，百姓「除非吞聲，別無赴訴」，四處流亡，便悲憤莫名，建議裴休重設江淮留後，使「凡有冤人，有可控告，奸贓之輩，動而有畏」❻，其辭鋒銳利，毫不寬貸。至於以發表見解爲主者四篇：〈與人論諫書〉主張諫君之辭欲婉，〈上宣州高大夫書〉批評朝廷取士不公，〈答莊充書〉提倡文以意爲主，〈上池州李使君書〉駁斥俗儒大言欺世，皆立論侃侃，文理條暢，針砭時風，多寓感慨。如致書李方玄稱：

> 今之言者必曰：「使聖人微旨不傳，乃鄭玄輩爲注解之罪。」僕觀其所解釋，明白完具，雖聖人復生，必挈置數子坐於游、夏之位。若使玄輩解釋不足爲師，要得聖人復生，如周公、夫子親授微旨，然後爲學。是則聖人不生，終不爲學；假使聖人復生，即亦隨而猾之矣。此則不學之徒，好出大言，欺亂常人耳❼。

杜牧批駁當代揚棄舊注，立異鳴高之解經歪風，並推崇鄭玄輩敷讚聖旨，解釋精詳，非陋儒所能詆毀。李慈銘以爲：「此等議論，唐中葉以後人所罕知。」❽若乃干祿之作亦有四篇：〈投知己書〉感慨人情冷暖，忽聞對方有意擢用，不免受寵若驚。〈上宣州崔大夫書〉乃杜牧未刺黃州前，獻詩求知於宣歙觀察使、守宣州刺史兼御史大夫崔龜從。〈與浙西盧大夫書〉爲獻文十四篇於浙西觀察使盧簡辭以干進。〈上李中丞書〉則暢談抱負於戶部侍郎兼御史中丞李回。

類此頌揚功德之作，杜牧亦能避免低聲下氣，流於酸腐。例如稱頌宣州崔大夫云：

> 閣下以德行文章，有位於明時，如望江、漢，見其去之沓天，洸汪澶漫，不知其所爲終始也。復自開幕府已來，辟取當時之名士，禮接待遇，各盡其意，後進絜絜以節業自持者，無不願受閣下迴首一顧，舒氣快意，自以滿足。今藩鎮之貴，土地兵甲，生殺與奪，在一出口，終日矜高，與門下後進之士，摧得失去就於分寸銖黍間，多是其人也。獨閣下不自矜高，不設塹壘，曲垂情意，以盡待士之禮。然知後進絜絜以節業自持者，願受閣下迴首一顧，舒氣快意，自以滿足，此固然也，非敢苟佞其辭以取媚也⑨。

其志氣昂揚，文意俊爽。以強藩之傲慢反襯崔龜從禮賢下士，既突顯對方形象，復不忘表明自我非巧言令色者可比。

「啟」者，本魏晉以後，臣對君陳情述事之表奏文書。劉勰云：「啟者，開也。高宗云：『啟乃心，沃朕心。』蓋其義也。孝景諱啟，故兩漢無稱，至魏國箋記，始云啟聞；奏事之末，或云謹啟。自晉來盛啟，用兼表奏。陳政言事，既奏之異條；讓爵謝恩，亦表之別幹。」⑩唐宋以後，應用範圍漸廣，凡臣下私相對答，或向高位呈詞，無論言事、勸諫、賀喜、謝賞、求官、薦才、獻文、投知己，皆得用之。一般多爲駢體，杜牧或以散文出之。如〈

上李太尉論北邊事啟〉乃論兵於宰相李德裕，篇中建議仲夏突擊回鶻，云：

> 自兩漢伐虜，皆是秋冬，不過百日，驅中國之人，入苦寒之地。此時匈奴勁弓折膠，重馬免乳，畜肥草壯，力全氣盛，與之相校，勝少敗多。故匈奴云：「漢實大國也，但其人不能辛苦爾。」此所謂避虛而擊實，逃短而攻長。至於後魏，崔浩因見其理，蠕蠕強盛，屢犯北邊，浩請討之曰：「蠕蠕恃其地遠，自寬來久，故夏則散衆放畜，秋肥乃聚，背寒向暄，南來寇抄。今出其慮表，掩其不備，大兵卒至，必驚駭星分，向塵奔走，牡馬護牧，牝馬戀駒，驅馳難制，不得水草，未過數日，則聚而困斃，可一舉而滅。」太武帝從之，及軍入境，蠕蠕先不設備，民畜布野，驚怖四奔，莫相收攝。於是分軍撲討，東西五千里，南北三千里，凡所俘虜，及獲畜產，彌漫山澤，高車因殺蠕蠕種類，歸降者三十餘萬落，虜遂散亂[11]。

其文不僅辭暢意達，且立論有據，至於鑑往知來，洞曉天時，皆深諳兵法之證也。其干謁請託之作亦有九篇：〈上知己文章啟〉爲刺黃州時，獻文七篇，自述創作動機和內涵，冀受重用。〈上安州崔相公啟〉則獻文十九篇於安州長史崔珙以求知。〈上宰相求杭州啟〉爲司勳員外郎、史館修撰任內，困於京官俸薄，難以養廉，遂求刺杭州於丞相。〈上宰相求湖州〉三

〈爲堂兄慥求澧州啟〉，則求任杭州不得，轉爲吏部員外郎，又三度乞求湖州，終宿願得償。〈薦王寧啟〉乃有感於杜慥絶俸累年，三餐不繼，而代爲謀職。〈薦王寧啟〉則推讚前渭南縣令王寧有五長，足堪大用。〈薦韓乂啟〉係薦同僚於新任御史中丞韋有翼。此等上書權貴之作，難免揄揚乞憐，誠難下筆；至於杜牧爲之，卻常能高自位置，不失地步，如薦韓乂之亟稱其人品「廉愼高潔」，強調「非與韓求衣食、救饑寒」，所謂：

某比兩府同院，但見其廉愼高潔，亦未知其道。大和八年，自淮南有事至越，見韓居於鏡上，三畝宅，兩頃田，樹蔬釣魚，唯召名僧爲侶，餘力究《易》，嬉嬉然無日不自得也。未嘗及身名出處之語，未嘗入公府造請與幕吏宴遊，因此不爲搢紳相所見禮。蕭、高二連帥至，即日造其廬，詢以政事，稱先人梓材，有文學高名，沒於越之府幕，故不願復爲越賓。及高至許下，厚禮辟之。其爲人也，貞潔芳茂，非其人不與遊，非其食不敢食。蕭舍人、考功崔員外是趨於韓交者，某復趨於蕭、崔二君子者，即韓之去某，其間不啻容數十人矣，亦安得知其賢，而言之復不僭乎⑫？

此由日常耕釣，自食其力，以顯其「廉」；不言出處，不事交際，以表其「愼」；感念先人，不願復爲越賓，以見其「高」；非賢不友，非分不食，以著其「潔」。以自我襯蕭、崔；復以蕭、崔襯韓乂，經由層層鋪敘，使韓乂之高風亮節畢顯。其不卑不亢，手法十分高妙。至於三求湖州，則感懷身世，難掩哀戚，如〈上宰相求湖州第二啟〉云：

> 某幼孤貧，安仁舊第，置於開元末，某有屋三十間。去元和末，酬償息錢，爲他人有，因此移去。八年中，凡十徙其居，奴婢寒餓，衰老者死，少壯者當面逃去，不能呵制。有一豎，戀戀憫嘆，挈百卷書隨而養之。奔走困苦，無所容庇，歸死延福私廟，支拄欹壞而處之。長兄以驢遊丐于親舊，某與弟顗食野蒿藿，寒無夜燭，默所記者，凡三周歲，遭遇知己，各及第得官⑬。

寫早年家道中落，流離失所，以致奴僕四散之窘況，皆刻劃細微，具體感人。敘兄弟靠乞討維生，野菜充飢，寒夜仍默誦白晝所記，尤見好學不輟之精神。〈上宰相求湖州第三啟〉則云：

> 伏以病弟孀妹，因緣事故，寓居淮南，京中無業，今者不復西歸，遂於淮南客矣。病孤之家，假使旁有強近，救接庇借，歲供衣，月供食，日問其所欠闕，尚猶戚戚多感，無樂生意。況乎爲客於大藩喧囂雜沓之中，無俸祿之氣勢，食不繼月，用不給日，閉門於荒僻之地，取容於里胥遊徼之輩。部曲臧獲，可以氣凌鼠侵，又不能制止，所可仰以爲

命者，在三千里外一郎吏爾。復有衣食生生之所須，悉多欠闕，欲其安活，而無歎吒悲恨，不可得也⑭。

其爲病弟孀妹困居淮南設想，文思細膩，言辭懇切，揉合手足之至情，又悲涼落寞，令人鼻酸。

「狀」者，本臣僚奏進之文書，盛行漢代，其後亦用於向上級陳述事實。徐師曾云：「狀之爲言陳也。……秦漢以來，皆用於親知往來問答之間。……世俗施於尊者，多用儷語以爲恭。」⑮如〈上刑部崔尚書狀〉則接近散體。蓋杜牧獻文二十首以求知，並感慨宦途不順，生活潦倒云：

某比於流輩，疎闊慵怠，不知趨嚮，唯好讀書，多忘，爲文格卑。十年爲幕府吏，每促束於簿書宴遊間。刺史七年，病弟孀妹，百口之家，經營衣食，復有一州賦訟，私以貧苦焦慮，公以愚恐敗悔。仍有嗜酒多睡，廁於其間。是數者，相遭於多忘格卑之中，書不得日讀，文不得專心，百不逮人。所尚業，復不能尺寸銖兩，自強自進，乃庸人輩也，復何言哉⑯！

其咨嗟浩歎，言多抑鬱，令人爲之愴然。

通觀杜牧書啟體散文，進策李德裕、獻言周墀、上書李拭、推崇崔珙、勸服劉從諫，以及干謁請託之作，或豪壯激越，或眞摯沉鬱。其情辭之爽朗懇切，殆爲此體散文之共同風格也。

---

❶ 引文見《文心雕龍・書記》。
❷ 引文見《文章辨體》序說。
❸ 同❶。
❹ 引文見《樊川文集》卷十一。
❺ 引文見《樊川文集》卷十二。
❻ 引文見《樊川文集》卷十三。
❼ 同❻。
❽ 引文見《越縵堂讀書記》中，八，文學。
❾ 同❻。
❿ 引文見《文心雕龍・奏啟》。
⓫ 引文見《樊川文集》卷十六。
⓬ 同⓫。

⑬同⑪。

⑭同⑪。

⑮引文見《文體明辨》序說。

⑯同⑪。

第五節　圓活生動之碑誌文

碑誌文者，刻於石碑，紀事敘功之文也。杜牧此體散文有「遺愛碑」、「墓誌銘」、「碑陰」等類別，共十六篇。

「遺愛碑」者，頌德之碑也。唐封演云：「在官有異政，考秩已終，吏人立碑頌德者，皆須詳審事實，州司以狀聞奏，恩勅聽許，然後得建之，故謂之頌德碑，亦曰遺愛碑。」❶一般用散體者，前有序；用韻文者，後有銘。如〈唐故江西觀察使武陽公韋公遺愛碑〉，係肇因大中三年（八四九），宣宗召丞相議事，論及元和循吏誰居第一？周墀奏言：「臣嘗守土江西，目睹觀察使韋丹有大功德被于八州，歿四十年，稚老歌思，如丹尚存。」遂詔司勳員外郎、史館修撰杜牧撰碑表彰。篇中紀其善政云：

元和二年二月，拜洪州觀察使。洪據章江，上控百越，爲一都會。屋居以茅竹爲俗，人火之餘，烈日久風，竹戛自焚，小至百家，大至溫空。霖必江溢，燥必火作，火水夾攻，人無固志，傾搖懈怠，不爲旬月生產計。公始至任，計口取俸，除去冗事，取公私錢，教人陶瓦，伐山取材，堆疊億計。人能爲屋，取官材瓦，免其半賦，徐責其直，自載酒食，以勉其勞。初若艱勤，日成月就，不二周歲，凡爲瓦屋萬四千間，樓四千二百間，縣市營廐，名爲棟宇，無不創爲。派湖入江，節以斗門，以走暴漲。闢開廣衢，南北七里，溫渫污壅，築堤三尺，長十二里。堤成明年，江與堤平。鑿六百陂塘，灌田一萬頃，益勸桑苧，機織廣狹，俗所未習，教勸成之。凡三周年，成就生遂，手爲目覩，無不如志❷。

此敍韋丹教民蓋瓦屋，濬河道，開廣衢，築堤防，勸農桑之措施，凡三年改革之苦心，除千歲水火之大患，使百姓豐衣足食。內容周贍，文字平允。其〈進撰故江西韋大夫遺愛碑文表〉復稱：「臣不敢深引古文，廣徵樸學，但首敍元和中興得人之盛，次述韋丹在任爲治之功。事必直書，辭無華飾，所冀通衢一建，百姓皆觀，事事彰明，人人曉會。但率誠樸，不近文章。」❸足見本文以素樸通曉爲工，貴能敦教化民也。

「墓誌銘」者，埋於地下，用以記載死者生前事迹之碑文也。徐師曾云：「蓋於葬時述其人世系、名字、爵里、行治、壽年、卒葬年月，與其子孫之大略，勒石加蓋，埋於壙前三尺之地，以爲異時陵谷變遷之防，而謂之誌銘。」❹一般包括誌和銘兩部分，誌多散體，銘多韻語，如〈自撰墓誌銘〉是也。然或有誌無銘者，如〈唐故進士龔軺墓誌〉；或於誌銘前另外加序者，如〈韋公墓誌銘并序〉，其題稱不一而足，觀劉勰之推崇蔡邕勒碑「其敘事也該而要，其綴采也雅而澤，清詞轉而不窮，巧義出而卓立。」又云：「標序盛德，必見清風之華；昭紀鴻懿，必見峻偉之烈，此碑之制也。」❺可見碑誌之作，當力求事義信雅，辭采清茂，條理圓該，斯得其要。如杜牧之〈牛公墓誌銘并序〉，爲牛僧孺作也。牛爲晚唐名臣，黨爭要角，歷仕憲、穆、敬、文、武、宣六朝，兩度拜相，數次罷貶。〈周公墓誌銘〉爲周墀作也。墀字德升，河南汝南人，憲宗時拜兵部侍郎，召判度支，進同中書門下平章事，以直罷爲劍南東川節度使。二人均爵崇位顯，功績昭著，作者據事直書，思致條貫。兩篇皆首敘世系，次述生平，結以歲壽、子孫、葬地，結構上並無特異之處，寫法則繁簡有別。如敘周墀之純孝云：

母夫人亡，哭泣無時，里人過公廬，曰：「無驚周孝子。」❻

寫其正直，則言大和末年，鄭注、李訓用事，罷逐丞相李宗閔及朝士三十三輩。當時受意附凶者，屢以公爲言，注、訓曰：「如去周殷中，恐人益驚。」竟不敢議。

凡此多用側筆，略引旁人一二語，即充分烘托其風骨高潔。至於敘牛公事蹟，多就正面刻劃，如寫其公正云：

宿州刺史李直臣以贓數萬敗，穆宗得偏辭於中，稱直臣冤，且言有才，宰相言格不用。公以具獄奏，上曰：「直臣有才可惜。」公曰：「彼不才者，無飽食以足妻子，安足慮。本設法令，所以縛束有才者，祿山、朱泚，是才過人而亂天下。」上因可奏，曰「善」❼。

又敘其拯救忠良云：

鄭注怨宋丞相申錫，造言挾漳王爲大逆，狀跡牢密，上怒必殺。公曰：「人臣不過宰相，今申錫已宰相，假使如所謀，豈復欲過宰相有他圖乎！臣爲中丞，愛申錫忠良，奏爲御史，申錫心臣敢以死保之。」上意解，由是宋不死。

則摘取典型事例加以渲染，使讀者聆其言而知其人。或簡言以達旨，或博文以該情，並裁剪之妙也。又在鋪敘中，間以對話，如寫牛氏多引牛氏語，寫周氏多引他人語，不假評論，而頌揚之意自見，斯徵信之術也。〈李府君墓誌銘〉寫李戡，〈唐故灞陵駱處士墓誌銘〉寫駱峻，一爲節度巡官，一終士曹參軍，皆乏功績可稱，杜牧乃擷取其生平行事加以生發。如稱李戡「寒雪拾薪自炙，夜無然膏，默念所記」，則見其好學；稱「每有小功喪，訖制不食肉飲酒，語言行止，皆有法度」，則見其莊謹；稱「陽羨民有鬬諍不決，不之官人，必以詣君」，則見其受里人崇拜；稱舊友「後皆得進士第，有名聲官職，君尚爲布衣，然於君不敢稍怠」❽，則見其爲朋儕敬重，凡此皆寥寥數筆，墓主丰采全出。敘駱峻少時「屢以兵食干執事者」，及母喪去職，遂隱灞陵東坡下，雖達官顯貴造門，終不復出仕。又寫其平生行事云：

田三百畝，菓蔬占其一，捽墾辛苦，不受人一錢惠。朝之名士，多造其廬，未嘗以栖退超脱之高露於言色，温敬畏下，如勇於仕進者。論及當代利病，活人緩邊之策，必亹亹盡吐，冀達於在位者，至於安危機鍵之語，默不出口。尤不信浮圖學，有言者必約其條目，引《六經》以窒之，曰：「是乃其徒盜夫子之旨而爲其辭，是安能自爲之。」善圖山水狀，鑑者比之朱審、王維之儔。里百家鬬訴凶吉，一來決之。凡三十六年，無一日不自得也❾。

此以躬耕、訪賢、論政、排佛、善繪、解紛六事，即見其廉潔謙恭，温和戒愼之人格形象，辭約意顯，具體生動。〈唐故進士龔軺墓誌〉之寫龔生，雖生平仕履無可稱述，但經杜牧巧手敷陳，卻斐然成章。全篇文字如下：

會昌五年十二月，某自秋浦守桐廬，路由錢塘，龔軺袖詩以進士名來謁，時刺史趙郡李播曰：「龔秀才詩人，兼善鼓琴。」因令操〈流波弄〉，清越可聽。及飲酒，頗攻章程，謹雅而和。飲罷，某南去，舟中閱其詩，有山水閑淡之思。後四年，守吴興，因與進士嚴惲言及鬼神事，嚴生曰：「有進士龔軺，去歲來此，晝坐客館中，若有二人召軺者，軺命馬甚速，始跨鞍，馬驚墮地，折左脛，旬日卒。」余始了然。憶錢塘見軺時，徐徐尋思，如昨日事，因知尚殯于野，乃命軍吏徐良改葬于卞山，南去州城西北一十五里。嚴生與軺善，亦不知其鄉里源流，故不得記。嗚呼！胡爲而來二鬼，驚馬折脛而死哉？大中五年辛未歲五月二日記⑩。

此先敘生前一面之緣，以操琴「清越可聽」，飲酒「謹雅而和」，作詩「有山水閑淡之思」三事，刻繪龔生風流儒雅之形象；再敘死後乃知其爲二鬼所召，墜馬折脛事，渲染以卒章。通篇意味新鮮，情韻悠長，俱見作者隨事立意，構思不凡。劉師培稱墓誌銘之作「但敘自己之友誼而不及死者之生平，其違體之甚」⓫，如本篇並無生平可敘，專就友誼著眼，斥之違體，不若視爲創格之爲當也。至於〈唐故岐陽公主墓誌銘〉及〈韋公墓誌銘并序〉皆起勢不俗，前者首敘憲宗求壻於杜悰，後者先言韋溫生瘡而謝世，喜憂互見，貼切盡情。〈唐故處州刺史李君墓誌銘并序〉、〈唐故歙州刺史邢君墓誌銘并序〉爲知交李方玄、邢群而作，手法有映襯、問答之異，筆調亦有冷、熱之別。〈杜君墓誌銘〉、〈唐故復州司馬杜君墓誌銘并序〉、〈唐故邕府巡官裴君墓誌銘〉三篇同爲親屬而作。惜胞弟杜顗之喪明早逝，筆底含情；寫堂兄杜詮罷官躬耕，辭意雋潔；誌內兄裴希顏之多寫其父，則以賓襯主，突破陳規。乃若〈自撰墓誌銘〉述臨終不祥之兆，〈唐故范陽盧秀才墓誌〉富傳奇色彩，皆可見杜牧於墓誌銘，馳騁揮灑，篇篇迥異。

「碑陰」者，徐師曾所謂：「爲文而刻之碑背面也，亦謂之記。古無此體，至唐始有之。或他人爲碑文而題其後，或自爲碑文而發其未盡之意。」⓬如〈書處州韓吏部孔子廟碑陰〉，即觀昌黎〈處州孔子廟碑〉有感而發，復鐫文於碑背也。篇中慷慨發論，批評國君之不奉孔聖，耽迷佛老，皆不得其善終云：

自有天地已來，人無有不死者，海上迂怪之士持出言曰：「黃帝鍊丹砂，爲黃金以餌之，晝日乘龍上天，誠得其藥，可如黃帝。」以燕昭王之賢，破強齊，幾於霸；秦始皇、漢武帝之雄材，滅六強，擗四夷，盡非凡主也。皆甘其說，耗天下、損骨肉而不辭，至死而不悟。莫尊於天地，莫嚴於宗廟社稷。梁武帝起爲梁國者，以筍脯麵牲爲薦祀之禮，曰：「佛之教，牲不可殺。」以天子尊，捨身爲其奴，散髮布地，親命其徒踐之⑬。

此援四君爲例，證明釋老害國，儒能立邦，諷古蓋意在勸今。篇末推崇韓愈紹孔載道之功與孟子等。通篇發議論，寄感慨，與一般碑誌重敘事者有別。

綜觀杜牧碑誌體散文，既不鋪排郡望，亦不藻飾官階，乃能相題設施，因人而異。寫達官顯貴，則典雅端莊，而不失於板重；敘低階人物，則神采飛揚，而不流於輕浮，蓋能掌握特點，勾勒細節，使首尾面目，不再蹈襲。至於剪裁之精，構思之巧，復能隨筆生發，曲盡其妙；故圓活生動，誠此體散文之風格也。

---

❶ 引文見《封氏聞見記》卷五。

❷ 引文見《樊川文集》卷七。

❸ 引文見《樊川文集》卷十五。

❹引文見《文體明辨》序說。
❺引文見《文心雕龍・誄碑》。
❻同❷。
❼同❷。
❽引文見《樊川文集》卷九。
❾同❽。
❿同❽。
⓫引文見《漢魏六朝專家文研究》十四「文章變化與文體遷訛」。
⓬同❹。
⓭引文見《樊川文集》卷六。

第六節　悽愴誠摯之祭祝文

祭祝文者，祭奠親故，告禱神靈之文也。杜牧此體散文有「祭文」、「祝文」之別，共五篇。

「祭文」者，徐師曾所謂：「祭奠親友之辭也。古之祭祀，止於告饗而已。中世以還，兼讚言行，以寓哀傷之意，蓋祝文之變也。」❶可見祭文本由饗神之祝文演變而來，故劉勰將之與〈祝盟〉合論，吳訥則統稱爲「祭文」，其禱神者，徐師曾別立「祝文」一目，蓋溯典不得忘祖也。專就祭奠親舊言，既以「道達情意」爲重，則旨在追敘交誼，抒發悲感，主觀色彩較濃，和碑誌多客觀記述死者生平、稱頌德業有別。是以穎秀之作，雖筆調樸素，而情哀意切，多能贏人熱淚，如〈祭周相公文〉之奠於故相國僕射周墀之靈前。杜牧時任湖州刺史，兩地懸隔，所謂「吳洛相遠，踰於二千，無因拜柩，見歸九泉，哭送使者，致誠奠筵」，千里赴弔，亦足見其眞摯。篇中首敘周公之道「徧於天下」，僅用四字，便將其勳名德望帶過，蓋鋪寫功業主於碑誌，故以下惟就提拔之恩著筆，所謂：

> 會昌之政，柄者爲誰？忿忍陰汙，多逐良善。牧實忝幸，亦在遣中。黃崗大澤，葭葦之場。繼來池陽，西在孤島。僻左五歲，遭逢聖明。收拾冤沉，誅破罪惡。牧於此際，更遷桐廬，東下京江，南走千里。曲屈越嶂，如入洞穴，驚濤觸舟，幾至傾沒。萬山環合，才千餘家，夜有哭鳥，晝有毒霧，病無與醫，饑不兼食，抑喑偪塞，行少臥多。逐者紛紛，歸軫相接，唯牧遠棄，其道益艱。相公憐憫，極力撥拔，爰及作相，首取西歸，授之名曹，帖以重職。虢國太子，絳市諜人，死而復生，未足爲喻❷。

此敘武宗會昌二年（八四二），杜牧受李德裕排擠，而出守黃、池二州達五年之久，至六年（八四六）九月始移睦州刺史，其赴任艱險，僻郡荒涼，幸得大力援引，乃能於大中二年（八四八）八月，內擢司勳員外郎、史館修撰。此其喻爲「死而復生」者也。故篇末一則浩歎周公罷相，「賢士大夫，無不攀惜」；再則頻呼：「訃問忽至，慟哭問天。嗚呼！蒼生未濟，而喪吾相，爲蒼生慟，豈獨私恩？」蓋情之既至，絮絮道來，不覺辭愴語悲也。若乃〈祭龔秀才文〉之祭龔軺，僅平生一面之雅，而願爲之改葬，所謂：

死者生之極，折脛而夭，復死之極。言於前定，莫得而推；出於偶然，魂其冤哉。鄉里何在？骨肉何人？下山之南，可以栖魂❸。

寥寥數語，亦能致誠而盡哀矣！

「祝文」者，徐師曾所謂「饗神之詞也。……考其大旨，實有六焉：一曰告，二曰脩，三曰祈，四曰報，五曰辟，六曰謁，用以饗天地山川社稷宗廟五祀群神，而總謂之祝文。」❹其文杜牧或稱「祭」，或稱「祈」，實祝文之屬。如〈祭城隍神祈雨文〉，乃武宗會昌三年（八四三）黃州大旱，祈雨而作。詞曰：

> 刺史吏也，三歲一交，如彼管庫，敢有其寶玉；如彼傳舍，敢治其居室？東海孝婦，吏冤殺之，天實冤之，殺吏可也。東海之人，於婦何辜，而三年旱之？刺史性愚，治或不至，厲其身可也，絕其命可也！吉福殃惡，止當其身。胡爲降旱，毒彼百姓？謹書誠懇，本之於天，神能格天，爲我申聞❺。

杜牧爲政清廉，守身無愧，若乃有過，寧願挺身承災，而不願禍延百姓。赤懇之情，溢乎言表。〈第二文〉爲同年作，蓋天猶不雨，故復慷慨告神：

> 刺史雖愚，亦曰無過，縱使有過，力短不及，恕亦可也，殺亦可也。稺老孤窮，指苗燃鼎，將穗秀矣，忍令萎死，以絕民命❻？

強調天理昭彰，仁用福祐，惡以殺懲，孤窮則憐，無過則赦。今刺史既能保民，則上蒼何吝乎甘霖？口吻又轉趨激越，而字字酸楚，彌見恤憐災黎之焦心也。對照會昌六年（八四六）七月所作之〈祭木瓜神文〉，則一憂一喜。時池州「苗將萎死，禱神之際，甘雨隨至，槁然凶歲，化爲豐年」❼，杜牧感其靈驗，故重修廟宇，增擴華敞，而爲文落成，亦情殷辭切之作也。

綜觀杜牧祭祀體散文，祭奠周墀、龔軺，交誼深淺，或有不同，而情切辭悲，皆適如其分；禱求城隍及木瓜山神，乃拘乎習俗，而急於民困，態度固不可不莊，言辭亦不可不誠。其悽惻誠摯之情，尤能彰顯此體散文之風格也。

❶ 引文見《文體明辨》序說。
❷ 引文見《樊川文集》卷十四。
❸ 同❷。
❹ 同❶。
❺ 同❷。
❻ 同❷。
❼ 同❷。

第七節　宏麗精警之散文賦

散文賦者，散化之賦也，其體以杜牧〈阿房宮賦〉爲開山。其形式不拘聲律對偶，內容亦不限敘事、寫景，手法近乎散文，故以「散文賦」名之。溯其源始，雖由辭賦發展而來，實因唐代古文運動影響而生新變。故論體制，既不同古賦之鋪排藻飾，亦有別俳賦、律賦駢偶用韻之嚴格限制，其句型參差，虛字迭用，大量吸收散文之章法氣勢，重視語言之清新流暢，雖名爲賦，實與散文無別。故吳訥云：「〈阿房宮賦〉古今膾炙，但太半是論體，不復可專目爲賦矣！」❶清吳曾祺亦稱其「通體全不似賦，直姑以賦名之耳。」❷足見杜牧志大才高，勇於跨略舊規，雖倍受方家譏彈，卒成散文之創格，廣爲後人師效。其文作於寶曆元年（八二五），時敬宗年十六，方登大位，寵信群小，沉迷聲色，大修宮室，故杜牧借暴秦覆亡故事以諷之。文章用「六王畢，四海一，蜀山兀，阿房出」十二字發端，簡勁，峭潔，籠盡天下大勢，直指秦王之驕矜。以下復分三層，鋪陳宮中樓閣之壯偉，嬪妃之嬌媚，寶藏之瑰奇，其辭如：「長橋臥波，未雲何龍？複道行空，不霽何虹？」「明星熒熒，開粧鏡也；綠雲擾擾，梳曉鬟也。」「鼎鐺玉石，金塊珠礫，棄擲邐迤，……。」皆以生動之刻劃，活潑之譬喻，極盡誇張之能事。篇末再以秦廷奢侈與百姓疾苦作鮮明之對比，慨歎繁華一時，終成焦土。所謂：

> 嗟乎！一人之心，千萬人之心也。秦愛紛奢，人亦念其家。奈何取之盡錙銖，用之如泥沙？使負棟之柱，多於南畝之農夫；架梁之椽，多於機上之工女；釘頭磷磷，多於在庾之粟粒；瓦縫參差，多於周身之帛縷；直欄橫檻，多於九土之城郭；管絃嘔啞，多於市人之言語。使天下之人，不敢言而敢怒，獨夫之心，日益驕固。戍卒叫，函谷舉，楚人一炬，可憐焦土。滅六國者，六國也，非秦也。族秦者，秦也，非天下也。嗟乎！使六

國各愛其人，則足以拒秦。使秦復愛六國之人，則遞三世可至萬世而爲君，誰得而族滅也？秦人不暇自哀，而後人哀之；後人哀之而不鑑之，亦使後人而復哀後人也❸。

指出六國及秦之滅亡，皆因不愛其民，咎由自取。若後王未能謹記教訓，必將重蹈覆轍。諷刺深刻，寓意警切。全篇敘事、描寫、議論、抒情，緊密交融，而想像奇偉，詞采壯麗，既富點染風華之致；更具鑒往勸今之效。故元祝堯稱其「前半篇造句猶是賦，後半篇議論俊發，醒人心目，自是一段好文字。」❹錢基博亦譽爲「筆勢放縱，而意特警發，集中之勝。」❺足見其宏麗精警之風格矣！

結　語

綜上所述「論辯」、「傳狀」、「序記」、「書啟」、「碑誌」、「祭祝」、「散賦」七種體裁，足證杜牧勇於突破陳規，自鑄偉格，如「原」、「言」、「辯」、「文」、「錄」、「題後」、「送序」、「碑陰」、「公署廳壁記」、「書畫器物記」等，雖前朝先萌，但經由杜牧之大力拓墾，內涵更加豐富。至於其他久已定型之體類，亦能以靈活之布局，多樣之手法，肆行改造，使其風貌煥然，如以散體單行之議論入賦，開宋人文賦之先河；揚棄碑誌板重之格套，化爲因人施設，圓轉活潑之體式。顧歷來評者僅推崇其「散賦」、「論辯」、「傳狀」之文，實則其他各體，莫不辭暢意達，佳篇迭見也。

若乃論其散文風格，雖因乎體制而競妍多姿，大致仍以雄奇朗暢爲主。蓋杜牧才力超迥，氣質剛正，學問淵深，習風宕逸，所陳皆慷慨壯麗，所論皆宏韜大略，遂發爲光明俊偉之象，健勁挺拔之語，蓋得乎陽剛之美者也。紀昀許爲「縱橫奥衍」❻、陳衍譽爲「雄俊」者❼，庶幾乎得其風格之眞矣。

---

❶ 引文見《文章辨體》序說。

❷ 引文見《涵芬樓文談》「辨體」第六。

❸ 引文見《樊川文集》卷一。

❹ 引文見《古賦辯體》卷七「杜牧之・阿房宮賦」條。

❺ 引文見《中國文學史》上冊，頁四二三。

❻ 引文見《四庫提要》卷一五一「樊川文集」條。

❼ 引文見《石遺室詩話續編》卷十四。

第伍章　杜牧散文之重要思想

杜牧云：「凡爲文以意爲主」❶，意者何？即思想內涵也。蓋文章之事，貴在積理，理充方能闡幽造極，發耀輝光；以杜牧之「才學均勝」❷，識略又宏，所談皆「通達治體」之侃侃大論❸，足徵其關仁義，通教化之思想歸趨矣。下分五節，以覘其散文思想之大略焉。

第一節　輔君活人之政治思想

晚唐國事蜩螗，百姓塗炭。杜牧「徒有輸心效節之志」❹，而不見用，每鬱鬱多感；惟士君子立身行道，固不忍獨善一己，而必汲汲以匡君濟民爲志，此其所以經綸世務自期，冀能裨時局於萬一也。

觀其〈上昭義劉司徒書〉歌頌王猛、房玄齡「以輔君活人爲事」❺，故能名垂千載。所揭「輔君活人」四字，實其終生秉持之政治理念。蓋爲政之道，不過「輔君」、「活人」二事；即上以忠奉其君，下以仁撫其民。此古今聖賢修己治人之終極目的，亦杜牧志存仁義教化之必然趨勢也。茲分述之。

一、事君須婉言匡輔

就匡輔國君言，晚唐雖多庸主，而杜牧固未嘗失志，如〈冬至日寄小姪阿宜詩〉云：「仕宦至公相，致君作堯湯」❻，〈郡齋獨酌〉曰：「出語無近俗，堯舜禹武湯」❼，〈東兵長句十韻〉稱：「屈指廟堂無失策，垂衣堯舜待昇平」❽，其崇杜甫，好杜詩，而同具「致君堯舜上，再使風俗淳」之襟懷❾，昭如日月。即散文亦直承柳宗元「以輔時及物爲道」之論❿，而多匡諫之義焉。如〈上知己文章啟〉云：「寶曆大起宮室，廣聲色，故作〈阿房宮賦〉。」⓫篇中反問：「秦愛紛奢，人亦念其家。奈何取之盡錙銖，用之如泥沙？」諷刺敬宗不恤民力十分露骨，而篇中嗟嘆：「使六國各愛其人，則足以拒秦；使秦復愛六國之人，則遞三世可至萬世而爲君，誰得而族滅也？」⓬更尖銳點出得民者昌，失民者亡之理。

杜牧不僅爲文諷諫國君，且歌頌崔鄲之勸穆宗勤政⓭，稱牛僧孺勇諫敬宗之荒誕⓮；表彰韋温爲災黎請命，而文宗納諫⓯。三公之勇批逆鱗，固忠君之極則，人臣之典範，爲杜牧所推仰。然或有不測，輕則貶官，重則殺身，如屈原自沉汨羅，賈誼遠謫長沙，其際遇坎坷，杜牧皆嘗爲之低迴沉吟⑯。至於韓愈一貶陽山令，再貶潮州刺史，雖「忠犯人主之怒」⑰，終不可爲善；必也「進有契於成務，退無阻於榮身」⑱，斯爲得之。故杜牧主張輔君不可激言直諫。其〈與人論諫書〉自稱遍讀羣書：

每見君臣治亂之間，與亡諫諍之道，遐想其人，舐筆和墨，則冀人君一悟而至于治平，不悟則烹身滅族，唯此二者，不思中道。自秦、漢已來，凡千百輩，不可悉數。然怒諫而激亂生禍者，累累皆是，納諫而悔過行道者，不能百一。何者？皆以辭語迂險，指射醜惡，致使然也。夫迂險之言，近於誕妄；指射醜惡，足以激怒。夫以誕妄之說，激怒之辭，以卑凌尊，以下干上。是以諫殺人者，殺人愈多；諫畋獵者，畋獵愈甚；諫治宮室者，宮室愈崇；諫任小人者，小人愈寵。觀其旨意，且欲與諫者一鬬是非，一決怒氣耳，不論其他，是以每於本事之上，尤增飾之。

杜牧以爲古來諍臣多未能篤守中道，反以誇張攻訐之辭激怒人主，而因直賈禍，乃致君賢不如堯、舜、禹、湯，而殺身慘同王子比干。故匡君須用「循常之說」，使「明白辯婉，出入有據」。此杜牧感嘆：

今人平居無事，友朋骨肉，切磋規誨之間，尚宜旁引曲釋，亹亹繹繹，使人樂去其不善，而樂行其善，況於君臣尊卑之間，欲因激切之言，而望道行事治者乎⑲？

可見杜牧強調臣之輔君，須忠而能敬，婉而不激，使國君勇於改過，樂於行善；若乃許以為直，居下訕上，適足以敗事，非人臣諍諫所當爲也。

二、撫民應興利除弊

就撫愛百姓言，杜牧於〈上昭義劉司徒書〉恭維對方「行仁政」，使上黨之地「男子畝，婦人桑，老者養，孤者庇，上下一切，罔有紕事。」⑳而晚唐整體局勢之糜爛，恰恰相反，如兵燹不斷，旱澇連連，賦役加重，盜賊滋生，天災人禍交煎，民生淪於水火。凡血性之士，莫不悲憐，而願爲其褓姆。

杜牧刺黃、池、睦、湖四州達六、七載，深諳民間疾苦，文中亦每抒同情之音。如武宗會昌二年（八四二）春爲黃州刺史，正慶「幸天下無事，人安穀熟，無兵期軍須、逋負諍訴之勤」㉑，不意隔年便生大旱，杜牧心焦如焚，乃有〈祭城隍神祈雨文〉和〈第二文〉之作。前者指出刺史保民，非以搜刮聚斂爲事；若乃上天降災，只可一己承過，不願人民流徙。所謂「吉福殃惡，止當其身。胡爲降旱，毒彼百姓」是也㉒。後者稱「今旱已久，恐無秋成。謹具刺史之所爲，天下之將絶，再告於神」，祈求普降甘霖。篇云：

牧爲刺史，凡十六月，未嘗爲吏，不知吏道。黄境隣蔡，治出武夫，僅五十年，令行一切，後有文吏，未盡削除。伏臘節序，牲醪雜須，吏僅百輩，公取於民，里胥因緣，侵竊十倍，簡料民費，半於公租，刺吏知之，悉皆除去。鄉正村長，強爲之名，豪者尸之，得縱強取，三萬户多五百人，刺史知之，亦悉除去。繭絲之租，兩耗其二銖；稅穀之賦，斗耗其一升，刺史知之，亦悉除去。吏頑者笞而出之，吏良者勉而進之，民物吏錢，交手爲市。小大之獄，面盡其詞，棄於市者，必守定令。人户非多，風俗不雜，刺史年少，事得躬親，疽抉其根矣，苗去其莠矣，不侵不蠹，生活自如，公庭晝日，不聞人聲㉓。

有不忍人之心，斯有不忍人之政；杜牧視事黄州歲餘，盡掃五十年來豪強剝削種種弊端，使人民「不侵不蠹，生活自如」。如今又因久旱，禾稼不熟，使哀哀孤窮，再瀕絶境，此非刺史有罪，眞乃天地不仁矣！

會昌四年（八四四）秋，杜牧遷池州刺史，隔年再旱。禾苗將萎之際，禱於木瓜山神，甘雨隨降，因而許願一新祠宇。落成之際，乃作〈祭木瓜神文〉，篇末禱曰：

惟神繫雲在襟，貯雨在缶，視人如子，渴即與之。不容凶邪，不降疾疫，千萬年間，使池之人，敬仰不怠㉔。

言語之間，充分體現視民如傷之襟懷。

至於〈與汴州從事書〉，則建議採用李式造簿籍之法，以均徭役。所謂：

某每任刺史，應是役夫及竹木瓦磚工巧之類，並自置板簿，若要使役，即自檢自差，不下文帖付縣。若下縣後，縣令付案，案司出帖，分付里正，一鄉只要兩夫，事在一鄉徧著，赤帖懷中藏却，巡門掠歛一徧，貧者即被差來。若籍在手中，巡次差遣，不由里胥典正，無因更能用情。

換言之，杜牧施行該法頗著績效，故馳書汴州從事，強調「長吏不置簿籍一一自檢，即奸胥貪冒求取，此爲最甚。」㉕可見其勤政愛民之一斑。

至若鋪寫賢吏名臣，尤多重愛民事蹟。如〈禮部尚書崔公行狀〉敘崔郾遷浙西觀察使，「料民等第，籍地沃瘠，均其征賦，一其徭役。經費宴賞，約事裁節。民有宿逋不可減於上供者，必代而輸之。」㉖〈唐故江西觀察使武陽公韋公遺愛碑〉歌頌憲宗時，韋溫主政江西之德澤，皆其例也。

綜觀杜牧政治方面，雖未刻意發爲嚴密之理論，然察於微言，觀乎行事，而思想之歸依在焉。其早年無位，則作賦諷諫，期致君於堯、湯；壯年從政，則爲文祈雨，欲拯民於昇平；至於剷豪強，除奸吏，薄賦斂，均勞役，謹刑罰，節公帑，恤窮孤，濬河川，勸農桑等興利除害之保民愛民措施，又和長官親朋、古今賢臣勠力共勉。若乃匡主之辭欲婉，撫民之舉必周之論，尤爲「輔君活人」之最佳註腳。

---

❶ 引文見〈答莊充書〉，《樊川文集》卷十三。

❷ 引文見李慈銘《越縵堂讀書記》中，八，文學。

❸ 同❷。

❹ 引文見〈上宣州崔大夫書〉，《樊川文集》卷十三。

❺ 引文見《樊川文集》卷十一。

❻ 引文見《樊川文集》卷一。

❼ 同❻。

❽ 引文見《樊川文集》卷二。

❾ 引文見〈奉贈韋左丞丈二十二韻〉，《杜詩鏡銓》卷一。

❿ 引文見〈答吳武陵論非國語書〉，《柳宗元集》卷三十一。

⓫ 引文見《樊川文集》卷十六。

⓬ 同❻。

⓭ 參見〈禮部尚書崔公行狀〉，《樊川文集》卷十四。

⓮ 參見〈牛公墓誌銘并序〉，《樊川文集》卷七。

⓯ 參見〈韋公墓誌銘并序〉，《樊川文集》卷八。

⓰ 參見《樊川文集》卷一〈李甘詩〉云：「幽蘭思楚澤，恨水啼湘渚，恍恍三閭魂，悠悠一千苦。」同卷〈題池州弄水亭〉云：「幽抱吟九歌，羈情思湘浦。」卷二〈昔事文皇帝三十二韻〉云：「一名爲吉士。誰免弔湘魂？」卷三〈將赴湖州留題庭菊〉云：「陶菊手自種，楚蘭心有期。」卷四〈題武關〉云：「鄭袖嬌饒酣似醉，屈原憔悴去如蓬。」又卷一〈感懷詩〉云：「聊書感懷韻，焚之遺賈生。」卷二〈李和鼎〉云：「鵩鳥飛來庚子直，謫去日蝕辛卯年。由來枉死賢才事，消長相持勢自然。」同卷〈朱坡絶句三首〉其一云：「賈生辭賦恨流落，秖向長沙住歲餘。」卷四〈詠歌聖德遠懷天寶因題關亭長句四韻〉云：「君王若悟治安論，安史何人敢弄兵？」

⓱ 引文見宋蘇軾〈潮州韓文公廟碑〉，《東坡後集》卷十五。

⓲ 引文見劉勰《文心雕龍·論説》。

⑲引文見《樊川文集》卷十二。
⑳同❺。
㉑引文見〈上池州李使君書〉，《樊川文集》卷十三。
㉒引文見《樊川文集》卷十四。
㉓同㉒。
㉔同㉒。
㉕引文見《樊川文集》卷十三。
㉖同㉒。

第二節　平藩定邊之軍事思想

晚唐政局飄搖，實與藩鎭割據和回鶻、吐蕃寇邊有關。杜牧憂勞國事，乃「上窮天時，下極人事」❶，潛心鑽研古代兵書。由於才識精到，每能因時制宜，獻謀進策，或爲當政所採，莫不立見功效，故胡震亨推爲「條畫率中機宜，居然具宰相作略。」❷清吳錫麟亦稱其「內懷經濟之略，外騁豪宕之才。」❸雖畢生浮沉仕途，而〈罪言〉、〈原十六衞〉、〈戰論〉、〈守論〉、〈上李司徒相公論用兵書〉、〈上李太尉論北邊事啟〉所反映之軍事思想，固值得深入闡發。

一、謀國必須知兵

杜牧〈注孫子序〉以爲「兵者，刑也；刑者，政事也」，其目的「俱期於除去惡民，安活善人」，故凡執政爲吏，小則「據案聽訟，械繫罪人，笞死于市」，大則「驅兵數萬，撅其城郭，係纍其妻子，斬其罪人」，所以兵較於刑，又「用力多」而「功難就」也，是「知爲國家者，兵爲最大，非賢卿大夫，不可堪任其事」。

於是遍考經史，「見其樹立其國，滅亡其國，未始不由兵也。主兵者聖賢材能多聞博識之士，則必樹立其國也；壯健擊刺不學之徒，則必敗亡其國也。」如周公出征淮夷，孔子叱辱齊侯，二人莫不知兵；而齊太公、王翦、韓信，乃至唐之李靖、李勣、裴行儉、郭元振等賢臣良將之運籌帷幄，又「皆考古校今，奇祕長遠，策先定於內，功後成於外」，所以能樹立其國，垂範後世。至於當代人則罕知「大聖兼該，文武並用」之理，此晚唐輕忽軍事，敗亡之徵也。

作者敘其親身經歷云：

> 年十六時，見盜起圜二三千里，係戮將相，族誅刺史及其官屬，屍塞城郭，山東崩壞，殷殷焉聲震朝廷。當其時，使將兵行誅者，則必壯健善擊刺者，卿大夫行列進退，一如

常時，笑歌嬉遊，輒不爲辱。非當辱不辱，以爲山東亂事，非我輩所宜當知❹。

當時強藩刺殺宰相，族誅地方官吏，戰鼓聲達京師，而朝廷卻笙歌依舊，進退如儀。至於武將無謀，文臣袖手，而求國之不亡，不可得矣！

杜牧有感於此，故取孫武所著十三篇，詳加注釋，冀能救亡圖存。大中三年（八四九）且獻於宰相周墀，其〈上周相公書〉強調儒者須嫻熟軍事，方能止亂安邦，並指責晚唐主軍者多顢頇之輩，面對暴亂竟一籌莫展，使國家瀕臨危亡。〈上河陽李尚書書〉則云：

自艱難已來，儒生成名立功者，蓋寡於前代，是以壯健不學之徒，不知儒術，不識大體，取其微效，終敗大事，不可一二悉數❺。

杜牧認爲當代軍事失利，係因人謀不臧；而儒者輕武備，恥言兵之習氣，更亟待糾正。故一則指斥掌軍者多無能之輩，一則稱頌知兵之士，如〈上門下崔相公書〉譽崔珙折伏強藩云：

藩鎮欲生事樹功者，橫激旁搆，廟堂謀議，不知所出。相公殿一家僮，馳入萬衆，無不手垂目瞪，露刃弦弓，偶語腹非，或離或伍。相公氣壓其驕，文誘其順，指示叛臣賊子覆滅之蹤，鋪陳忠臣義士榮顯之效，皇威坌湧於言下，狼心頓革於目前❻。又如〈燕將錄〉歌頌策動河北諸鎭歸服之譚忠，〈宋州寧陵縣記〉表揚以寡擊衆，力退悍賊之劉昌，〈張保皐鄭年傳〉稱讚急公忘私，平亂安邦之張保皐、鄭年；篇末不禁感慨：「夫亡國非無人也，丁其亡時，賢人不用，苟能用之，一人足矣。」❼皆強調謀國知兵之重要也。

二、主張重整兵備

晚唐藩鎭驕縱，邊寇跋扈，朝廷既無力平亂，復因循苟且，遂乃動搖國本。藥救之方，則需由改革兵制，整頓戰備入手。

以改革兵制而論，欲挽救當時危機，正本清源，厥爲恢復府兵制。其〈原十六衛〉感慨中晚唐「府兵內剷，邊兵外作」，所謂：

起遼走蜀，繚絡萬里，事五強寇，十餘年中，亡百萬人，尾大中乾，成燕偏重。而天下掀然，根萌燼燃，七聖旰食，求欲除之且不能也。由此觀之，戎臣兵伍豈可一日使出落鈐鍵哉！然爲國者不能無也。居外則叛，居內則篡，使外不叛，內不篡，兵不離伍，無自焚之患，將保頸領，無烹狗之諭，古今已還，法術最長，其置府立衛乎❽！

杜牧以爲玄宗之後，罷府兵，擴邊兵，遂致邊寇未靖，強藩已牢籠盤據，累朝不得制。其釜底抽薪之法，則須改弦更張，重新置府立衛；使軍力統由中央調遣，既不致國防空虛，藩鎭亦無法擁兵自重，肆行篡逆矣。

就整頓戰備而論，晚唐軍事問題如百孔千瘡，〈戰論〉嘗歸納「戰必挫北」之五種敗因，如指陳「賞厚」、「輕罰」之過云：

> 夫戰輒小勝，則張皇其功，奔走獻狀，以邀上賞，或一日再賜，一月累封，凱還未歌，書品已崇。爵命極矣，田宮廣矣，金繒溢矣，子孫官矣，焉肯搜奇外死，勤於我矣。此賞厚之過，其敗三也。夫多喪兵士，顛翻大都，則跳身而來，刺邦而去，迴視刀鋸，菜色甚安，一歲未更，旋已立於壇墀之上矣。此輕罰之過，其敗四也。

杜牧以爲當代干戈頻頻，軍費浩繁，導致「用度不周，徵徭不常，無以膏齊民，無以接四夷」，天下大勢殆如人體「四支盡解，頭腹兀然而已。」欲思救拯，則當由整頓戰備入手，故強調「誠能治其五敗，則一戰可定，四支可生。」[9]換言之，若能勤練軍隊，補充兵員，不過賞輕罰，使事權統一，無爭功諉過，則不僅河北強藩可計日而定，即邊戎亦無能爲叛矣！

三、反對姑息藩鎮

安史亂後多姑息，於降將並不治罪，反授以節度使官職，如代宗任命薛嵩於相衛（後改稱昭義），李懷仙於盧龍，田承嗣於魏博，張忠志於成德，彼等名義上接受封職，實際並不受節制，甚至公然反對中央，氣焰高漲，如田承嗣向代宗求兼宰相，朝廷遂賦予同平章事名號，並封雁門郡王，此後羣起效尤，恣意妄爲，唐室均無法制裁。及德宗建中三年（七八二），節度使朱滔、田悅、李納、王武俊並反，皆稱王，翌年李希烈稱帝，縊殺宣慰使顏眞卿，朝廷亦莫可奈何。至憲宗元和十年（八一五），淄青節度使李師道懼朝廷討淮西，乃遣刺客暗殺宰相武元衡，擊傷大臣裴度，京城大駭。穆宗、敬宗以後，河北三鎮益加猖狂。杜牧鑒往知來，堅決反對縱容。其〈守論〉坦言直陳：

往年兩河盜起，屠囚大臣，劫戮二千石，國家不議誅洗，束兵自守，反條大曆、貞元故事，而行姑息之政，是使逆輩益橫，終唱患禍⑩。

自大曆、貞元以來，朝廷因循苟且，遂使藩鎮胃口愈養愈大，永無滿足之日，而國威掃地，法制破削，已瀕危滅之時，此杜牧所期期以爲不可者也。

其慷慨發論之餘，更身體力行。如武宗會昌年間，昭義節度使劉從諫病歿，其侄劉稹祕不發喪，逼監軍奏爲留後，時朝臣多稱回鶻未平，不如暫且從之，惟宰相李德裕獨排衆議，力求一戰，此時杜牧自黃州馳書聲援，亦主張對昭義進軍。〈上李司徒相公論用兵書〉云：「以某愚見，不言劉稹終不能取，貴欲速擒，免生他患。」蓋上黨人民赤膽忠心，慕義向誠，與淮西之久爲寇者不同，故王師一擊，可以攻破。所謂：

其用武之地，必取之策，在於西面。今者嚴紫塞之守備，謹白馬之隄防，祇以忠武、武寧兩軍，以青州五千精甲，宣潤二千弩手，由絳州路直東徑入，不過數日，必覆其巢⓫。

杜牧強調上黨南面之河陽軍素質低落，可使守天井關附近而不可強攻；北面成德及東面魏博兩軍，乃昭義所恃爲後援，若朝廷急詔共討，當不致違命；故用兵之策在於西面，僅以忠武、武寧二軍，由絳州路直攻，可迅速弭平劉稹。《新唐書》嘗載其事，稱：「宰相李德裕素奇其才」、「俄而澤潞（即昭義）平，略如牧策。」⓬足見其勇於打擊強藩也。

然而杜牧非不問情勢，一味強攻猛打。其深於兵也，故對太行以東，最稱強悍之魏博、成德、盧龍三鎮，並不主張輕率用兵。其〈罪言〉指陳天寶亂後，憂患頻仍，此亟待休養生息之際也；況朝廷數度用兵山東，皆不利而返，其人謀不臧，軍備不完，誠須徹底檢討。故綜合政治、軍事、地理、歷史、經濟、民心各層面，分析古今態勢，主張萬全之計，在於厚植國力，多行仁政，改革積弊，則驕藩勢蹙而自平矣！

四、建議突擊邊虜

唐代邊患，以吐蕃及回鶻最稱強雄。吐蕃緣於天災內亂，奉表歸降；回鶻亦因瘟疫流行，復遭黠戛斯擊潰，而奔竄漠南。然其國勢雖衰，猶不時犯邊，故杜牧於會昌四年（八四四）作〈上李太尉論北邊事啟〉。篇中建議盛夏突擊，蓋此時回鶻衆叛親離，馬畜殘少，若不襲取，恐生後患，所謂：

以某所見，今若以幽、并突陣之騎，酒泉教射之兵，整飾誡誓，仲夏潛發。計陰山與涿邪之遠近，十不一二，校蠕蠕、迴鶻之強弱，猶如虎鼠。五月節氣，在中夏則熱，到陰山尚寒，中國之兵，足以施展。行軍於枕席之上，翫寇於掌股之中，軏輻懸瓶，湯沃晛雪，一舉無頻，必然之策。今冰合防秋，冰銷解戍，行之已久，虜爲長然，出其意外，實爲上策⑬。

杜牧以爲北方秋冬冰雪苦寒，加以戎狄有備，絕不利進兵，若採仲夏節令，則氣候涼爽，僅派幽、并、酒泉邊兵，就近突擊，便可奏功。按《資治通鑑》載會昌三年（八四三）七月，武宗「令幽州乘秋早平回鶻」；次年三月「又令天德、振武、河東訓卒礪兵，以俟今秋黠戛斯擊回鶻。」⓮可見當代進討邊寇多在秋季，杜牧斟酌天時、地利，誠深諳兵貴用奇之法。

杜牧喜談軍事，以爲執政者當知兵、重兵、養兵、練兵，更須善於用兵，方能治國安邦；而兵制之鬆懈，軍備之廢弛，亦亟待改弦更張，妥加整頓，始能發揮克敵機先之效果。至於人謀既善，制度甚完，物力咸備，政治修明，然後一鼓作氣，削平羣藩；若乃仁政不施，積弊不除，則戰必挫北，徒困生民，反不如休養生息之爲愈也。故戰必因時順機，不可一味強攻，亦不可專事姑息，及邊虜勢竭力蹙，固當出其意表，進行奇襲。諸如此等思想，莫不胸羅甲兵，料敵如神，其深遠卓絕，誠非壯健不學而登壇拜將，懦弱無能而高踞廟堂者所能知矣！

---

❶引文見〈自撰墓誌銘〉，《樊川文集》卷十。
❷引文見《唐音癸籤》卷二十五。
❸引文見〈杜樊川集注序〉，清馮集梧《樊川詩集注》前附。
❹引文見《樊川文集》卷十。
❺引文見《樊川文集》卷十三。

❻ 引文見《樊川文集》卷十一。
❼ 引文見《樊川文集》卷六。
❽ 引文見《樊川文集》卷五。
❾ 同❽。
❿ 同❽。
⓫ 同❻。
⓬ 引文見《新唐書・杜牧傳》卷一六六。
⓭ 引文見《樊川文集》卷十六。
⓮ 引文見《資治通鑑》卷二四七。

第三節　崇儒反佛之學術思想

自中唐韓愈高揭崇儒反佛之大纛，其徒如李翺、皇甫湜、張籍，莫不聞風影從；下至晚唐劉蛻、孫樵、皮日休，亦皆痛斥釋教之害，而以振興儒學爲務。杜牧丁乎其間，蓋亦如斯，以下就其學術思想之大端，加以闡述。

一、推崇孔孟道統

杜牧崇儒，除受韓愈影響外，亦有其家學淵源，蓋自小深受先祖精通儒術之薰染，從而奠定其思想基礎。故〈上河陽李尚書書〉一則推崇李拭「知經義儒術」，必能建功立業，流聲飛譽；一則批評廟堂執政者「不知儒術，不識大體」❶。反映當代儒學蕭條，爲君既不事仁義，爲臣亦膚淺無學；至於通曉儒道，雄才大略者，反不得重用。是以〈送薛處士序〉勉之以：「果能窺測堯、舜、孔子之道」❷，深諳修己治人之方，精通定國安邦之術，爲社稷棟樑，方值得自負。至若其他篇章，歌頌周公「尊大儒術」❸；譽牛弘「以德行儒學相隋氏」❹；稱李戡「盡明六經書」❺；喻李方玄以顏回、冉求❻；比韋温於孔門七十二賢❼；莫不見其以儒立心，而未嘗須臾離也。

〈書處州韓吏部孔子廟碑陰〉則極力推尊孔子建立道統，教化萬民之功。蓋因：

儻不生夫子，紛紜冥昧，百家鬪起，是己所是，非己所非，天下隨其時而宗之，誰敢非之。縱有非之者，欲何所依擬而爲其辭。是楊、墨、駢、愼已降，百家之徒，廟貌而血食，十年一變法，百年一改教，橫斜高下，不知止泊。彼夷狄者，爲夷狄之俗，一定而不易，若不生夫子，是知其必不夷狄如也。

所謂天不生仲尼，萬古如長夜。杜牧認爲孔子乃百家宗師，其道千秋萬世，歷久不磨；倘無孔子，則諸子百家，各執一偏，互相攻訐，將永無寧日矣。而中國時時變法，常常改教，不僅立國思想淪喪，人民亦無所措手足，則反不如蠻夷之邦，彼雖無良善之教化可稱，卻有不變之風俗可循，而不遽至於亂也。

故進而批評歷代君臣不崇儒家之患，如李斯焚書坑儒，商鞅廢棄仁義，燕昭王、秦始皇、漢武帝沉溺鍊丹之術，欲求長生，梁武帝捨身爲佛奴，散髮命其徒踐之。彼皆崇飾異端，違反聖教，下場十分悲慘。所謂：

有天地日月爲之主，陰陽鬼神爲之佐，夫子巍然統而辯之，復引堯、舜、禹、湯、文、武、周公爲之助，則其徒不爲劣，其治不爲僻。彼四君二臣，不爲無知，一旦不信，背而之他，仍族滅之❽。

至若其他推重古聖先王及孔、孟道統之例尚多。如〈與人論諫書〉稱時君納諫能行，「斯乃堯、舜、禹、湯、文、武之心也。」❾〈上池州李使君書〉盛讚孔子「參之於上古，復酌於見聞，乃能爲聖人也。」❿〈上宣州崔大夫書〉自言樹德建功之動機，實受夫子曰：「君子疾没世而名不稱」感發而來⑪，皆能佐證其無時無地不以闡揚儒學道統自任。

二、指責佛教害國

杜牧大力反佛。其〈唐故灞陵駱處士墓誌銘〉稱頌駱峻不信佛學，斥佛教徒「盜夫子之旨而爲其辭，是安能自爲之。」⑫至於發爲長篇大論，則〈杭州新造南亭子記〉是也。篇中批評佛教之夸誕云：

> 佛著經曰：生人既死，陰府收其精神，校平生行事罪福之。坐罪者，刑獄皆怪險，非人世所爲，凡人平生一失舉止，皆落其間。其尤怪者，獄廣大千百萬億里，積火燒之，一日凡千萬生死，窮億萬世，無有間斷，名爲「無間」。夾殿宏廊，悉圖其狀，人未熟見者，莫不毛立神駭。佛經曰：我國有阿闍世王，殺父王篡其位，法當入所謂獄無間者，昔能求事佛，後生爲天人。況其他罪，事佛固無恙。

其斥責佛經險譎無稽，捏造地獄苦刑，怪力亂神以愚弄百姓；蓋導民爲善，絕不能以恫嚇爲基礎，而應開發人類天賦之善性，方爲務本之道。而所謂「放下屠刀，立地成佛」，則雖有弒父不赦之罪，一旦悔悟，便可立得解脫，更令人難以接受；且恐奉佛祈福消災之論，非但未能淨化社會，將使刁民貪官有恃無恐矣！蓋：

為工商者，雜良以苦，僞內而華外，納以大秤斛，以小出之，欺奪村閭戇民，銖積粒聚，以至于富。刑法錢穀小吏，出入人性命，顛倒埋沒，使簿書條令不可究知，得財買大第豪奴，如公侯家。大吏有權力，能開庫取公錢，緣意恣爲，人不敢言。是此數者，心自知其罪，皆捐己奉佛以求救，月日積久，曰：「我罪如是，富貴如所求，是佛能滅吾罪，復能以福與吾也。」

大官貪贓枉法，小吏魚肉鄉里，工商巧取豪奪，惟在愧疚之餘，取不義所得頂禮菩薩，供養僧尼，冀能滅罪得救，足見奉佛敗壞風氣之甚也。所謂：

有罪罪滅，無福福至，生人唯罪福耳，唯田婦稚子，知所趨避。今權歸於佛，買福賣罪，如持左契，交手相付。至有窮民，啼一稚子，無以與哺，得百錢，必召一僧飯之，冀佛之助，一日獲福。若如此，雖舉寰海內盡爲寺與僧，不足怪也。屋壁繡紋可矣！爲金枝扶疏，擎千萬佛，僧爲具味飯之可矣，飯訖持錢與之。不大、不壯、不高、不多、不珍奇瓌怪爲憂，無有人力可及而不爲者。晉，霸主也，一銅鞮宮之衰弱，諸侯不肯來盟，今天下能如幾晉，凡幾千銅鞮，人得不困哉？

窮民無以哺子，得錢尚需齋僧，實爲莫大諷刺！至於普天之下，民生凋敝，經濟破產，獨佛寺林立，僧尼雲集，又焉能不耗盡民脂？杜牧以春秋時晉平公窮奢極欲，建銅鞮離宮而國勢寖弱爲例，慨歎晚唐有如銅鞮之寺塔浮屠者幾千，國計豈能不艱？民生焉得不困？

篇中諷古勸今，認爲君王溺於佛教，將煽成歪風，流及下民，危害經濟，導致國家衰亡。如「梁武帝明智勇武，創爲梁國者，捨身爲僧奴，至國滅餓死不聞悟」，唐「文宗皇帝嘗語宰相曰：『古者三人共食一農人，今加兵、佛，一農人乃爲五人所食，其間吾民尤困於佛。』」雖「念其本牢根大，不能果去之」，終不愧爲賢君。而最可歌頌者，爲唐武宗會昌五年（八四五）之毀佛。時

> 武宗皇帝始即位，獨奮怒曰：「窮吾天下，佛也。」始去其山臺野邑，四方所冠其徒，幾至十萬人。後至會昌五年，始命西京留佛寺四，僧唯十人；東京二寺。天下所謂節度觀察，同、華、汝三十四治所，得留一寺，僧准西京數，其他刺史州不得有寺。出四御史縷行天下以督之，御史乘驛未出關，天下寺至於屋基耕而刓之。凡除寺四千六百，僧尼笄冠二十六萬五百，其奴婢十五萬，良人枝附爲使令者，倍笄冠之數，良田數千萬

頃，奴婢口率與百畝，編入農籍。其餘賤取民直，歸於有司，寺材州縣得以恣新其公署傳舍⓭。

此舉和北魏太武帝、北周武帝禁佛，並稱爲佛教「三武之難」，固杜牧所津津樂道也。

杜牧學術思想，一則正面弘揚孔孟道統以立本，一則反面指責佛教以袪弊，弘儒意在修己治人，進而安邦定國；排佛旨在破迷除惑，進而濟拯百姓。途徑雖異，而體用無別。

---

❶ 引文見《樊川文集》卷十三。
❷ 引文見《樊川文集》卷十。
❸ 引文見〈注孫子序〉，《樊川文集》卷十。
❹ 引文見〈牛公墓誌銘并序〉，《樊川文集》卷七。
❺ 引文見〈李府君墓誌銘〉，《樊川文集》卷九。
❻ 參見〈唐故處州刺史李君墓誌銘并序〉，《樊川文集》卷八。
❼ 參見〈韋公墓誌銘并序〉，《樊川文集》卷八。
❽ 引文見《樊川文集》卷六。
❾ 引文見《樊川文集》卷十二。

⑩ 同❶。

⑪ 同❶。

⑫ 引文見《樊川文集》卷九。

⑬ 同❷。

第四節　尚意慕古之文學思想

晚唐文風漸趨華靡，元白艷體之餘毒既未消歇，李賀幽深逐奇之歌詩又復競起；迭以李商隱、温庭筠、段成式雕琢儷偶，繁縟相誇之「三十六體」，其逃避現實，注重形式，一反中唐諷諭寫實，載道濟世之文藝思潮可知。杜牧生逢其時，誠「奮然以拯世扶物爲任」❶，其文皆關禮樂教化，且不滿時風而有所針砭，亦預料中事也。故如〈李賀集序〉批評長吉理稍不及，無「以激發人意」❷，〈李府君墓誌銘〉引李戡語，斥責元、白「淫言媟語」，「入人肌骨」❸，皆足徵其重視文學內容雅正，須能敦風俗，裨世教，匡勸君意，感發人心，斯爲善矣！若徒事吟弄風月，刻鏤字句，則不流於偏邪，必歸乎纖巧，非其所崇也。是以〈獻詩啟〉自稱：「某苦心爲詩，本求高絕，不務奇麗，不涉習俗，不今不古，處於中間。」❹此言其創作力求辭意高超，風趣卓絕，既不拘囿時尚，亦不因襲古人，而戛戛乎獨運。至若強調「不務」、「不涉」，殆頗有自外時風之意。今人繆鉞認爲：「所謂『奇麗』，可能是指李賀的詩風，而所謂『習俗』，大概是指元稹、白居易等『杯酒光景間小碎篇章』的『元和體』。」❺誠如所言，則杜牧於李賀之險怪，元、白之浮艷，實有鄙薄之意。

以上所言雖偏重在詩，而未嘗不可推之於文。若進而夷考其文學見解，則主要見於〈答莊充書〉，篇中盛讚對方爲文百餘篇，乃「先意氣而後辭句，慕古而尚仁義」者❻。細翫此二語，則杜牧之文學思想綱領又隱然在焉。其中復包括「尚意」、「慕古」兩點，一爲寫作內容形式之輕重問題，一爲創作思想內涵之歸趨問題。茲由「立意先乎辭句」、「志古在於仁義」兩方面加以闡發。

一、立意先乎辭句

〈答莊充書〉開篇云：

凡爲文以意爲主，氣爲輔，以辭彩章句爲之兵衛，未有主強盛而輔不飄逸者，兵衛不華赫而莊整者，四者高下圓折，步驟隨主所指，如鳥隨鳳，魚隨龍，師衆隨湯、武，騰天潛泉，橫裂天下，無不如意。苟意不先立，止以文彩辭句，繞前捧後，是言愈多而理愈亂，如入闤闠，紛紛然莫知其誰，暮散而已。是以意全勝者，辭愈樸而文愈高；意不勝者，辭愈華而文愈鄙。是意能遣辭，辭不能成意，大抵爲文之旨如此❼。

本段可視爲杜牧創作基本原則，文中首先以一軍之主帥、副將、兵士爲喻，說明文章意旨、氣勢和辭藻字句之主從關係；其次強調主旨不先確立，必有條理紛雜，辭句散亂之弊；再次比較立旨堅明與否，不待華藻，而文情高下立判；最末歸結爲立意先乎辭句。換言之，作戰須謀定而後動，主帥確立方針，副將執行計劃，兵士攻城掠地，如心之運手，手之使指，渾然一體；若主帥心無定見，則全軍必如一盤散沙，人各異心，又何能克敵致果？至於爲文亦然，必先確立主旨，蓋立意高卓，必氣勢磅礴，風姿俊逸，辭采隨而生動勃發；反之，則文無宗主，一味堆砌辭藻，莫知所云，又何能感發人心？故遣辭不必華靡，求其樸茂可也；立意則須堅明，否則必有繁雜失統之患，此杜牧之所以強調以意爲主，辭爲從；足以說明二者雖體用相資，而內容固先乎形式矣。

杜牧爲文尚意之說，實前有所本，而考其創作，亦莫不意到筆隨，清宋長白云：「昌黎、樊川，則先用意而後落筆」❽，固知杜牧命篇，既宗韓愈「師其意，不師其辭」之說❾，復取柳宗元「凡爲文，以神志爲主」之論❿，故下筆纚纚，每能洞燭幽隱，論斷精當，發前賢所未能發，是以清劉熙載嘆其「兩進策於李文饒，皆案切時勢，見利害於未然。以文論之，亦可謂不浪戰者矣。」⓫所謂「不浪戰」，即指其爲文立意高卓，一如主帥之善用兵，能運籌帷幄，決勝千里，足證其強調立意先乎辭句也。

二、志古在於仁義

杜牧爲文之內涵歸趨，簡言之，即前述「慕古而尚仁義」是也。蓋杜牧思想以儒爲主，儒者，即班固所謂：「游文於六經之中，留意於仁義之際」⑫，故儒家之異於佛、道、楊、墨者，仁義而已。就個人修爲言，則仁義道德；自日用倫常言，則忠孝誠信；行於國家天下，則爲經世濟民，施教垂化。觀杜牧立身行事，所謂「自顧自念，守道不病」⑬，終不外乎斯。至若推崇時賢之有道有文，又莫不歸本於仁義忠信，如〈上宣州高大夫書〉譽三郎文：「其旨意所尚，皆本仁義而歸忠信」⑭，〈李府君墓誌銘〉稱李戡：「所著文數百篇，外于仁義，一不關筆」⑮，〈與人論諫書〉稱讚對方：「閣下以忠孝文章立於朝廷」⑯，〈與浙西盧大夫書〉引《詩經》歌頌盧簡辭「必有仁義與我」⑰，凡此，皆足證杜牧所志之古，所守之道，即古來一脈相傳之孔仁孟義，「先王儒學之道」⑱。

其爲文強調居仁由義，然後辭義富贍，意味深長，而大有可觀，故〈答莊充書〉稱對方爲文尚意慕古之餘，接言「苟爲之不已，資以學問，則古作者不爲難到。」篇末復強調：「苟有志，古人不難到。」顯見杜牧所志者仁義；所師者「馬遷、相如、賈誼、劉向、揚雄之徒」⑲，亦即裴延翰所謂「探採古作者之論，以屈原、宋玉、賈誼、司馬遷、相如、揚雄、劉向、班固爲世魁傑。」而其所崇之賈、馬、劉、班，「言之所及，則君臣禮樂，教化賞罰」；至於屈原、宋玉、相如、子雲，雖文非盡善，亦能「援及君臣教化」，多所諷勸，足證杜牧作品能秉持仁義，致用當世也。故裴氏論其旨趣云：

> 其譎往事，則〈阿房宮賦〉；刺當代，則〈感懷詩〉。……若一縣宰，因行德教，不施刑罰，能舉古風，則〈謝守黃州表〉；一存一亡，適見交分，則〈祭李處州文〉；訓勵官業，告束君命，擬古典謨，以寓誅賞，則司帝之誥。其餘述喻讚誡，興諷愁傷，……未始不撥斷治本，緪幅道義，鈎索於經史，觝禦於理化也。故文中子曰：「言文而不及理，是天下無文也，王道何從而興乎？」嘻！所謂文章與政通，而風俗以文移，果於是以卜⑳。

裴氏認爲杜牧之文，符合隋末大儒王通「及理」之主張。而所謂「理」，即杜牧期望李賀詩「稍加以理」之「理」㉑，即自我強調「凡爲文以意爲主」之「意」。此「意」之內涵，必須裨政教，移風俗，顯然探求治亂之本，而歸宗仁義，稽考經史之書，而究極政教，乃其文旨所重。故考其作品多能「譎往事」、「刺當代」、「行德教」、「寓誅賞」、「舉古風」，堪爲明證。至於〈上知己文章啟〉亦自言寫作動機在「窺古人」、「識古道」㉒，具體內涵爲頌揚文治武功，評論政教得失，亦即〈上安州崔相公啟〉所謂之「鋪陳功業，稱校短長」㉓，能將仁義落實於匡輔時政，福國利民，斯爲文學志古之心也。

按杜牧尚仁義，重理化之文學思想，不必如裴氏之遠溯文中子也，唐代古文先驅固多嘗言之，如李華爲文「刑政之根本，忠孝之大倫，皆見於詞」㉔；「化民成俗，安危存亡，於是乎觀之」㉕。元結爲文「其意必欲勸之忠孝，誘以仁惠，急於公直，守其節分」，以「救世勸俗」㉖。梁肅強調：「故道德仁義，非文不明；禮樂刑政，非文不立」㉗。柳冕主張「文章本於教化，形於治亂」㉘；「故文章之道不根教化，則是一技耳。」㉙至於韓愈之「扶樹教道」㉚，柳宗元之「辭令褒貶，導揚諷諭」㉛，又莫不爲杜牧言仁義，重教化之實用文學觀所紹繼。

總之，杜牧雖無文學理論專著，而〈答莊充書〉固具體而微，頗能反映其文學思想綱領；學爲體，文爲用，體以古道爲核心，用以淑世爲鵠的，表裏一致，乃杜牧文學之主要內涵。故批評李賀之纖巧，訶斥元、白之浮艷，稱頌李戡、三郎之仁義忠信，其反對形式重於內容，強調立意先乎辭句，文必通治亂根本，言必關禮樂教化，實具匡導風教之效。

---

❶ 引文見裴延翰〈樊川文集序〉，《樊川文集》卷首。

❷ 引文見《樊川文集》卷十。

❸ 引文見《樊川文集》卷九。

❹ 引文見《樊川文集》卷十六。
❺ 引文見清馮集梧《樊川詩集注》前言，頁七。
❻ 引文見《樊川文集》卷十三。
❼ 同❻。
❽ 引文見《柳亭詩話》「拗體」條，頁六十五。
❾ 引文見〈答劉正夫書〉，《昌黎先生集》卷十八。
❿ 引文見〈與楊京兆憑書〉，《柳宗元集》卷三十。
⓫ 引文見《藝概．文概》。
⓬ 引文見《漢書．藝文志》卷三十「諸子略序」。
⓭ 引文見〈上李中丞書〉，《樊川文集》卷十二。
⓮ 引文見《樊川文集》卷十二。
⓯ 同❸。
⓰ 同⓮。
⓱ 同⓮。
⓲ 引文見〈唐故范陽盧秀才墓誌〉，《樊川文集》卷九。
⓳ 同❻。

⑳同❶。
㉑引文見〈李賀集序〉，《樊川文集》卷十。
㉒同❹。
㉓同❹。
㉔引文見獨孤及〈檢校尚書吏部員外郎趙郡李公中集序〉，《全唐文》卷三八八。
㉕引文見李華〈贈禮部尚書清河孝公崔沔集序〉，《全唐文》卷三一三。
㉖引文見〈文編序〉，《全唐文》卷三八一。
㉗引文見〈常州刺史獨孤及集後序〉，《全唐文》卷五一八。
㉘引文見〈與徐給事論文書〉，《全唐文》卷五二七。
㉙引文見〈謝杜相公論房杜二相書〉，《全唐文》卷五二七。
㉚引文見〈上兵部李侍郎書〉，《昌黎先生集》卷十五。
㉛引文見〈楊評事文集後序〉，《柳宗元集》卷二。

第五節　愛怒致惡之人性思想

人性善惡，自先秦以來，便爲中國哲學之重要論題，如孟子言性善，荀子言性惡，揚雄言性善惡混，莫不各崇所是，抑其所非。及中唐韓愈作〈原性〉，則提倡「情性三品」說，以爲性與生俱來，情則接物而起；故性有上、中、下三品，而於情亦然，二者相互對應。至於性之上品爲善，下品爲惡，中品可爲善，亦可爲惡，又顯然以孔子「唯上智與下愚不移」之說爲依據；因此韓愈認爲孟、荀、揚論性皆只及中品，而遺漏上、下二品，無怪各有所偏，不夠周延。此種合情性爲一體之論調，蓋意在排擊當代受佛老影響而起之情性對立說，如李翺作〈復性書〉三篇，即主張「滅情復性」，以爲人性本善，至其所以爲惡，實因情欲蒙蔽所致，故應去私情以恢復善良之本性。此種離情性爲二，相互抗衡之說，實與韓愈異趣。至於皇甫湜〈孟子荀子言性論〉，則贊成韓愈性分三品之說，以爲孟、荀所言雖各執一偏，卻殊途同歸；惟孟軻較爲合經，故略勝於荀。晚唐杜牧於此亦提出其個人看法，茲說明如下：

一、愛怒乃致亂根源

杜牧〈三子言性辯〉云：

孟子言人性善，荀子言人性惡，楊子言人性善惡混。曰喜、曰哀、曰懼、曰惡、曰欲、曰愛、曰怒，夫七者情也，情出於性也。夫七情中，愛、怒二者，生而能自。是二者性之根，惡之端也。

杜牧認爲三家講人性，尚未深究於七情，其所謂「情出於性」，係將重點置於情之探討，指出七情之中，惟愛、怒二者與生俱來，此即人性之根本，致亂之端倪。何以明之？篇中指證：

乳兒見乳，必挐求，不得則啼，是愛與怒與兒俱生也，夫豈知其五者焉。既壯，而五者隨而生焉，或有或無，或厚或薄，至於愛、怒，曾不須臾與乳兒相離，而至於壯也❶。

杜牧以嬰兒求乳爲例，辨別其他五情係後天衍化而來，且時有時無，不若愛戀、憤怒爲人類先天之本能，且終其一生，無須臾之離。故〈守論〉強調：「大抵生人油然多欲，欲而不得則怒，怒則爭亂隨之」❷，可知愛、怒二者厥爲情性之核心，致亂之根源矣。

二、贊成性惡論觀點

既以愛、怒爲亂源，則其人性論實傾向荀子。〈三子言性辯〉云：

君子之性，愛怒淡然，不出於道。中人可以上下者，有愛拘於禮，有怒懼於法。世有禮法，其有踰者，不敢恣其情；世無禮法，亦隨而熾焉。至於小人，雖有禮法，而不能制，愛則求之，求不得即怒，怒則亂。故曰愛、怒者，性之本，惡之端。

此處杜牧亦分性爲三品，上品爲君子之性，愛、怒之情十分淡泊，且發而皆中節；中品爲中人之性，可導而爲上下，其愛、怒之情受拘於禮法，不敢放縱爲非；至於下品爲小人之性，雖禮法亦無所用，蓋全憑本能情欲，愛則求，求得則溺，不得則怒，怒則生亂。其性三品說，似和韓愈一致，實則大不相同，因韓愈以上品之性爲善，下品之性爲惡，中品之性可導爲善或爲惡；杜牧則認爲上、中、下三品之人性皆惡，因其最根源，終不外乎足以致亂之愛、怒感情，所謂「與乳兒俱生，相隨而至於壯也。」❸故三品之別，惟在愛、怒方面，君子合禮法，中人拘禮法，小人違禮法。而禮法者，即聖人制以規範人性之惡，其作用猶乎〈守論〉所稱：「教笞於家，刑罰於國，征伐於天下，此所以裁其欲而塞其爭也。」❹故其論調實隱合《荀子・性惡》所謂：

古者聖王，以人之性惡，以爲偏險而不正，悖亂而不治，是以爲之起禮義，制法度，以矯飾人之情性而正之，以擾化人之情性而導之也。使皆出於治，合於道者也。今之人化師法，積文學，道禮義者，爲君子；縱性情，安恣睢，而違禮義者，爲小人。用此觀之，然則人之性惡也明矣，其善者僞也。

荀子以爲人性本惡，聖王有鑑於斯，故倡禮義以化導人性，設法度以矯正人情，俾使皆趨善而合道，此種觀點爲杜牧奉爲圭臬。故〈三子言性辯〉復批評歷來言性者之引喻失當云：

凡言性情之善者，多引舜、禹；言不善者，多引丹朱、商均。夫舜、禹二君子，生人已來，如二君子者凡有幾人？不可引以爲喻。丹朱、商均爲堯、舜子，夫生於堯、舜之世，被其化，皆爲善人，況生於其室，親爲父子，蒸不能潤，灼不能熱，是其惡與堯、舜之善等耳。天止一日月耳，言光明者，豈可引以爲喻？

杜牧以爲舉虞舜、夏禹爲例，證明性善，一如引丹朱、商均爲例，證明性惡，同犯取樣不周，以偏蓋全之病。蓋舜、禹之聖哲，朱、均之頑嚚，乃孔子所謂上智、下愚不移之特例，於人類究屬鳳毛麟角，曷可以爲論據，而忽略絕大多數可化導教育之中人？故普遍觀之：

人之品類，可以上下者衆，可以上下之性，愛、怒居多。愛、怒者，惡之端也。

換言之，人性之本惡而待化導，正因其根源爲愛、怒之情，欲使不爲爭亂，則胥賴後天禮樂陶

治，法度規範，此教育之所以可貴也。因此杜牧盱衡孟、荀、楊三家所論，以爲「荀言人之性惡，比於二子，荀得多矣。」❺

大抵而論，杜牧主張愛、怒致惡之人性觀，其思想雖本乎荀子，卻獨標愛、怒二情爲推論基礎，而有別於荀卿；其性分三品之論，雖近似韓愈情性三品說，而主張性惡，固迥異韓之有善、有惡，有可爲善，可爲惡，亦不同於李翺之滅情復性，皇甫湜之揚孟抑荀。故其看法實爲中唐以後人性論獨到之見，亦能令人深思矣！

結語

綜合各節所述，杜牧散文實蘊含豐富之思想，信如裴延翰所謂「纂緒造端，必不空言」；故所論必「栽培教化，翻正治亂，變醨養瘠，堯醲舜薰」❻，而有助於政教，能裨乎民生。以政治言，則事君欲婉辭匡輔，撫民思興利除弊。以軍事言，則謀國應當知兵，軍備急須整頓，藩鎭不可放縱，邊虜猶待進擊。以學術言，則推崇孔孟儒道，指責佛教害國。以文學言，則立意先乎辭句，志古在於仁義。以人性言，則視愛怒爲禍亂根源，主荀卿性惡觀點。其於風氣日靡之晚唐文壇，獨標一幟，補偏救弊，固有維古文運動於不墜之功也。

❶引文見《樊川文集》卷六。
❷引文見《樊川文集》卷五。
❸同❶。
❹同❷。
❺同❶。
❻引文見〈樊川文集序〉，《樊川文集》卷首。

第陸章　杜牧散文之藝術特色

杜牧識度恢宏，爲文雄奇超邁，特出晚唐之間，流譽八家之外，豈非才由天縱，筆臻化境所致？故論其藝術造詣，則自具特色，以下凡分七節言之。

第一節　識見高卓

作文雖不必求異辭嗚高調，要須有其獨到處，古人命篇常具備「一段千古不可磨滅之見」者在此❶，故爲文應博學積理，因時鍊識，使理得其要，而躬行可踐；識得其宜，而卓然有功。盱衡杜牧之學博識卓，洞鑒古今，下筆皆矯正流俗，切中時弊，所以裴延翰譽爲「爬梳痛痒」、「砭熨嫉害」❷，足徵其識見之超卓矣。

觀其論兵之作，或以犀利之筆鋒，針砭朝政缺失；或以超越之眼光，擬具可行建議，莫不含強烈之現實性，故明楊慎稱「〈守論〉、〈戰論〉、〈原十六衛〉皆有經濟之略。」❸如〈守論〉以大膽尖銳之筆，批評朝廷姑息養奸。所謂：

今之議者咸曰：「夫倔強之徒，吾以良將勁兵以爲銜策，高位美爵充飽其腸，安而不撓，外而不拘，亦猶豢擾虎狼而不拂其心，則忿氣不萌。此大曆、貞元所以守邦也，亦何必疾戰焚煎吾民，然後以爲快也。」愚曰：大曆、貞元之間，適以此爲禍也。當是之時，有城數十，千百卒夫，則朝廷待之，貸以法故，於是乎闊視大言，自樹一家，破制削法，角爲尊奢。天子養威而不問，有司守恬而不呵。王侯通爵，越錄受之；覲聘不來，几杖扶之；逆息虜胤，皇子嬪之；裝緣采飾，無不備之。是以地益廣，兵益強，僭擬益甚，侈心益昌。於是土田名器，分劃殆盡，而賊夫貪心，未及畔岸。遂有淫名越號，或帝或王，盟詛自立，恬淡不畏，走兵四略，以飽其志者也❹。

其揭發大臣醉生夢死，十分露骨，描寫強藩予取予求，極爲深刻；至於批駁謬論，更斬釘截鐵，切中要害，誠言之沉痛也。其抨擊廟堂袞袞諸公，有〈上周相公書〉云：

安有謀人之國，有暴亂橫起，戎狄乘其邊，坐於廟堂之上曰：「我儒者也，不能知兵。」不知儒者竟可知兵也，竟不可知兵乎？長慶兵起，自始自終，廟堂之上，指蹤非其人，不可一二悉數❺。

其規戒居高官享厚祿而不能謀國者，坦言直斥，銳不可當。〈原十六衛〉則推原唐初兵制之良善，主張置府立衛云：

始自貞觀中，既武遂文，內以十六衛畜養戎臣，外開折衝果毅府五百七十四以儲兵伍。或有不幸，方二三千里爲寇土，數十百萬人爲寇兵，蠻夷戎狄，踐踏四作，此時戎臣當提兵居外。至如天下平一，暴勃消削，單車一符，將命四走，莫不信順，此時戎臣當提兵居內。當其居內也，官爲將軍，綬有朱紫，章有金銀，千百騎趨奉朝廟，第觀車馬，歌兒舞女，念功賞勞，出於曲賜。所部之兵，散舍諸府，上府不越一千二百人，三時耕稼，襏襫耡耒；一時治武，騎劍兵矢。裨衛以課，父兄相言，不得業他。籍藏將府，伍散田畝，力解勢破，人人自愛，雖有蚩尤爲師，雅亦不可使爲亂耳。及其當居外也，緣部之兵，被檄乃來，受命於朝，不見妻子，斧鉞在前，爵賞在後，以首爭首，以力搏力，飄暴交捽，豈暇異略？雖有蚩尤爲師，雅亦無能爲叛也。自貞觀至于開元末，百五十年間，戎臣兵伍未始逆篡，此聖人所能柄統輕重，制障表裏，聖算聖術也❻。

杜牧指府兵制之兵員「被檄乃來」，「散舍諸府」；「三時耕稼」，「一時治武」，既能維護農民生產力，復可兼顧軍隊之戰鬥性，而軍力統由中央指揮，戎臣臨時調派，可免驕將叛篡之患！清聖祖評曰：「府兵與藩鎮相爲輕重，而唐之興廢即因之。溯源窮委，論斷獨精。」❼足徵其有理有據，立論高卓矣！至如〈罪言〉陳平藩三策，〈戰論〉條挫北之因，〈上李司徒相公論用兵書〉、〈上李太尉論北邊事啟〉獻討澤潞、回鶻之計，或暢言富國強兵，或主張削平藩鎮，鞏固邊防，莫不縱覽古今，揣摩事機，見解相當精闢。

其他關心國計民生之作，亦大中時病，頗富新意。如〈杭州新造南亭子記〉、〈同州澄城縣戶工倉尉廳壁記〉，杜牧一反歌功頌德，記營建始末之俗套，嚴辭譴責佛教蠹國及官吏害民，皆毫不留情。如後篇云：

> 嗟乎！國家設法禁，百官持而行之，有尺寸害民者，率有尺寸之刑。今此咸墮地不起，反使民以山之澗壑自爲防限，可不悲哉！使民恃險而不恃法，則劃土者宜乎牆山塹河而自守矣！燕、趙之盜，復何可多怪乎❽？

諷刺朝官立法而不奉法，致使百姓以澗壑爲防，寓意何其深遠？〈上李太尉論江賊書〉則直言「江淮賦稅，國用根本，今有大患，是劫江賊耳」，其徒「劫殺商旅，嬰孩不留」，甚且「白晝入市，殺人取財」，「凡是平人，多被恐脅」，「爲江湖之公害，作鄉閭之大殘，未有革釐，實可痛恨。」故杜牧建議「㧻立營壁」、「分番巡檢」，所謂：

今長江連海，群盜如麻，驟雨絕絃，不可尋逐，無關可閉，無要可防。今者自出五道兵士，不要朝廷添兵，活江湖賦稅之鄉，絕寇盜劫殺之本，政理之急，莫過於斯❾。

其危言高論，抉發幽隱以活民，又如鯁在喉，必急吐而後快也。

至於評學品詩，言及修身淑世，皆能切中肯綮。其論修身淑世者，如〈上宣州高大夫書〉，指斥朝廷「安有凡五六年來，選取進士，施設網罟，如防盜賊」❿；〈送薛處士序〉責以「處士之名，自負也，謗國也，非大君子，其孰能當之？」⓫〈與人論諫書〉戒直言之激怒致禍；〈投知己書〉告以不急人知之素；〈答莊充書〉規以求人作序之非，具見平生風節。其言而有物，不待辨矣！其品詩者，如〈李賀集序〉之詳述得失，句句貼切。清吳大受讚曰：「唐人作唐人詩序，亦多夸詞，不盡與作者痛癢相中，惟杜牧之作〈李長吉序〉可以無媿。……其謂長吉詩爲命《騷》苗裔一語，甚當。蓋長吉詩多從〈風〉、〈雅〉及《楚辭》中來，但入詩歌中，遂成㧻體耳。」⓬其評學者，如〈書處州韓吏部孔子廟碑陰〉之推崇孔聖，清黃訓歎曰：「牧之豈徒有激也？其有見也！」⓭劉熙載亟稱：「杜牧之識見，自是一時之傑。」⓮其胸次之高卓，於此可得其實。

---

❶引文見明唐順之〈答茅鹿門知縣二〉，《荆川先生文集》卷七。
❷引文見〈樊川文集序〉，《樊川文集》卷首。
❸引文見《升菴詩話》卷十一「崔道融讀杜紫微集」。
❹引文見《樊川文集》卷五。
❺引文見《樊川文集》卷十二。
❻同❹。
❼引文見《古文淵鑑》卷四十。
❽引文見《樊川文集》卷十。
❾引文見《樊川文集》卷十一。
❿同❺。
⓫同❽。
⓬引文見《詩筏》頁六十三至六十四。
⓭引文見《讀書一得》卷三，頁二十七至二十八。

⓮ 引文見《藝概・文概》。

第二節 情感激越

服人以理，動人以情，清黃宗羲云：「文以理爲主，然而情不至，則亦理之郛廓耳。」❶又觀杜牧散文，或抒家國之情，或懷身世之感，憤激、豪壯、悲憫、抑鬱、悽愴，兼而有之，莫不淋漓酣暢者也。

其論軍言政，常感事憂國，時露憤激之情。如〈罪言〉肇以「國家大事，牧不當官，言之實有罪，故作〈罪言〉。」❷〈上昭義劉司徒書〉結以「小人無位而謀，當死罪。」❸皆遑顧人微言輕，大膽獻策，力諫強藩，蓋有滿腔熱血，一懷孤憤，而不得已於言者。其前篇盱衡古今之餘，喟歎唐天寶後國勢：

> 混澒迴轉，顛倒橫斜，未嘗五年間不戰，生人日頓委，四夷日猖熾，天子因之幸陝、幸漢中，焦焦然七十餘年矣！嗚呼！運遭孝武，澣衣一肉，不畋不樂，自卑冗中拔取將相，凡十三年，乃能盡得河南、山西地，洗削更革，罔不順適，唯山東不服，亦再攻之，皆不利以返。豈天使生人未至於帖泰耶？豈其人謀未至耶？何其艱哉！何其艱哉❹

！

杜牧見長年兵燹，國力耗窮，民生凋萎，焦慮溢乎言表。後篇撻伐燕、趙、魏三鎭云：

彼三虜屠囚天子者老，劫良民使叛，銜尾交頸，各蟠千里，不貢不覲，私贍妻子，王者在上，此輩何也❺？

乃以擂鼓鳴鐘之勢，指陳罪狀，義正辭嚴，愛憎分明，使聞者油然而生效順之思。〈原十六衛〉則抨擊朝廷命將皆狡獪無能，寡廉鮮恥之徒，所謂：

近代已來，於其將也，弊復爲甚。人囂曰廷詔命將矣！名出，視之率市兒輩，蓋多賂金玉，負倚幽陰，折券交貨所能也，絕不識父兄禮義之教，復無慷慨感概之氣。百城千里，一朝得之，其強傑愎勃者，則撓削法制，不使縛己，斬族忠良，不使違己，力壹勢便，罔不爲寇。其陰泥巧狡者，亦能家算口斂，委於邪倖，由卿市公，去郡得都，四履所治，指爲別館。或一夫不幸而壽，則戛割生人，略匝天下。是以天下每每兵亂湧溢，齊人乾耗，鄉黨風俗，淫窳衰薄，教化恩澤，壅抑不下，召來災沴，被及牛馬。嗟乎！

自愚而知之，人其盡知之乎❻？

掌軍者「率市兒輩」，未得勢則鑽營求封，投機行賄；一旦重用便「撓削法制」，「斬族忠良」，「家算口斂」，「戛割生人」，此朝廷循私舞弊所階。杜牧口誅筆伐之際，何其沉痛！乃若〈戰論〉譏嘲將兵者云：

> 登壇注意之臣，死竄且不暇，復焉能加威於反虜哉❼？

〈守論〉呼籲停止姑息藩鎮，所謂：

> 今者不知非此，而反用以爲經，愚見爲盜者非止於河北而已。嗚呼！大曆、貞元守邦之術，永戒之哉❽！

其諷刺則深刻露骨，陳辭則句句悲憤，莫不融熾烈情感於侃侃議論當中，使文章曉人以理之餘，復能動人以情。

杜牧一生積極進取，故篇中亦時見豪邁之情。如〈上河陽李尚書書〉自謝：

若受指顧，必立大功，使天下後學之徒，知成功立事，非大儒知今古成敗者而不能爲之。復使儒生舒展胸臆，得以誨導壯健不學之徒，指蹤而使之，令其心服，正在今日❾。

時宣宗大中四年（八五〇），杜牧任吏部員外郎，亟思外放，乃求知於「橫據要津，重兵在手」之河陽三城節度使李拭❿，其處境雖如老驥伏櫪，而豪邁不羈之氣，固騰躍紙上。至於〈上門下崔相公書〉頌揚崔珙：

手携暴虎貪狼，化爲耕牛乘馬，退數十萬兵，解天下之縛，祇於談笑俯仰燕亨筆硯之間耳⓫。

筆下洋溢乎談笑用兵，使強虜灰飛煙滅之壯志。〈唐故范陽盧秀才墓誌〉引盧霈之言曰：

丈夫一日得志，天子召座於前，以笏畫地，取山東一百二十城，唯我知其甚易爾⓬！

於主人翁之慷慨言兵，磊落任氣，更傾注多少同情。

杜牧心繫民瘼，則語多悲憫之情。如〈上李太尉論江賊書〉敘盜寇殘害百姓云：

去年十月十九日，劫池州青陽縣市，凡殺六人，內取一人屠刳心腹，仰天祭拜。自遖已來，頻於隣州，大有劫殺，沉舟滅跡者，即莫知其數。凡江淮草市，盡近水際，富室大戶，多居其間。自十五年來，江南、江北，凡名草市，劫殺皆徧，只有三年再劫者，無有五年獲安者。一劫之後，州縣糜費，所由尋捉，烽火四出。凡是平人，多被恐脅，求取之外，恩讎並行，追逮證驗，窮根尋葉，狼虎滿路，狴牢充塞。四五月後，炎鬱烝濕，一夫有疾，染習多死，免之則蹤跡未白，殺之則贓狀不明。一獄之中，凡五十人，中二十人，悉是此輩，至於真賊，十人不得一[13]。

寫江賊殺人越貨，橫行鄉里，而平民被劫之後，尚須遭受盤查，蒙冤坐獄。其官盜交煎，民不聊生，值得悲憐。

至於杜牧守道既篤，不願攀附權貴，遂多抑鬱之情。如〈上池州李使君書〉自稱：

僕之所稟，闊略疎易，輕微而忽小。然其天與其心，知邪柔利己，偷苟讒諂，可以進取，知之而不能行之。非不能行之，抑復見惡之，不能忍一同坐與之交語。故有知之者，有怒之者，怒不附己者，怒不恬言柔舌道其盛美者，怒守直道而違己者。知之者，皆齒少氣銳，讀書以賢才自許，但見古人行事真當如此，未得官職，不覩形勢，絜絜少輩之徒也。怒僕者足以裂僕之腸，折僕之脛，知僕者不能持一飯與僕，僕之不死已幸，況爲刺史，聚骨肉妻子，衣食有餘，乃大幸也，敢望其他⑭？

大凡高官厚祿者，多喜人逢迎，惟杜牧天性剛直，既無法折節行之，甚而惡與之同座共語，故在自解自嘲之中，憤懣愁鬱交織；對現實社會之控訴，尤爲冷峻犀利。〈投知己書〉云：

大和二年，小生應進士舉，當其時，先進之士，以小生行可與進，業可益修，喧而譽之，爭爲知己者不啻二十人。小生邇來十年江湖間，時時以家事一抵京師，事已即返，嘗所謂喧而譽之爲知己者，多已顯貴，未嘗一到其門。何者？自十年來，行不益進，業不益修，中夜忖量，自愧於心，欲持何說復於知己之前爲進拜之資乎！默默藏縮，苟免寒饑爲幸耳⑮。

得志則衆口交譽，爭爲知己，失意則躲藏退避，門可羅雀。其蕭瑟落寞，世態炎涼之感，皆於寥寥數語盡之。

對手足之關愛，尤富悽愴纏綿之情，如〈上宰相求湖州第二啟〉云：

言念病弟喪明，坐廢十五年矣！但能識某聲音，不復知某髮已半白，顏面衰改。是某今生可以見顗，而顗不能復見某矣！此天也，無可奈何。某能見顗而不得去，此豈天乎！而懸在相公。若小人微懇終不能上動相公，相公恩憫終不下及小人，是日月下親兄弟終無相見期。況去歲淮南小旱，衣食益困，目無所覩，復困於衣食，即海內言窮苦人，無如顗者。……某今生四十八矣！自今年來，非唯耳聾牙落，兼以意氣錯寞，在羣衆歡笑之中，常如登高四望，但見莽蒼大野，荒墟廢壠，悵望寂默，不能自解。此無他也，氣衰而志散，真老人態也。自省人事已來，見親舊交遊，年未五十尚壯健而死者衆矣！況某早衰，敢望六七十而後死乎！聞未死前，一見病弟，異人術士，求其所未求，以甘其心，厚其衣食之地。某若先死，使病弟無所不足，死而有知，不恨死早[16]。

文中詳敘家境窘困貧苦，自身體衰多病，意氣蕭散，句句嗚哀，無限淒涼。至於顧念病弟，死而未已，更一字一淚，令人難以卒讀。

玩味其散文情思，時饒低迴之致，高亢之音，蓋平生坎壈，塊壘難消，噴薄而遂不可蔽掩，吳錫麟稱其篇章「往往激昂狂節，搖蕩愁旌」者[17]，即就情感激越而言。

❶ 引文見〈論文管見〉，《南雷文定三集》卷三〈金石要例〉後附。
❷ 引文見《樊川文集》卷五。
❸ 引文見《樊川文集》卷十一。
❹ 同❷。
❺ 同❸。
❻ 同❷。
❼ 同❷。
❽ 同❷。
❾ 引文見《樊川文集》卷十三。
❿ 參見繆鉞《杜牧年譜》考證，頁八十四。
⓫ 同❸。
⓬ 引文見《樊川文集》卷九。
⓭ 同❸。
⓮ 同❾。
⓯ 同❾。
⓰ 引文見《樊川文集》卷十六。

⑰引文見〈杜樊川集注序〉，清馮集梧《樊川詩集注》前附。

第三節　布局靈巧

立文之道，布局謀篇爲重要功夫，當使其「首尾圓合，條貫統序」❶。如杜牧散文結構之主從有別，層次綿密，便頗具靈巧之特色。茲以〈送薛處士序〉爲例：

處士之名，何哉？潛山隱市，皆處士也。在山也，且非頑如木石也；在市也，亦非愚如市人也。蓋有大知不得大用，故羞恥不出，寧反與市人木石爲伍也。國有大知之人，不能大用，是國病也，故處士之名，自負也，謗國也，非大君子，其孰能當之？薛君之處，蓋自負也。果能窺測堯、舜、孔子之道，使指制有方，弛張不窮，則上之命一日來子之廬，子之身一日立上之朝。使我輩居則來問學，仕則來問政，千辯萬索，滔滔而得。若如此，則善；苟未至是，而遽名曰處士，雖吾子自負，其不爲矯歟？其敢用此贈行❷。

全文分爲二幅，先推闡處士名義，再以儒道勉薛君。前幅採問答法，「處士之名，何哉？」突起開篇，「潛山隱市，皆處士也」順勢接承，「處士」兩字緊扣上句，「山」、「市」二字開啟下文，又分別造為新句：「在山也，且非頑如木石也」；「在市也，亦非愚如市人也」。繼而筆鋒一轉：「蓋有大知不得大用，故羞恥不出，寧反與市人木石為伍也。」其「市人」、「木石」二詞扣上，「大知」、「大用」二詞啟下，衍為新句：「國有大知之人，不能大用，是國病也」，並帶出本幅小結：「故處士之名，自負也，謗國也，非大君子，其孰能當之？」句中「處士之名」四字關注篇首；「謗國」二字照應「國病」；至於「自負」、「大君子」兩詞則預埋伏筆，為後幅點睛，乃轉折不留痕迹也。後幅用正勸反規手法，以「果能……」、「苟未至是……」兩節構成對比，使文情鮮明突出。開端便承前以「君」、「處」、「自負」三語重鑄新句：「薛君之處，蓋自負也」。「果能……」一節，則為「大君子」二字內涵之張本；「苟未至是，而遽名曰處士，雖吾子自負，其不為矯歟？某敢用此贈行」一節為卒章顯志；而「名曰處士」四字回應篇首「處士之名」，「自負」一詞三送秋波，「其不為矯歟」一句顧注篇中「其孰能當之」。通觀全文不過兩百字，而布局如重巒複嶂，層見疊出，不可一覽而盡，其結構嚴整者一也；突破贈序多敘緣由交誼之常規，侃侃發論，構思不凡，其謀篇奇變者二也；以設問開筆，劈空而來，予人突兀之感，其起勢雄渾者三也；前呼後應，上承下啟，迴環密扣無間，其過渡自然者四也；篇末語重心長，寓意深摯，不苟為門面無關痛癢之言，其結尾警策者五也；文章勢如剝筍，層次分明，其條理井然者六也；以「自負」一詞點睛，文旨鮮明，且用「山」、「市」、「處士」、「木石」、「市人」、「大知」、「大用」等字穿針引線，收脈絡貫通之效，其重點顯豁者七也。觀乎此，則杜牧散文布局之靈巧，可思過半矣！

就結構嚴整而言，文章組織，殆如工師作室，大將布陣，杜牧散文看似信手拈來，渾不經意，實則莫不巧手經營，精心布置也。以〈戰論〉爲例，杜牧開門見山，便直揭病灶，所謂「戰必挫北，是曰不循其道」，破題十分有力；中段承以「四支」、「五敗」之說，骨鯁極爲挺拔；文末結以「踵前非是不可爲也」，強調苦心孤詣，「非偶言而已」，收煞餘味，章法亦大有可觀。如喻河北爲天下「四支」之說云：

天下無河北則不可，河北既虜，則精甲銳卒利刀良弓健馬無有也。卒然夷狄驚四邊，摩封疆，出表裏，吾何以禦之？是天下一支兵去矣。河東、盟津、滑臺、大梁、彭城、東平，盡宿厚兵，以塞虜衝，是六郡之師，嚴飾護疆，不可他使，是天下二支兵去矣。六郡之師，厥數三億，低首仰給，橫拱不爲，則沿淮已北，循河之南，東盡海，西叩洛，經數千里，赤地盡取，才能應費，是天下三支財去矣。咸陽西北，戎夷大屯，嚇呼膻臊，徹于帝居，周秦單師，不能排闢，於是盡剷吳、越、荊楚之饒，以啖兵戍，是天下四支財去矣。乃使吾用度不周，徵徭不常，無以膏齊民，無以接四夷。禮樂刑政，不暇脩治；品式條章，不能備具。是天下四支盡解，頭腹兀然而已。焉有人解四支，其自以能久爲安乎❸？

起句以「天下無河北則不可」爲綱，然後條爲「四支」，離而復合，歸結一意。所謂「焉有人解四支，其自以能久爲安乎？」乃以反問收束，闗照起句；其前呼後應，首尾圓合可見。謝枋得稱本篇「嚴卓可垂」者❹，蓋和結構完密有闗。

就謀篇奇變而言，蓋散文結體，始於有法，則嚴整在目；終於無法，則神明乎規律之外，密而難窺，以法寓於無法之中也。杜牧才氣橫溢，又豈屑於規行矩步？故時有騁奇於此者。以〈唐故處州刺史李君墓誌銘并序〉、〈唐故歙州刺史邢君墓誌銘并序〉兩篇爲例。李君方玄，字景業，和杜牧同庚，交稱莫逆，終處州刺史；邢群，字煥思，嘗以杜牧薦，爲監察御史，友誼融洽，終歙州刺史。此其情分略等，名位相埒也；而杜牧作法則有客觀、主觀之別焉。寫景業，先敘憲宗君臣對話云：

陳許無帥，帝閑讌獨言曰：「勁兵三萬，誰可付者？」談峻侍側，曰：「有大臣，家不三十口，俸錢委庫不取，小僮跣足市薪，此可乎？」帝曰：「誰爲者？」談峻進，即以貞公言，帝即日起貞公爲陳許帥，其儉德服人如此❺。

此採側面烘托手法，並不刻劃主要對象，而先寫其父李遜之德，以彰顯其幼承懿訓，使形象蘊藉，意味深長。至於敘煥思，開篇便飽含情感，暢談兩人交誼云：

牧大和初舉進士第，於東都一面煥思，私自約曰：「邢君可友。」後六年，牧於宣州事吏部沈公，渙思於京口事王并州，俱爲幕府吏。二府相去三百里，日夕聞煥思佽助并州，鉅細合宜。後一年，某奉沈公命，北渡揚州聘丞相牛公，往來留京口。并州峭重，入幕多賢士，京口繁要，游客所聚，易生譏議，并州行事有不合理，言者不入，渙思必能奪之。同舍以爲智，不以爲顓；并州以爲賢，不以爲僭侵；游客賢不肖，不能私諭議以一辭。公事宴懽，渙思口未言，足未至，缺若不圓。某曰：「往年私約邢君可友，今真可友也。」❻

此結合作者觀感，描寫墓主人品，又極富抒情色彩而親切可掬也。復同以寫政績作比較，於李方玄池州任上云：

始至，創造籍簿，民被徭役者，科品高下，鱗次比比，一在我手，至當役役之，其未及者，吏不得弄。景業嘗嘆曰：「沈約身年八十，手寫簿書，蓋爲此也，使天下知造籍役民，民庶少活。」復定戶稅，得與豪猾沉浮者，凡七千戶，哀入貧弱，不加其賦。堤州南五里，以涉爲衢。凡裁滅蠹民者十餘事。城東南隅樹九峯樓，見數千里。鑿齊山北面，得洞穴，怪石不可名狀，刊石於巖下，自紀其事。凡四年，政之利病，無不爲而去之。罷去上道，老民攀哭。

此平鋪其事，間引景業之言，不假雕華也。於邢群歙州任上則云：

涣思罷處州，授歙州，某自池轉睦，歙州相去直西東三百里，問來人曰：「邢君何以爲治？」曰：「急於束縛黠吏。冗事弊政，不以久遠，必務盡根本。」某曰：「邢君去縉雲日，稚老泣送於路，用此術也。」復問：「閑日何爲？」曰：「時飲酒高歌極歡。」某曰：「邢君不喜酒，今時飲酒且歌，是不以用繁慮，而不快於守郡也。」

此運用對話，刻繪人物，發展情節，通過作者與使者答問之間，語言情態俱騰躍紙上；其筆調活潑，又和前篇異趣。若乃按碑誌體式，開篇多先敘世系，而兩文皆於篇末補述，則又不拘格套之例也。復以同爲傳狀文而言，〈燕將錄〉僅取譚忠本事直敘，突顯個人形象；〈張保皋鄭年傳〉則採郭子儀、李光弼行誼配說，使賓主相得益彰；前文不加褒貶，後文大肆評論，或中心突出，或映襯得體，又顯然有別。至於同屬論辯文，比較其結構，則大抵〈守論〉爲一線貫串，〈原十六衛〉如兩馬並行，〈罪言〉猶三足鼎立，〈戰論〉似衆派分流。其布局奇變，足徵杜牧散文謀篇之靈妙矣。

就起勢雄渾而言，清唐彪稱：「通篇之綱領在首，一曰首段得勢，則通篇皆佳」❼，故入手忌平弱，須有先聲奪人之勢。如〈書處州韓吏部孔子廟碑陰〉開篇云：

天不生夫子於中國，中國當何如？曰不夷狄如也❽。

此明揭一篇主旨，如異軍突起，令人驚愕。〈上周相公書〉劈頭便云：

伏以大儒在位，而未有不知兵者，未有不能制兵而能止暴亂者，未有暴亂不止而能活生人、定國家者，自生人已來，可以屈指而數也❾。

此又一氣貫注，勢如奔流。〈上昭義劉司徒書〉肇篇云：

今日輕重，望于幾人，相位將權，長材厚德，與輕則輕，與重則重，將軍豈能讓焉❿。

此雖恭維之辭，而豪情萬千也。〈韋公墓誌銘并序〉首段云：

> 韋公會昌五年五月頭始生瘡，召子壻張復魯曰：「三稚女得良壻，死以是託，墓宜以池州刺史杜牧爲誌。」復魯曰：「公去歲兩瘡生頭，今始一，尚微，何言之深？」公曰：「吾年二十九官校書郎時，嘗夢涉滻水，既中流，有二人若舉符召我者。其一人曰：『墳墓至大，萬日始成，今未也。』今萬日矣！天已告我，我其可逃乎？」謝醫不問。以其月十四日，年五十八，薨於位。公從父弟某書公切行，以公命來命牧，牧位哭，序且銘之⑪。

此不落窠臼，陡然由臨終生瘡入筆，既予人奇峭突兀之感，更倍覺形象生動，情味新鮮。至於〈罪言〉、〈戰論〉、〈守論〉之小序在前，莫不拔地倚天，橫空迎來。清魏禧云：「韓文入手多特起，故雄奇有力」⑫，乃杜牧多得韓公家法也。

就過渡自然而言，如〈淮南監軍使院廳壁記〉，篇分四段，首敘監軍職務之重；次述宋公出任之由；三言其任內治績；末結以作記因緣。其第二段便承擔文意過脈之功能，作者云：

今上即位六年，命內侍宋公出監淮南，諸開府將軍皆以內侍賢良有材，不宜使居外。上以爲內侍自元和已來，誅齊誅蔡，再伐趙，前年誅滄，旁擊趙、魏，且徵師，且撫師，且誥且諭，勤勞危險，終日馬上。往監青州新附，臥未嘗安，復監滑州，邊魏，窮狹多事，今監淮南是且使之休息，亦不久之，故內侍至焉⑬。

本段敘宋公上任始末，以將軍推崇其「賢良有材，不宜使居外」，和天子體恤其「勤勞危險，終日馬上」爲骨幹，實承首段「賢良勤勞，內外有功」八字伏筆，進行申說。所謂「今監淮南是且使之休息」一句，則推衍爲三段，寫其監軍四年「簡約寬泰，明白清潔」，悠遊無比。故本段時間方面既承上啟下，順序遞進，內容亦前呼後應，流轉圓活。〈罪言〉則承接平藩之主張，提出上、中、下三策，所謂：

中策莫如取魏。魏於山東最重，於河南亦最重。何者？魏在山東，以其能遮趙也，既不可越魏以取趙，固不可越趙以取燕，是燕、趙常取重於魏，魏常操燕、趙之性命也。故魏在山東最重。黎陽距白馬津三十里，新鄉距盟津一百五十里，陴壘相望，朝駕暮戰，是二津虜能潰一，則馳入成皋不數日間，故魏於河南間亦最重。今者願以近事明之。元和中，纂天下兵，誅蔡誅齊，頓之五年，無山東憂者，以能得魏也。昨日誅滄，頓之三年，無山東憂者，亦以能得魏也。長慶初誅趙，一日五諸侯兵四出潰解，以失魏也。昨日誅趙，罷如長慶時，亦以失魏也。故河南、山東之輕重，常懸在魏，明白可知也。非魏強大能致如此，地形使然也。故曰取魏爲中策⑭。

本段以「取魏」立柱，「魏於山東最重」、「於河南亦最重」作雙扇，一問兩答，分詳其說；復就「得魏」、「失魏」各舉二例，證成「河南、山東之重，常懸在魏」之論，最末以「故曰取魏爲中策」收束，關照首句。其首尾開闔，波瀾起伏，悉應節度。至於「取魏」二字，既反扣前段「安可以取」四字，又啟迪後段雖取而不可「浪戰」一詞。上、中、下策，三層文意，先正後反，由淺入深，逆轉順承，血脈通貫，其敷衍綿密有致，過渡自然生姿矣！

就結尾警策而言，如〈竇列女傳〉敘桂娘行事，篇末評曰：

請試論之：希烈負桂娘者，但劫之耳，希烈僭而桂娘妃，復寵信之，於女子心，始終希烈可也。此誠知所去所就，逆順輕重之理明也。能得希烈，權也；姊先奇妻，智也；終能滅賊，不顧其私，烈也。六尺男子，有祿位者，當希烈叛，與之上下者衆矣！豈才力不足邪？蓋義理苟至，雖一女子可以有成⑮。

其以「權」、「智」、「烈」三字許桂娘，論斷覈要，發人深省。王文濡曰：「桂娘以孝成烈、義理苟至三語，含蓄不盡。彼儼然鬚眉，而與希烈上下者，見此文能無愧死？」⑯〈題荀文若傳後〉敘荀彧事曹始末，復七問一歎，以節節進逼之勢終篇，所謂：

> 若使操不殺伏后，不誅孔融，不囚楊彪，從容於揖讓之間，雖慙於三代，天下非操而誰可以得之者？紂殺一比干，武王斷首燒屍，而滅其國。桓、靈四十年間，殺千百比干，毒流其社稷，可以血食乎？可以壇墠父天拜郊乎？假使當時無操，獻帝復能正其國乎？假使操不挾獻帝以令，天下英雄能與操爭乎？若使無操，復何人爲蒼生請命乎？教盜穴牆發櫃，多得金玉，已復不與同挈，得不爲盜乎？何況非盜也。文若之死宜然耶⑰！

其善用反詰手法，一問一頓，波瀾起伏，文情澎湃。以「文若之死宜然耶」一句煞住，更如截奔馬，筆力萬鈞。至於〈唐故進士龔軺墓誌〉用「嗚呼！胡爲而來二鬼，驚馬折脛而死哉？」結穴⑱，彷彿臨去秋波，情韻悠然，皆結尾精警之例也。

就條理井然而言，杜牧爲文擅長條分縷析，如〈罪言〉歸納三策，〈戰論〉闡述「四支」、「五敗」，皆爲顯例。至若〈上李太尉論江賊書〉建議設官巡檢曰：

若此制置，凡去三害，而有三利。人不冤死，去一害也；鄉閭獲安，無追逮證驗之苦，去二害也；每擒一私茶賊，皆稱買賣停泊，恣口點染，鹽鐵監院追擾平人，搜求財貨，今私茶盡黜，去三害也。商旅通流，萬貨不乏，獲一利也；鄉閭安堵，狴犴空虛，獲二利也；擲茶之饒，盡入公室，獲三利也。三害盡去，三利必滋，窮根尋源，在劫賊耳⑲。

其「三害」、「三利」，概括精當，既醒目突出，又富於說服力。〈牛公墓誌銘并序〉云：

公忠厚仁恕，莊重敬慎，未嘗以此八者自勉，而終身益篤。爲宰相，急於銓品，凡名清官，不忍持一資以假非其人。以道德謨於天子，每指古義爲據，有言機利克迫，必鉳剳使之擢破。三大邦去苛碎條約，除民大患，其輕巧吏欲賊公愛惡，希嚮所爲，渾然終不能見，故所至必大治。衣冠單窮，出俸錢嫁其子女，月與食，歲與衣，資送其死喪，凡數百家。李太尉志必殺公，後南謫過汝州，公厚供具，哀其窮，爲解説海上與中州少異，以勉安之，不出一言及於前事⑳。

其歌頌牛僧孺，條爲八德，每德必以一具體事例明之，「爲宰相」以下寫其「忠」；「三大

「邦」以下寫其「厚」；「衣冠單窮」以下寫其「仁」；「李太尉」以下寫其「恕」；至於「莊」、「重」、「敬」、「愼」，莫不皆然，足見其條理井然，層次清晰矣！

就重點顯豁而言，劉熙載云：「揭全文之旨，或在篇首，或在篇中，或在篇末。在篇首則必後顧之，在篇末則必前注之，在篇中則前注之，後顧之。顧注，抑所謂『文眼』者也。」[21]故爲文有眼，能使形象生動，主題鮮明；觀杜牧散文之顧盼有神，蓋以巧設文眼故也。其施於篇首者，如〈薦韓乂啟〉云：

昨日所啟，言韓拾遺事，非與韓求衣食、救饑寒也，御史亦豈爲救饑寒之官乎[22]？

此照應篇腹稱韓乂「非其食不敢食」，又後顧篇末：

伏恐中丞謂韓求官以衣食干交朋者。中丞初在憲府，固宜愼選御史，御史固非救饑寒之官。某久承恩知，但欲薦賢於盛時，雖至淺陋，亦知不可以交友饑寒求清秩，以干大君子者。

御史以風操爲重，故杜牧極力表彰韓乂「貞潔芳茂」，復自明心跡，用「非救饑寒」四字爲眼，盡掃中丞疑慮。至於〈上周相公書〉以大儒應「知兵」二字爲眼㉓，〈唐故歙州刺史邢君墓誌銘并序〉以邢君「可友」二字爲眼㉔，皆施諸篇首，前後照應，使文旨格外顯豁之例也。揭於篇腹者，如〈投知己書〉先從「知」字入手，由聖，而賢，而烈士義夫，以至衆人之「知」，意分四層，然後強調自我之求「知」態度，所謂：

聖賢義烈之士，既不可到，小生有異於衆人者，審己切也。審己之行，審己之才，皆不出衆人，亦不求知於人，已或有知之者，則藏縮退避，唯恐知之深，蓋自度無可以爲報效也。或有因緣他事，不得已求知於人者，苟不知，未嘗退有懟言怨色，形於妻子之前，此乃比於衆人，唯審己求知也㉕。

既揭「審己求知」四字爲眼，以別於聖賢義烈和衆人，底下復稱對方「出特達倜儻之知」，乃使自我「審己愈切」，其篇眼承先啟後之效果十分鮮明。乃若〈淮南監軍使院廳壁記〉揭「賢良勤勞」四字於文腹㉖，使主旨突顯，皆前顧後注之例也。揭於篇末者，如〈與人論諫書〉侃侃申論「直諫爲下」之餘，復以「抃」、「喜」、「慰」爲眼云：

近於遊客處一睹閣下諫草，明白辯婉，出入有據，吾君聖明，宜爲動心，數日在手，味

> 之不足，且抃且喜且慰，三者交并，不能自止。吾君聞諫，既且行之，……宜爲吾君抃也。閤下以忠孝文章立於朝廷，……某蒙閤下之厚愛，冀於異時資閤下知以進尺寸，能不爲閤下之喜，復自喜也？吾君今日披一疏而行之，明日聞一言而用之，……某縱不得效用，但於一官一局，筐篋簿書之間，活妻子而老身命，作爲歌詩，稱道仁聖天子之所爲治，則爲有餘，能不自慰？故獲閤下之一疏，抃喜慰三者交并，真不虛也，宜如此也㉗。

其惺惺相惜之情，盡凝於三字眼目。至於〈張保皋鄭年傳〉以「仁義之心既勝，復資之以明」爲警策㉘，表彰傳主人格光輝，皆篇末顯旨之例也。故考察杜牧散文之巧手點睛，使文采振奮，篇體光華，誠爲一絕矣！

---

❶ 引文見《文心雕龍．鎔裁》。

❷ 引文見《樊川文集》卷十。

❸ 引文見《樊川文集》卷五。

❹ 引文見《古文淵鑑》卷四十。

❺ 引文見《樊川文集》卷八。

❻同❺。
❼引文見〈文章諸要〉，《讀書作文譜》卷七。
❽引文見《樊川文集》卷六。
❾引文見《樊川文集》卷十二。
❿引文見《樊川文集》卷十一。
⓫同❺。
⓬引文見《魏叔子日錄・雜說》卷二，《魏叔子文集》後附。
⓭同❷。
⓮同❸。
⓯同❽。
⓰引文見《唐文評註讀本》下冊，頁二十六。
⓱同❽。
⓲引文見《樊川文集》卷九。
⓳同❿。
⓴引文見《樊川文集》卷七。
㉑引文見《藝概・文概》。

㉒引文見《樊川文集》卷十六。
㉓同❾。
㉔同❺。
㉕引文見《樊川文集》卷十三。
㉖同❷。
㉗同❾。
㉘同❽。

第四節　援事富贍

凡立論析理，缺乏依據，不易使人信服；此時若能借重權威，或徵引往古史事，以證明其意義，或援用格言成語，以闡述其立場，既可避免抽象之遊談，更能增進其信度，予人生動活潑之印象。

杜牧爲文「上獵秦、漢、魏、晉，南、北二朝，逮貞觀至長慶數千百年，兵農刑政，措置當否，皆能採取前事，凡人未嘗經度者，若繩裁刀解，粉畫線織，布在眼見耳聞下。」❶其所以論斷精到者，援事富贍，誠爲行文之一大特色也。如〈罪言〉就歷代成敗，證山東之重要云：

黃帝時，蚩尤爲兵階，自後帝王，多居其地，豈尚其俗都之邪？自周劣齊霸，不一世，晉大，常傭役諸侯。至秦萃銳三晉，經六世乃能得韓，遂折天下脊，復得趙，因拾取諸國。秦末韓信聯齊有之，故蒯通知漢、楚輕重在信。光武始於上谷，成於鄗。魏武舉官渡，三分天下有其二。晉亂胡作，至宋武號爲英雄，得蜀得關中，盡得河南地，十分天下有八，然不能使一人渡河以窺胡。至于高齊荒蕩，宇文取得，隋文因以滅陳，五百年間，天下乃一家。隋文非宋武敵也，是宋不得山東，隋得山東，故隋爲王，宋爲霸。由此言之，山東，王者不得，不可爲王；霸者不得，不可爲霸；猾賊得之，是以致天下不安❷。

本段暢敘山東形勢變遷，上自黃帝，下迄隋文，將數千百年史實，濃縮於二三百字中，堪稱手法凝鍊。由於證據充分，結論從而的當不移。又〈注孫子序〉論聖賢知兵云：

周公相成王，制禮作樂，尊大儒術，有淮夷叛則出征之。夫子相魯公，會于夾谷，曰有文事者，必有武備，叱辱齊侯，服不敢動。是二大聖人，豈不知兵乎？周有齊太公，秦有王翦，兩漢有韓信、趙充國、耿弇、虞詡、段熲，魏有司馬懿，吳有周瑜，蜀有諸葛武侯，晉有羊祜、杜公元凱，梁有韋叡，元魏有崔浩，周有韋孝寬，隋有楊素，國朝李靖、李勣、裴行儉、郭元振。如此人者，當其一時，其所出計畫，皆考古校今，奇祕長遠，策先定於內，功後成於外。彼壯健輕死善擊刺者，供其呼召指使耳，豈可知其由來哉❸？

作者自周、孔以下，一氣舉出二十二人，證明古今將相之揚名垂範，必鑑往知來，通曉軍事，不僅論據堅確，亦反映其嫻熟歷史，已屆如數家珍之地步。〈上李司徒相公論用兵書〉則建議採西路進討昭義，並舉古戰例爲證云：

昭義軍粮，盡在山東，澤、潞兩州，全居山內，土瘠地狹，積穀全無。是以節度使多在邢州，名爲就粮，山東粮穀既不可輸，山西兵士亦必單鮮，擣虛之地，正在於此。後周武帝大舉伐齊，路由河陽，吏部宇文弢曰：「夫河陽要衝，精兵所聚，盡力攻圍，恐難得志。如臣所見，彼汾之曲，戍小山平，用武之地，莫過於此。」帝不納，無功而還。後復大舉，竟用弢計，遂以滅齊。前秦苻堅遣將王猛伐後燕慕容偉，大破偉將慕容評於潞川，因遂滅之，路亦由此。北齊高歡再攻後周，路亦由此而西。後周名將韋孝寬、齊王攸常鎮勳州玉壁城。故東西相伐，每由此路，以古爲證，得之者多❹。

杜牧謂山西積穀全無，可趁虛而入。若徒事說明，則義味單薄，且難服人，故又引後周武帝、前秦苻堅、北齊高歡、後周韋孝寬、齊王攸等例證成其說，則辭旨宏富，立論堅確矣！〈上昭義劉司徒書〉勸劉從諫歸服云：

在漢伯通，在晉牢之，二人功力不寡，一旦誅死，人豈冤之？苻秦相猛，將終戒視後禍，大唐太尉房公，忍死表止伐遼。此二賢當時德業不左諸人，尚死而不已，蓋以輔君活人爲事，非在矜伐邀引爲心也。伏惟將軍思伯通、牢之所以不終，仰相猛、房公之所以垂休，則天下之人，口祝將軍之福壽，目睹將軍盛德之形容，手足必不敢加不肖於將軍之草木，此乃上下萬世，烈丈夫口念心禱而求者，今將軍盡能有之，豈可容易而棄哉❺！

本段徒以直言奉勸，誠不足以感發人心；而杜牧借古諷今，所謂「伏惟將軍思伯通、牢之所以不終，仰相猛、房公之所以垂休」，褒善則德業俱在，戒惡則殷鑑不遠。寥寥數例，使文情生動，令人悅服。〈唐故江西觀察使武陽公韋公遺愛碑〉稱：

周召伯治人於陝西，召穆公有武功於宣王時，仲尼採〈甘棠〉、〈江漢〉之詩，絃而歌之，列于〈風〉、〈雅〉。班固敘漢宣帝中興名臣，言治人者亦首述黃霸、龔遂，次將相下。今下明詔刻丹治效，令得與元和功臣，彰中興得人之盛，懸於無窮，用古道也❻。

此引孔子採詩，班固作傳頌揚賢臣，以明宣宗表彰韋丹功績爲合於古道。〈投知己書〉云：

夫子曰：「不怨天，不尤人，下學而上達，知我者其天乎？」復曰：「知我者《春秋》，罪我者亦以《春秋》。」此聖人操心，不顧世之人是非也。柱厲叔事莒敖公，莒敖公不知，及莒敖公有難，柱厲叔死之。不知我則已，反以死報之，蓋怨不知之深也。豫讓謂趙襄子曰：「智伯以國士待我，我以國士報之。」此乃烈士義夫，有才感其知，不顧其生也。行無堅明之異，材無尺寸之用，泛泛然求知於人，知則不能有所報，不知則怒，此乃衆人之心也❼。

杜牧強調其求知態度，結合人事與成辭，共舉三例：一引孔子，明聖人不求知；再引杜厲叔，明賢者以死報不知；三引豫讓，明義烈知而有所報，以對比衆人之輕率求知，同時映襯自我求知審己之切。其適度用典，使辭義豐厚，文情亦更加生動活潑。

以上皆援事作正面立論，又有兼反面破理者，如〈上宣州高大夫書〉批評朝廷「執事者上言，云科第之選，宜與寒士，凡爲子弟，議不可進。熟於上耳，固於上心，上持下執，堅如金石，爲子弟者魚潛鼠遁，無入仕路。」杜牧甚爲三郎秀才抱屈，故反駁其不公云：「若以科第之徒浮華輕薄，不可任以爲治，則國朝自房梁公已降，有大功，立大節，率多科第人也。若以子弟生於膏粱，不知理道，不可與美名，不令得美仕，則自堯已降，聖人賢人，率多子弟。」以爲單泛言概述，尚懼不能破除成見，故必以具體實例證之。所謂：

堯，天子子也；禹，公子也；文王，諸侯孫與子也；武王，文王子也；周公，文王之子、武王之弟也；夫子，天子裔孫宋公六代大夫子也。春秋時，列國有其社稷各數百年，其良臣多出公族及卿大夫子孫也。魯之季友、季文子、叔孫穆子、叔孫昭子、孟獻子，皆出於三桓也。臧文仲、武仲出於公子彄，柳下惠出於公子無駭。宋之良臣，多出於戴、桓、武、莊之族也，舉其尤者，華元、子罕、向戌是也。衛之良臣，亦公族及卿大夫之裔也，舉其尤者，公子荆、公叔發、公子朝，皆公族也；子鮮、公子也；史狗、史魚、甯武子，卿大夫之裔也。齊之晏嬰，晏桓子子也。曹之子臧，公子也。吳之季札，王子也。鄭之良臣，皆公孫公族也，舉其尤者，子封、子良、子罕、子展、子皮、子産、子張、子太叔是也。楚之良臣，子囊、子西、子期，皆王子也，子庚，王孫也。其卿大夫之裔，鬭氏生令尹子文，後有鬭辛、鬭巢、鬭懷；蔿氏生蔿賈、孫叔敖、薳啟彊、薳子馮、薳掩、薳罷；屈氏生屈蕩、屈到、屈建。六國時，有昭奚恤，公族也；屈原，諸屈後也。皆其祖先於武王、文王時基楚國爲霸者，用其子孫，其社稷垂九百餘年。至於晉國最爲強，其賢臣尤多，有趙氏、魏氏、韓氏、狐氏、中行氏、范氏、荀氏、羊舌氏、欒氏、郤氏、祁氏，其先皆武公、獻公、文公勤勞臣也，用其子弟，召諸侯而盟之者，僅三百年。在六國，齊之孟嘗，趙之平原，魏之信陵，皆王子王孫也。齊復有司馬穰苴，亦王族也。其在漢、魏已下，至於國朝，公族之子弟，卿大夫之胄裔，書於史氏爲偉人者，不可勝數，不知論聖賢才能，於子弟中復何如也❽？

此連引七十例，以駁倒「子弟生於膏粱，不知理道」之說，氣勢澎湃；復詳述唐房玄齡、郝處俊、來濟、上官儀、李玄義、婁師德、張柬之、郭元振、魏知古、姚元崇、宋璟、劉幽求、蘇瓌、蘇頲、張説、張九齡、張巡、杜黄裳、斐度等十九位名公鉅卿之偉勳❾，以反制「科第之徒浮華輕薄，不可任以爲治」之論。下又接引：

董生云：「《春秋》之義，變古則譏之。」傳說命高宗曰：「鑑于先王成憲，其以永無愆。」故殷道復興。〈鴻鴈〉美周宣王能復先王之道。西漢魏相佐漢宣帝爲中興，但能奉行漢家故事。姚梁公佐玄宗，亦以務舉貞觀之法制耳。自古及今，未有背本棄古而能致治者。

此先引成辭，復徵人事，以五例證明爲政當守古道，擅改足以致亂。通篇先破後立，以豐富之事義爲骨鯁，造成充實挺拔，雄辯滔滔之氣勢，蓋憤懣在胸，不覺噴薄而出也。

其他明引人事之例，如〈答莊充書〉舉揚雄爲文覆瓿，證古人不求知當世；〈祭城隍神祈雨文〉舉東海孝婦冤死，言上天不當荼毒百姓。暗引人事之例，如〈原十六衛〉云：「將保頸領，無烹狗之論」⑩，乃以《史記．越王勾踐世家》兔死狗烹典故，反證府兵制優良。明用成辭之例，如〈注孫子序〉云：「漢祖言『指蹤者人也，獲兔者犬也。』」⑪以明兵法之可依循；〈張保皐鄭年傳〉引「語曰：『國有一人，其國不亡。』」⑫申述善用賢臣，其國不滅之理。暗用成辭之例，如〈上門下崔相公書〉稱：「不戰而屈人之兵」⑬，不明言典出《孫子》。乃若迭引經史百家之例，又指不勝屈矣！

綜上可見杜牧散文用典之博，援事之精，凡立論析理，皆能擇其切當而用之，使證據確鑿，識略高遠，而富含過人之說服力，誠爲一大特色。

❶引文見裴延翰〈樊川文集序〉，《樊川文集》卷首。
❷引文見《樊川文集》卷五。
❸引文見《樊川文集》卷十。
❹引文見《樊川文集》卷十一。
❺同❹。
❻引文見《樊川文集》卷七。
❼引文見《樊川文集》卷十三。
❽引文見《樊川文集》卷十二。
❾參見宋彭叔夏《文苑英華辨證》卷十考證。
❿同❷。
⓫同❸。
⓬引文見《樊川文集》卷六。
⓭同❹。

第五節　描摹傳神

描摹人物，欲使其狀貌、性格、言語、行動、心理，皆能如實展現，騰躍紙上，貴在傳神寫眞。如《史記》之擅長透過歷史事件，掌握細節特徵，塑造一系列繁富多樣，個性鮮明之人物形象，誠我國散文藝術之高度結晶。杜牧既崇拜司馬遷，其刻繪人物殆取法乎斯，詳觀集中，寫宰相則牛僧孺、周墀，直臣則韋溫、崔鄲，循吏則沈傳師、韋丹、崔珙、裴鄲、杜詮、李遜、邢群，宦官則宋公，名將則郭子儀、李光弼、張保皋、鄭年、劉昌，高士則李戡、韓乂、駱峻，策士則譚忠，豪傑則盧霈，書生則龔軺，寒士則盧秀才，巧匠則王易簡，烈女則竇桂娘，遍及社會各階層，彼此雖氣質性格迥異，音容笑貌不同，卻能達到有血有肉，人人俱盡之寫作要求。

其寫宰相者，如〈牛公墓誌銘并序〉言牛僧孺拜相之經過：

會中書令韓弘男公武謀曰：「大人守大梁二十年，齊、蔡誅後始來朝，今不以財援中外，設有飛一辭者，誰與保白。」公武賚弘書獻公錢千萬，公笑曰：「此何名爲？公亟持去。」明年，弘、公武繼卒，主藏奴與吏訟於御史府，上憐弘大臣，父子併死，稚孫將家事，走中使至第，盡取財簿自閱視。凡中外主權多納弘貨，獨朱勾細字曰：某年月日，送戶部牛侍郎錢千萬，不納。上大喜，以指歷簿徧視旁側，曰：「果然吾不謬知人。」言訖，殿上皆再拜呼萬歲。尋以本官平章事❶。

杜牧選取韓弘行賄此一典型事例加以渲染，情節細膩。寫韓弘父子未雨綢繆，重在刻劃其心理；寫牛公委婉拒賄，重在傳達其音容；寫穆宗君臣，重在描寫其行動。經由重重陪襯，以賓映主，而牛僧孺之清廉形象乃得以彰顯。又篇中敘其舉止端莊云：

鎮武昌時，軍容使仇士良爲監軍使，公律以禮敬。暑甚，大合軍宴，拱手至暮，一不搖扇。

此僅寫其一舉手投足之敬謹，便能洞察人物性格也。

其寫直臣者，如〈韋公墓誌銘并序〉之寫韋温，〈禮部尚書崔公行狀〉之寫崔郾，兩人皆正直無私，而筆法迥別。前者云：

公幼不戲弄，冠爲老成人，解褐得官，出羣衆中，人不敢旁發戲嫚。及爲公卿，在朝廷省閣中，大臣見公，若臨絶壑，先忖度語言舉止，然後出發。其所執持不可者，筆一落紙，言一出口，雖天子宰相知不能奪，俯委遂之❷。

此寥寥數筆，由旁人不敢褻瀆，和天子宰相不能奪其志著墨，而韋公之剛正威嚴自見；譬之俯懸崖，臨絶壑，尤能窮神盡相，令人敬畏。後者稱崔公：

威儀秀偉，神氣深厚，即之如鑑，望之如春。既冠，識者知其不容於風塵矣❸！

此以白描刻繪容態，「鑑」喻其明朗，「春」比其溫和，二字簡煉傳神，照應「不容於風塵」一句，則逸氣直撲眉宇。又敘其守正不阿云：

拜吏部員外郎，判南曹事。千人百族，必應進而進，公親自挾格，肖法必留，戾程必黜。每懸牓舉牘，富室權家，汗而仰視，不敢出口。宿吏逡巡，縛手係舌，願措一奸，不能得之。

此用烘雲托月筆法，寫權豪直冒冷汗，不敢胡言，黠吏搓手徘徊，舌頭打結，皆窘態畢露，而崔鄲之明辨善惡喻矣！

其寫循吏者，如〈吏部侍郎沈公行狀〉記沈傳師不寅緣倖進云：

貞元末，舉進士。時許公孟容爲給事中，權文公爲禮部侍郎，時稱權、許。進士中否，二公未嘗不相聞於其間者。其年，禮部畢事，文公詣許曰：「亦有遺恨。」曰：「為誰？」曰：「沈某一人耳。」許曰：「誰家子？某不之知。」文公因具言先少保名字，許曰：「若如此，我故人子。」後數日，徑詣公，且責不相見。公謝曰：「聞於丈人，或援致中第，是累丈人公舉，達某孤進，故不敢自達。」許曰：「如公者，可使我急賢詣公，不可使公因舊造我。」❹

文、許二公於傳師落第，一稍事沉吟，個性內斂；一急事訪求，情感熱烈；蓋親疏不同，各適其宜。至於沈氏，雖侃侃數句，亦風骨自見。文章通過三人對答，語氣情態俱宛然在目，而狀主之人格亦得以充分突顯。又如〈唐故邕府巡官裴君墓誌銘〉稱揚岳父斐鄖之仁愛云：

公廉剛簡，強於愛人，凡關百姓一毫事，與京兆尹、節度使爭論，大聲於廷府間，前如無人。然未嘗以杖責治家，家人有過失則諭之，諭不變者，出之為良人，終不忍牽鬻於市。將終，鄭夫人泣請遺令，曰：「吾之廐騾，為盩厔時役之，今踰十年，聽其老死，慎不可責。」言訖而絕❺。

於公則據理力爭，不畏權貴；於私則溫柔寬厚，善撫下人，兩者構成強烈對比。甚而臨終尚不忘老騾，其仁民愛物之形象極爲鮮明。

其寫宦官者，如〈淮南監軍使院廳壁記〉稱內侍宋公：

> 監軍四年，如始至日，簡約寬泰，明白清潔，恕悉軍吏，禮愛賓客，舉止作動，無非典故，暇日唯召儒生講書，道士治藥而已。內侍舊部將校，多禁兵子弟，京師少俠，出入閭里間，俛首唯唯，受吏約束[6]。

宋公監軍淮南，實無所事，亦乏功績可稱，故杜牧僅以舉止合度、儒生讀書、道士鍊藥、將士俛首聽命等數事渲染，狀其無爲而治之情態悠閒也。

其寫名將者，如〈張保皐鄭年傳〉插敘郭子儀、李光弼之懷公義而忘私忿云：

> 天寶安祿山亂，朔方節度使安思順以祿山從弟賜死，詔郭汾陽代之。後旬日，復詔李臨淮持節分朔方半兵東出趙、魏。當思順時，汾陽、臨淮俱爲牙門都將，將萬人，不相能，雖同盤飲食，常睇相視，不交一言。及汾陽代思順，臨淮欲亡去，計未決，詔至，分汾陽兵東討，臨淮入請曰：「一死固甘，乞免妻子。」汾陽趨下，持手上堂偶坐，曰：「今國亂主遷，非公不能東伐，豈懷私忿時耶！」悉詔軍吏，出詔書讀之，如詔約

東。及別，執手泣涕，相勉以忠義。訖平劇盜，實二公之力❼。

所謂「雖同盤飲食，常睇相視，不交一言」，描寫兩人仇視十分具體，由趨堂扶坐之細微動作刻劃，以徵其胸襟開闊，尤爲生動逼眞。

其寫高士者，如〈李府君墓誌銘〉稱許李戡：

大和元年舉進士及第，鄉貢上都，有司試於東都，在二都羣進士中，往往有言前十五年有進士李飛自江西來，貌古文高。始就禮部試賦，吏大呼其姓名，熟視符驗，然後入。飛曰：「如是選賢耶？即求貢，如是自以爲賢耶？」因袖手不出，明日徑返江東❽。

此雖筆墨精約，而形象凝鍊深刻；千載之下展讀，墓主應試不辱之風操猶栩栩在目也。

其寫策士者，如〈燕將錄〉敘譚忠獻策一節云：

季安曰：「然則若之何？」忠曰：「王師入魏，君厚犒之。於是悉甲壓境，號曰伐趙，則可陰遺趙人書曰：『魏若伐趙，則河北義士謂魏賣友；魏若與趙，則河南忠臣謂魏反君。賣友反君之名，魏不忍受。執事若能陰解陴障，遺魏一城，魏得持之奏捷天子，以爲符信。此乃使魏北得以奉趙，西得以爲臣。於趙爲角尖之耗，於魏獲不世之利，執事豈能無意於趙乎？』趙人脫不拒君，是魏霸基安矣。」委安曰：「善。先生之來，是天眷魏也。」遂用忠之謀，與趙陰計，得其堂陽⑨。

此不必直接摹繪譚忠面目，由其爲魏步步設想，爲趙預留田地，復顧及朝廷顏面，三全其美，足見策士捭闔之風矣！至於田季安，始則茫茫不知所從，聞言欣然大悅，其聳動人心之效也可見。

其寫豪傑者，如〈唐故范陽盧秀才墓誌〉之敘盧霈改悟向學，逸趣橫生，引人入勝。首段云：

秀才盧生名霈，字子中。自天寶後，三代或仕燕，或仕趙，兩地皆多良田畜馬，生年二十，未知古有人曰周公、孔夫子者，擊毬飲酒，馬射走兔，語言習尚，無非攻守戰鬪之事。鎮州有儒者黃建，鎮人敬之，呼爲先生，建因語生以先王儒學之道，因復曰：「自河而南，有土地數萬里，可如燕、趙比者百數十處。有西京、東京，西京有天子，公卿士人畦居兩京間，皆億萬家，萬國皆持其土產，出其珍異，時節朝貢，一取約束。無禁限疑忌，廣大寬易，嬉遊終日。但能爲先王儒學之道，可得其公卿之位，顯榮富貴，流及子孫，至老不見戰爭殺戮。」生立悟其言，即陰約母弟雲竊家駿馬，日馳三百里，夜抵襄國界，捨馬步行，徑入王屋山，請詣道士觀。道士憐之，置之外門廡下，席地而處，始開《孝經》、《論語》。布褐不襪，捽草爲茹，或竟日不得食，如此凡十年。年三十，有文有學，日閑習人事，誠敬通達，汝、洛間士人稍稍知之⑩。

作者敘盧霈既冠，尚不知有周、孔，及聞道悟言，乃竊馬逃家，入山苦學達十年之久，令名遂漸顯於世。其過程曲折，頗富傳奇色彩。寫黃建鋪敘中國疆域之廣，天子之尊，百官之富，朝貢之盛，儒道之崇，名爵之貴，辭語皆通俗誇張，適以反襯盧生之孤陋無知也。寫盧生無學、飲酒、走馬、好鬭，至於一改前非，則劍及履及，不假評論，而慷慨果毅與天眞浪漫之性格自見。其人物形象鮮活，具有強烈感染力。

其寫寒士者，如〈送盧秀才赴舉序〉末段敘盧生困頓云：

盧生客居於饒，年十七八，即主一家骨肉之饑寒，常與一僕東泛滄海，北至單于府，丐得百錢尺帛，囊而聚之，使其僕負之以歸，饒之士皆憐之。能辭，明敏而知所去就，年未三十，嘗三舉進士，以業丐資家，近中輟之。去歲九月，余自池改睦，凡同舟三千里，復爲余留睦七十日，今之去，余知其成名而不丐矣⑪。

寫其少年四處流徙，乞討養家，景況十分逼眞，情境引人垂憐；而力學上進之精神，尤足感佩。

綜合前述，足證杜牧善於運用簡潔筆調，擷取典型事件，通過音容笑貌之描摹，舉止言動之刻劃，以突顯出形形色色，各具特點之人物風貌，繪聲繪影，有血有肉，盡形復能傳神，乃其獨到之處也。

---

❶ 引文見《樊川文集》卷七。
❷ 引文見《樊川文集》卷八。
❸ 引文見《樊川文集》卷十四。
❹ 同❸。
❺ 引文見《樊川文集》卷九。
❻ 引文見《樊川文集》卷十。
❼ 引文見《樊川文集》卷六。
❽ 同❺。
❾ 同❼。
❿ 同❺。
⓫ 同❻。

第六節　節奏鏗鏘

夫言爲心聲，書爲心畫；作者既以聲傳情，讀者亦因聲求氣。清劉大櫆云：「文章最要節奏」，「神氣不可見，於音節見之；音節無可準，以字句準之」❶，使行文字句之奇偶短長，抑揚抗墜，皆能循乎機勢，則吐納之間，自然鏗鏘和諧，發金石之聲矣！

杜牧爲文最重節奏，茲以〈守論〉一節爲例：

|——|———
厥今天下何如哉？
——|
千戈朽，
—||
鉄鉞鈍，
—|||
含引混貸，
||||
煦育逆孽，
—|—|—
而殆爲故常。
—|||—
而執事大人，
—|||——　|—|—
曾不歷算周思，以爲宿謀；

——方且嵬岸抑揚，自以爲廣大繁昌莫己若也。
——嗚呼！
——其不知乎？
——其俟蹇頓顚傾而後爲之支計乎❷？

杜牧歎軍備廢朽，藩鎭猖狂，而朝臣猶高視闊步，渾不知大難臨頭。整節按文意，可分前六句，中三句，後三句，三個層次。就酌奇偶言，則奇、偶、偶、奇；奇、偶；奇、偶相間排列。其中一小節末，和二小節起句字數相同，且均用「而」字開端，故二句似奇而實偶，有貫串前後文勢之功效。「曾不」、「方且」及「其不」、「其俟」四句，雖爲兩駢對，而字數參差，似偶實奇，具錯綜之美。其散行多變化，足以行氣；對偶重整齊，所以植骨；二者參用，則氣振骨植，節奏鏗鏘。就節長短言，第一小節六句，各七、三、三、四、四、五字，第二小節三句，各五、十、十七字，除首句表反問，爲一長句，下由三而四，而五，而十，遞增至十七字，勢若奔瀑，一瀉千里。其中復有轉折，「而殆爲故常」一頓，緊接「而執事大人」又一挫，遂生波瀾，前四句雖短，但不覺其促；後二句雖長，又不失於冗；造語挺拔，氣勢健勁。第三小節三句，各二、四、十三字，亦由短漸長，與一、二小節構句相似，十分調諧。「嗚呼」以下，一唱三歎，又令人有餘音嫋嫋之感。就調弛張言，前六句一弛之後以五張，中三句一張之後以一弛，末三句弛而張而弛，其十二句之中，有八張句，固筆勢雄渾，間以四弛句，所以調文氣，使騁而有節也。就諸平仄言，大抵每句之中，有平有仄，惟「干戈朽」以下四句多用仄聲，仄之中又以上、入爲主，如「朽」、「引」、「混」、「煦」之聲厲而舉，「鉞」、「育」、「逆」、「孽」之聲直而促，皆不易舒展，適與悲痛叱罵之意吻合，故讀來一字一頓，沉悶壓抑。「嗚呼」以下三句多用平聲，蓋平聲上揚，恰與憤激責問之情相稱，故咄咄逼人之勢盡現。又其排偶之第一對「戈、朽」、「鉞、鈍」爲「平仄」、「仄仄」；第三對「爲、常」、「事、人」爲「平平」、「仄平」，互爲抑揚。第二對「引、貸」、「育、孽」皆「仄仄」；第四對「不、算、思」、「且、岸、揚」皆「仄仄平」，又十分合律，足見對仗諸美，調聲活潑。純以句末收音之實字論，則第一小節「下」、「朽」、「鈍」、「貸」、「孽」、「常」爲「仄仄仄仄仄平」，乃先抑後揚，二小節「人」、「謀」、「若」爲「平平仄」，係承前餘勢，揚而復抑，三小節「嗚呼」虛字除外，後二句「知」、「計」爲「平仄」，由揚歸抑，頓挫之間，蓋順乎情致高低而流轉起伏。就權雙疊言，如「干戈」、「逆孽」之雙聲，「煦育」之疊韻，妥加搭配，讀來倍覺順口悅耳，頗能增進文章音樂性。故全節文字，句式參差錯落，音節平仄調諧，一經朗誦，則悲壯之聲情，沉痛之寓意，澎湃之氣勢，盡宣於唇齒之間矣！

由於杜牧平生負抗直之氣，遂多發爲鏗鏘爽利之節奏，而較少迂迴纏綿之致。然因乎情感，則又時有音節緩急之別也。其語緩者，如〈杭州新造南亭子記〉篇末云：

江平入天，越峯如髻，越樹如髮，孤帆白鳥，點畫上凝。在半夜酒餘，倚老松，坐怪石，殷殷潮聲，起於月外❸。

此寫南亭勝景，以短句對仗爲主。短句之妙在生動易解，對仗之美在和諧勻稱，二者皆能緩文氣，使情味含蓄凝重，而不致一瀉無餘。至於音調多用平聲，則清婉寬舒，偶句如「倚老松」、「坐怪石」，皆「仄仄平」，順口成誦；「孤帆白鳥」、「點畫上凝」，爲「平平仄仄」、「仄仄仄平」，抑揚對稱，平和柔美，頗能體現其閑雅之致。其調急者，如〈上昭義劉司徒書〉篇末云：

大唐二百年向外，叛者三十餘種，大者三得其二，小者亦包裹千里，燕、趙、魏、潞、齊、蔡、吳、蜀，同歡共悲，手足相急，陣刺死、帳下死、圍悉死、伏劍死、斬死、絞死，大者三歲，小或一日，已至于盡死❹。

此以叛逆下場警告劉從諫，或一字，或二字，或三字，蓋疊用短句，何等斬截有力，故句句怵目，字字驚心；且多用仄聲，辭氣嚴厲緊促，令人有窒息壓迫之感。然通觀其集中，則大抵以不緩不迫，調暢通流爲特色，如〈燕將錄〉敘譚忠勸田季安勿攔擊王師，其辭云：

某之謀，是引天下之兵也。何者？往年王師取蜀取吳，算不失一，是相臣之謀。今王師越魏伐趙，不使耆臣宿將而專付中臣，不輸天下之甲而多出禁甲，君知誰爲之謀？此乃天子自爲之謀，欲將誇服於臣下也。今若師未叩趙，而先碎於魏，是上之謀反不如下，且能不恥於天下乎！既恥且怒，於是任智畫策，仗猛將，練精兵，畢力再舉涉河。鑑前之敗，必不越魏而伐趙；校罪輕重，必不先趙而後魏。是上不上，下不下，當魏而來也❺。

其言以奇句始，奇句結，當中又用排偶爲幹，而間雜單句。排偶有稍嚴整者，如「鑑前之敗，必不越魏而伐趙；校罪輕重，必不先趙而後魏」；有參差者，如「相臣之謀」和「天子自爲之謀」兩小節，以今昔迥別，君臣互異，構成鮮明對比，而字數則多寡懸殊。至於「天子自爲之謀」一小節文字當中，「不使耆臣宿將……」、「不輸天下之甲……」又自成對句，是偶中有排，錯綜繁複，不可一望而盡也。諷之唇吻，則平仄調諧，起伏合律，如「專付中臣」、「多出禁甲」；「仗猛將」、「練精兵」，皆抑揚相對。乃至語氣之中，有肯定，有疑問，有感嘆，音節多富於變化。

推究杜牧散文之鏗鏘有力，實與擅長運用排比、對偶、錯綜、層遞、類疊等修辭手法有關。例如〈李賀集序〉評長吉詩云：

雲煙綿聯，不足爲其態也；水之迢迢，不足爲其情也；春之盎盎，不足爲其和也；秋之明潔，不足爲其格也；風檣陣馬，不足爲其勇也；瓦棺篆鼎，不足爲其古也；時花美女，不足爲其色也；荒國陊殿，梗莽丘壠，不足爲其恨怨悲愁也；鯨呿鼇擲，牛鬼蛇神，不足爲其虛荒誕幻也。蓋《騷》之苗裔，理雖不及，辭或過之❻。

此連用九組排句，以單句總之，復結以對偶。排比句式亦有變化，前七組爲四、六句型，後二組爲四、四、九句型，此錯綜靈動，窮音節迴環之妙也。〈阿房宮賦〉寫宮女望幸：

明星熒熒，開粧鏡也；綠雲擾擾，梳曉鬟也；渭流漲膩，棄脂水也；煙斜霧橫，焚椒蘭也；雷霆乍驚，宮車過也，轆轆遠聽，杳不知其所之也❼。

此連用六組排比，前五排爲四、四句型，最末一排爲四、七句型，則整中有散，文氣完足。〈

上昭義劉司徒書〉勸劉從諫進討燕、趙、魏三鎭云：

今者上黨馳其精良，不三四日與魏決於漳水西，不五六日與趙合於泜水東，縈太原，挑飛狐，緩不二十日與燕遇於易水南。此天下之郡國，足以事區區於忠烈，無如上黨者。明智武健，忠寬信義，知機便，多算畫，攻必巧，戰不負，能使萬人樂死赴敵，足以事區區於忠烈，天下之人無如將軍者。爵號祿位，富貴休顯，宜驅三旋，上校恩澤，宜出萬死，以副倚注，天下之人亦無如將軍者。是將軍負天下三無如之望也❽。

本段「與魏決」、「與趙合」、「與燕遇」三節排比，而句式參差。「足以事區區於忠烈」和「天下之人無如將軍者」皆重覆，爲類句。全段勢如貫珠，音節錯落，又和前二例之較嚴整有別。再例如〈上宣州崔大夫書〉云：

不知閣下俯仰延遇之去就，幣帛筐篚之多少，飲食獻酬之和樂，各用何道❾？

此排比也。又云：

伏希閣下濬之益深，築之益高，緘鐍之益固。

此排比、錯綜也。又云：

自古雖尊爲天子，未有不用此而能得多士盡心也，未有不得多士之盡心，而得樹功立業流於歌詩也，況於諸侯哉！

此層遞、錯綜也。〈禮部尚書崔公行狀〉云：

然後黜棄奸冒，用公法也；升陟廉能，用公舉也；撫獲窮約，用公惠也。豪商大賈，不得輕役，不得隱田，父子兄弟，不得同販⑩。

又云：

不立約結而善人自親，不設溝壘而不肖自遠，不志於榮達而官位自及。

皆排比、錯綜也。又云：

萬國之衆，之治之亂，懸於陛下。

此用「之」爲類字取勢，使文氣貫暢。〈上門下崔相公書〉云：

故曰：見勝不過衆人之所知，非善之善者也；戰勝而天下曰善，非善者也；百戰百勝，非善之善者也；能不戰而屈人之兵，乃善之善者也⓫。

此以「善之善者也」爲類句。〈燕將錄〉云：

是燕貯忠義之心，卒染私趙之口，不見德於趙人，惡聲徒嘈嘈於天下耳⓬。

前兩句對偶，「嘈嘈」爲疊字。又云：

今國兵駸駸北來，趙人已獻城十二，助魏破齊，唯燕未得一日之勞爲子孫壽，後世豈能帖帖無事乎！

其「鬖鬖」、「帖帖」皆疊字也。〈上知己文章啟〉云：

雖未能深窺古人，得與揖讓笑言，亦或的的分其狀貌矣⑬。

其「的的」爲疊字。〈上昭義劉司徒書〉云：

伏惟十二聖之仁，一何汪汪焉⑭。

其「汪汪」爲疊字。〈罪言〉云：

豈天使生人未至於帖泰耶？豈其人謀未至耶？何其艱哉！何其艱哉⑮！

其後二句爲疊句。

綜觀上例，顯見杜牧行文手法豐富多變，其排偶則諧婉勻稱，錯綜則靈動活潑，層遞則流利頓挫，類疊則連綿優美，經由句式錯落，辭氣弛張之精心架構，音節平仄，聲調抑揚之巧妙安排，乃造成聲壯氣洪，口吻瀏亮之藝術效果。錢基博稱其文章「急言竭論，出之以鏗鏘鼓舞；鋪采摛文，不害爲抑揚爽朗。」⑯足證鏗鏘爽朗，聲情並茂，爲杜牧散文之一大特色也。

---

❶ 引文見〈論文偶記〉，《劉海峰文集》卷首。

❷ 引文見《樊川文集》卷五。

❸ 引文見《樊川文集》卷十。

❹ 引文見《樊川文集》卷十一。

❺ 引文見《樊川文集》卷六。

❻ 同❸。

❼ 引文見《樊川文集》卷一。

❽ 同❹。

❾ 引文見《樊川文集》卷十三。

❿ 引文見《樊川文集》卷十四。

⓫ 同❹。

⓬ 同❺。

⓭ 引文見《樊川文集》卷十六。
⓮ 同❹。
⓯ 同❷。
⓰ 引文見《中國文學史》上冊，頁四二三。

第七節　造語奇俊

夫情欲信而辭欲巧，佳意必有佳語以配之，方能顯耀英華，奪人心目，故前賢作文講究自鑄新辭，如韓愈強調「惟陳言之務去」❶，李翺主張「創意造言皆不相師」❷，俱反對腐舊相因。陳衍亦稱：「昔昌黎論文，謂古者詞必己出，降而不能，乃用剽賊；剽賊者，間用古人成語，已出則自三數字以上，必自己構造。凡古人已聯絡成句者，概不假借。是說也，唐人李習之、皇甫持正、杜牧之……皆宗之。」❸知杜牧師承韓愈，錬乎文辭也。觀其〈獻詩啟〉自稱作詩「不今不古，處於中間」❹，蓋不涉染流俗，亦不因襲古人，而能戛戛獨運；李慈銘則譽其為文「下筆時，復不肯一語猶人」❺，足徵杜牧字句之精工矣！

觀其散文造語，冷僻奇俊、瑰瑋倜儻，而不可方物，尤彰顯三項特徵：即「文字精錬」一也；「口語流暢」二也；「形象生動」三也。

就文字精鍊言，句語簡潔，文勢自然老健；遣辭拖沓，氣息必萎弱不振。故精於文者，篇無盈句，句無贅字；鍊乎辭者，捶字堅而難移，結響凝而不滯。如杜牧〈宋州寧陵縣記〉刻劃劉昌忠勇無私云：

後司徒劉公玄佐見昌，問曰：「爾以孤城，用一當十，凡百日間，何以能守？」昌泣曰：「以負心能守之耳。昌令陴者曰：『內顧者斬！』昌孤甥張俊守西北隅，未嘗內顧，捽下斬之，軍士有死志，故能堅守。」因伏地流涕，司徒劉公亦泣，撫昌背曰：「國家必以富貴爾。」❻

本節以百字之精約，敘兩人一問一答，相顧淚下。劉玄佐問僅十六字，「孤城」點明寧陵四鄰無尺寸之援；「用一當十」言戍卒兩千，賊寇二萬，兵力懸殊；「凡百日」計抗敵達三月之久，其守城艱辛，不言可喻。劉昌之答，未語先泣，蓋「負心」二字，痛徹肝肺；以「孤甥」者，姊妹之獨子，且實「未嘗內顧」，而「捽下斬之」，以立軍威，其公忠固無愧國家；忘麼私愛，又何辭面對手足？所以一偉男子，語畢竟爲之號啕，「伏地流涕」四字，飽蘸多少血淚。司徒「亦泣，撫昌背」五字，刻劃細微，而聞言亦熱淚迸流，伸手拍撫之情狀，皆栩栩如在眼前。辭約旨豐，情事俱盡，眞光可鑑人矣！

就口語流暢言，杜牧雖精雕文辭，卻十分注重字句穩妥，使文從字順，而不露斧鑿痕。如〈與汴州從事書〉云：

汴州境內，最弊最苦，是牽船夫，大寒虐暑，窮人奔走，斃踣不少。某數年前赴官入京，至襄邑縣，見縣令李式甚年少，有吏才，條疏牽夫，甚有道理，云：「某當縣萬戶已來，都置一板簿，每年輪檢自差，欲有使來，先行文帖，尅期令至，不揀貧富，職掌一切均同。計一年之中，一縣人戶，不著兩度夫役，如有遠戶不能來者，即任納錢，與於近河雇人，對面分付價直，不令所由欺隱。一縣之內，稍似蘇息。蓋以承前但有使來，即出帖差夫，所由得帖，富豪者終年閑坐，貧下者終日牽船。今即自以板簿在手，輪轉差遣，雖有黠吏，不能用情。」⑦

本段文字揭發民隱，明白如話，如「最弊最苦，是牽船夫」、「每年輪檢自差」、「不揀貧富，職掌一切均同」、「如有遠戶不能來者，即任納錢，與於近河雇人」、「富豪者終年閑坐，貧下者終日牽船」，皆十分通俗流利，富含生活氣息。又如〈上李中丞書〉敘出任黃州之餞別情形：

雖三千里僻守小郡，上道之日，氣色濟濟，不知沉困之在己，不知昇騰之在人，都門帶酒，笑別親戚❽。

本節寫離家赴任遠郡之情景，所謂「上道之日，氣色濟濟」、「都門帶酒，笑別親戚」，既充分突顯其志氣昂揚之態，詞語更琅琅上口，貼切自然。

就形象生動言，杜牧頗擅長擬虛爲實，將事理濃縮於顯豁之意象當中，使文情鮮明活潑。如〈燕將錄〉敘憲宗削平羣藩經過云：

自元和已來，劉闢守蜀，棧道劍閣，自以爲子孫世世之地，然軍卒三萬，數月見羈。李錡橫大江，撫石頭，全吳之兵，不得一戰，反束帳下。田季安守魏，盧從史守潞，皆天下之精甲，駕趙爲騎，鼎立相視，可爲強矣。然從史繞塹五十里，萬戟自護，身如大醉，忽在轞車。季安死，墳杅未收，家爲逐客。蔡人被重葉之甲，圓三石之弦，持九尺之刃，突前跳後，卒如搏鷄，一可枝百者累數萬人，四歲不北二三，可爲堅矣，然夜半大雪，忽失其城。齊人經地數千里，倚渤海，牆泰山，塹大河，精甲數億，鈐劍其阨，可爲安矣，然兵折於潭趙，首竿於都市。此皆君之自見，亦非人力所能及，蓋上帝神兵下來誅之耳❾。

鋪寫西川劉闢、鎮海李錡、魏博田季安、昭義盧從史、淮西吳元濟、淄青李師道六節度使被俘，被殺，被篡，皆不得善終。其文或比擬，或譬喻，或夸飾，或轉品，或相關，全以具體凝鍊之形象修辭手法出之。如田、盧侍王承宗爲騏驥，得以馳騁驕縱，比擬也。盧、吳「身如大醉」、「卒如搏鶚」，譬喻也。「萬戟自護」、「突前跳後」，夸飾也。李師道「牆泰山」、「塹大河」，「牆」、「塹」名詞作動詞用，轉品也。「石頭」，山名，又爲城名，古稱「金陵」；以「石頭」入文，則一語「雙關」，且意象較勝，上加一「撫」字作動詞，更覺新鮮活潑。至於「被重葉之甲，圓三石之弦，持九尺之劍」，則排句遒勁；「兵折於潭趙，首竿於都市」，則對偶整齊；「夜半大雪，忽失其城」，則口語明朗；「四歲不北二三」，則鑄字簡鍊，全段異彩勃發，神靈活現，蓋善用形象手法故也。

故歷來評騭杜牧造語之論不少，如晚唐李商隱讚云：「京兆杜牧爲〈李長吉集序〉，狀長吉之奇甚，盡世傳之。」⑩譽其渲染李賀詩歌特質，連用「雲煙綿聯」、「水之迢迢」、「春之盎盎」、「秋之明潔」、「風檣陣馬」、「瓦棺篆鼎」、「時花美女」、「荒國陊殿，梗莽丘壠」、「鯨呿鼇擲，牛鬼蛇神」九組排句，形象鮮活，淋漓盡致也。宋陸游云：「杜牧之作〈范陽盧秀才墓誌〉曰：『生年二十，未知古有人曰周公、孔夫子者。』蓋謂世雖農夫卒伍，下至臧獲，皆能言孔夫子，而盧生猶不知，所以甚言其不學也。若曰：『周公、孔子』，則失其指矣！」[11]可見杜牧寫盧霈無學，不避俗語，蓋求其口吻存眞，貼切盡情也。又宋王讜稱〈自撰墓誌銘〉「詞簡而備」[12]，謝枋得謂〈守論〉「文字嚴緊」[13]，清聖祖譽〈戰論〉「字字精確，而文亦磊砢自喜。」[14]俱見其語言不累贅，不含糊，乾脆簡勁也。

略觀集中文字之勝，精鍊、流暢、形象，三長咸備。其佳言雋語，常繪聲繪影，有理有味，讀之如山聳翠秀於目前，珠落玉盤於耳際，或警策超拔，或生新險僻，或明白妥貼，或鮮活靈動，皆淋漓盡致，眞切傳神。例如：「日殺不辜，水滿冤骨」[15]、「築壘未乾，公囊已虛」[16]、「迴視刀鋸，菜色甚安」[17]、「稺老孤窮，指苗燃鼎」[18]、「針抽縷取，千計百校」[19]、「裂僕之腸，折僕之脛」[20]、「剔削根節，斷其脈絡」[21]、「單車一符，將命四走」[22]、「前英後傑，夕思朝議」[23]、「掀擢豪俊，考校古今」[24]、「燕貯忠義之心，卒染私趙之口」[25]、「於趙爲角尖之耗，於魏獲不世之利」[26]、「行軍於枕席之上，翫寇於掌股之中」[27]、「無攀緣絲髮之因，出特達倜儻之知」[28]、「良將勁兵以爲衛策，高位美爵充飽其腸」[29]、「方二三千里爲寇土，數十百萬人爲寇兵」[30]、「經六世乃能得韓，遂折天下脊」[31]、「將駭亂吾民於掌股之上」[32]、「則劃土者宜乎牆山塹河而自守矣」[33]、「趙一搖，燕一呼，爭來汗走，一日四海廓廓然無事矣」[34]，此以振聾發聵，警策超拔見長之例也。「髮勻肉均」[35]、「毛立神駭」[36]、「鐫心鏤志」[37]、「洸汪澶漫」[38]、「筐篋細碎」[39]、「噎啞抑鬱」[40]、「劚撥根脉」[41]、「湍奔矢往」[42]、「鼠遁自屏」[43]、「疆土籍口」[44]、「窮天鑿玄」[45]、「疆壠畦畔」[46]、「鐫琢教誘」(47)、「剔括根節，銷磨頑礦」(48)、「金堅蔓織，角奔爲寇」(49)、「以爲後世子孫背脅疽根」(50)，此以突兀怪特，生新險僻爲工之例也。「笑歌嬉遊」(51)、「迎情解意」(52)、「橫斜圓直」(53)、「近取遠挽」(54)、「屈指延頸」(55)、「銖積粒聚」(56)、「旁誘曲指」(57)、「淫言媟語」(58)、「捼手咤罵」(59)、「舒氣快意」(60)、「繞前捧後」(61)、「藏縮退避」(62)、「懟言怨色」(63)、「齒少氣銳」(64)、「伍列齊立」(65)、「縮衣節口」(66)、「憫然相弔」(67)、「尾大中乾」(68)、「挾恩佩勢」(69)、「青黃白黑」(70)、「俊達堅明」(71)、「耳聾牙落」(72)、「意氣錯寞」(73)、「低目而視」(74)、「越錄躐等，驟得富貴」(75)、「千辯萬索，滔滔而得」(76)、「籍藏將府，伍散田畝」(77)、「三時耕稼，一時治武」(78)、「同歡共悲，手足相急」(79)、「偷處恬逸，第第相付」(80)、「村落隣里，不相往來」(81)、「不侵不蠹，生活自如」(82)、「惠然不疑，推置於肺肝間」(83)，此以習熟易曉，明白妥貼取勝之例也。「蚓縮魚藏」(84)、「束手膠拳」(85)、「高下其目」(86)、「指臂而使」(87)、「戴星徘徊」(88)、「顏澀不展」(89)、「手垂目瞪，露刃弦弓」(90)、「趨奉朝廟，第觀車馬」(91)、「歌兒舞女，念功賞勞」(92)、「雲鍤雨杵，一揮立就」(93)、「繫雲在襟，貯雨在缶」(94)、「銜尾交頸，各蟠千里」(95)、「根於河北，枝蔓於齊、魯、梁、蔡」(96)、「縮首不出，猶鼎鼈爾」(97)、「因而學之，猶盤中走丸」(98)、「校蠕蠕、迴鶻之強弱，猶如虎鼠」(99)、「人望之若迴鶻、吐蕃，義無有敢窺者」(100)、「河北視天下猶珠璣也，天下視河北猶四支也」(101)、「某今懇如包胥，但未哭爾」(102)、「如彼管庫，敢有其寶玉，如彼傳舍，敢治其居室」(103)、「某今所切，是墜於絶壑，而衣掛于樹杪，覆在鼎中，下有熱火，而水將沸」⑩，此以窮神盡相，鮮活靈動生色之例也。諸如上述，莫不俊辭絡繹，奇語橫出，誠見杜牧之擅長選取古語、俗語、險語、僻語，重新推敲，造成更簡鍊流利，新鮮活潑之詞彙也。

結語

杜牧散文之藝術特色有七：其論兵言政，或用犀利之筆鋒，針砭朝廷，或以獨到之眼光，進策獻議，莫不針對現實；至於關心國計民生之篇，則匡時輔教，富含新意；評學品詩之見，修身淑世之言，則切中肯綮，此識見高卓者一也。爲文抒家國之愛，懷身世之感，有憤激之情，有豪壯之情，有悲憫之情，有抑鬱之情，有悽愴之情，誠志思蓄憤，淋漓酣暢，此情感激越者二也。結構嚴整，謀篇奇變，起勢雄渾，過渡自然，結尾警策，條理井然，重點顯豁之美畢具，此布局靈巧者三也。廣引成辭，多徵人事，或明舉，或暗用，使立論堅確，破指有力，文旨深厚，氣勢澎湃，此援事富贍者四也。寫宰相、直臣、循吏、宦官、名將、高士、策士、豪傑、書生、寒士、巧匠、烈女等各階層人物，血肉豐滿，情態俱盡，且彼此不相雷同，此描摹傳神者五也。擅長運用排比、對偶、錯綜、層遞、類叠等修辭手法，參差句式，調和音節，使韻律抑揚，口吻瀏亮，此節奏鏗鏘者六也。以精鍊、流暢，形象之三長，陶鑄爲警策超拔、生新險僻，明白妥貼、鮮活靈動之字句，常有點鐵成金之妙，此造語奇俊者七也。總此各端，足徵杜牧散文之卓犖不羣，流譽古今，良有以也。

---

❶ 引文見〈答李翊書〉《昌黎先生集》卷十六。
❷ 引文見〈答朱載言書〉，《李文公集》卷六。
❸ 引文見〈如不及齋文草敘〉，《石遺室文四集》，收於《石遺先生集》。
❹ 引文見《樊川文集》卷十六。
❺ 引文見《越縵堂讀書記》中，八，文學。
❻ 引文見《樊川文集》卷十。
❼ 引文見《樊川文集》卷十三。
❽ 引文見《樊川文集》卷十二。
❾ 引文見《樊川文集》卷六。
❿ 引文見〈李賀小傳〉，《樊南文集詳注》卷八。
⓫ 引文見《老學庵筆記》卷二，頁十五。
⓬ 引文見《唐語林》卷二，頁四十四。
⓭ 引文見《古文淵鑑》卷四十。

⓮ 同⓭。
⓯ 引文見〈上李太尉論江賊書〉，《樊川文集》卷十一。
⓰ 引文見〈戰論〉，《樊川文集》卷五。
⓱ 同⓰。
⓲ 引文見〈祭城隍神祈雨第二文〉，《樊川文集》卷十四。
⓳ 引文見〈上鹽鐵裴侍郎書〉，《樊川文集》卷十三。
⓴ 引文見〈上池州李使君書〉，《樊川文集》卷十三。
㉑ 引文見〈杭州新造南亭子記〉，《樊川文集》卷十。
㉒ 引文見〈原十六衛〉，《樊川文集》卷五。
㉓ 引文見〈守論〉，《樊川文集》卷五。
㉔ 引文見〈上河陽李尚書書〉，《樊川文集》卷十三。
㉕ 引文見〈燕將錄〉，《樊川文集》卷六。
㉖ 同㉕。
㉗ 引文見〈上李太尉論北邊事啟〉，《樊川文集》卷十六。
㉘ 引文見〈投知己書〉，《樊川文集》卷十三。
㉙ 同㉓。

㉚同㉒。

㉛引文見〈罪言〉，《樊川文集》卷五。

㉜同㉓。

㉝引文見〈同州澄城縣户工倉尉廳壁記〉，《樊川文集》卷十。

㉞引文見〈上昭義劉司徒書〉，《樊川文集》卷十一。

㉟同㉑。

㊱同㉑。

㊲引文見〈周公墓誌銘并序〉，《樊川文集》卷七。

㊳引文見〈上宣州崔大夫書〉，《樊川文集》卷十三。

㊴引文見〈唐故復州司馬杜君墓誌銘并序〉，《樊川文集》卷九。

㊵引文見〈上宣州高大夫書〉，《樊川文集》卷十二。

㊶同㊲。

㊷同㉒。

㊸同㊲。

㊹同㉞。

㊺同⑳。

(46) 同(20)。

(47) 引文見〈韋公墓誌銘并序〉，《樊川文集》卷八。

(48) 引文見〈上門下崔相公書〉，《樊川文集》卷十一。

(49) 同(23)。

(50) 同(23)。

(51) 引文見〈注孫子序〉，《樊川文集》卷十。

(52) 同(47)。

(53) 同(51)。

(54) 同(37)。

(55) 同(24)。

(56) 同(21)。

(57) 引文見〈牛公墓誌銘并序〉，《樊川文集》卷七。

(58) 引文見〈李府君墓誌銘〉，《樊川文集》卷九。

(59) 同(57)。

(60) 同(38)。

(61) 引文見〈答莊充書〉，《樊川文集》卷十三。

62 同28。
63 同28。
64 同20。
65 同20。
66 同25。
67 同15。
68 同22。
69 引文見〈唐故岐陽公主墓誌銘〉，《樊川文集》卷八。
70 同20。
71 同20。
72 引文見〈上宰相求湖州第二啟〉，《樊川文集》卷十六。
73 同72。
74 同25。
75 同34。
76 引文見〈送薛處士序〉，《樊川文集》卷十。
77 同22。

78 同22。

79 同34。

80 同23。

81 引文見〈上李司徒相公論用兵書〉，《樊川文集》卷十一。

82 同18。

83 引文見〈與浙西盧大夫書〉，《樊川文集》卷十二。

84 同48。

85 同37。

86 引文見〈唐故江西觀察使武陽公韋公遺愛碑〉，《樊川文集》卷七。

87 同86。

88 同25。

89 同25。

90 同48。

91 同22。

92 同22。

93 引文見〈禮部尚書崔公行狀〉，《樊川文集》卷十四。

94 引文見〈祭木瓜神文〉，《樊川文集》卷十四。

95 同34。

96 同86。

97 引文見〈唐故灞陵駱處士墓誌銘〉，《樊川文集》卷九。

98 同51。

99 同27。

100 同31。

101 同16。

102 引文見〈上宰相求湖州第一啟〉，《樊川文集》卷十六。

103 引文見〈祭城隍神祈雨文〉，《樊川文集》卷十四。

104 引文見〈上宰相求杭州啟〉，《樊川文集》卷十六。

第柒章　杜牧散文之影響

杜牧散文，上繼韓、柳，下開歐、蘇，於唐宋八家有接續之功，黃宗羲且以韓、杜並駕❶。究其流衍，雖不若韓之博大，而籠罩來茲，又不限北宋一代也。以下分述其影響。

第一節　對後世散文創作之啟迪

杜牧散文對後世散文創作發生不少影響，如晚唐五代之皮日休、黃滔，北宋之文彥博、歐陽修、蘇洵、蘇軾、蘇轍、曾鞏、王安石，南宋以後之陳造、宋濂、陳沆、姚文燮，莫不沿其餘波。下分三階段言之。

一、晚唐五代

晚唐皮日休之尊奉孔聖，推崇韓、孟，排斥佛、老，皆深受杜牧啟迪。其〈襄州孔子廟學記〉推尊孔子云：

天地，吾知其至廣也，以其無所不覆載；日月，吾知其至明也，以其無所不照臨；江海，吾知其至大也，以其無所不容納。……偉哉夫子！後天地而生，知天地之始；先天地而沒，知天地之終。非日非月，光之所及者遠；不江不海，浸之所及者溥。三代禮樂，吾知其損益；百王憲章，吾知其消息。君臣以位，父子以親，家國以肥，鬼神以享。道未可詮其有物，釋未可證其無生，一以貫之，我先師夫子聖人也❷。

以天地、日月比孔子之崇高，以鬼神得享喻儒學之功效，且抨擊佛、道二家。其無論措辭、立意，蓋皆胎息杜牧〈書處州韓吏部孔子廟碑陰〉所謂：

有天地日月爲之主，陰陽鬼神爲之佐，夫子巍然統而辯之，復引堯、舜、禹、湯、文、武、周公爲之助，則其徒不爲劣，其治不爲僻。彼四君二臣，不爲無知，一旦不信，背而之他，仍族滅之。儻不生夫子，紛紜冥昧，百家鬬起，是己所是，非己所非，天下隨其時而宗之，誰敢非之❸。

又皮氏〈原化〉盛讚孟、韓翼傳孔道云：

古者楊、墨塞路，孟子辭而闢之，廓如也；故有周、孔，必有楊、墨，要在有孟子而已矣！……千世之後，獨有一昌黎先生，露臂瞋視，詬之於千百人內，其言雖行，其道不勝，苟軒裳之士，世世有昌黎先生，則吾以爲孟子矣❹。

〈請韓文公配饗太學書〉推崇韓愈：

公之文，蹴楊、墨於不毛之地，蹂釋、老於無人之境，故得孔道巍然而自正。夫今之文人千百世之作，釋其卷，觀其詞，無不裨造化，補時政，繫公之力也。……吾唐以來，一人而已❺。

兩文以韓排佛、老與孟闢楊、墨之功並肩，即發杜牧〈書處州韓吏部孔子廟碑陰〉篇中攘斥佛、老，韓、孟並肩之意，可見皮氏振臂高呼，以襄贊儒門爲終身職事，蓋多取法杜牧。至於杜牧〈李府君墓誌銘〉非薄元、白豔詩，則引起皮氏不滿。牧稱李戡：

所著文數百篇，外于仁義，一不關筆。嘗曰：「詩者，可以歌，可以流於竹，鼓於絲，婦人小兒，皆欲諷誦，國俗薄厚，扇之於詩，如風之疾速。嘗痛自元和已來，有元、白詩者，纖豔不逞，非莊士雅人，多爲其所破壞。流於民間，疏于屏壁，子父女母，交口教授，淫言媟語，冬寒夏熱，入人肌骨，不可除去。吾無位，不得用法以治之。」❻

其引李戡語，斥責元、白詩爲「淫言媟語」，「入人肌骨」，敗壞風教，皮氏不以爲然。〈論白居易薦徐凝屈張祜〉駁云：

祜在元、白時，其譽不甚持重，杜牧之刺池州，祜且老矣！詩益高，名益重，然牧之少年所爲，亦近於祜，爲祜恨白，理亦有之。余嘗謂文章之難，在發源之難也。元、白之心，本乎立教，乃寓意於樂府雍容宛轉之詞，謂之諷諭，謂之閒適。既持是取大名，時士翕然從之，師其詞，失其旨，凡言之浮靡豔麗者，謂之元白體，二子規規攘臂解辯，而習俗既深，牢不可破，非二子之心也。

皮日休爲元、白辯解，稱「樂天方以實行求才，薦凝而抑祜，其在當時，理其然也。」若乃杜牧早年作詩，同於祜之「詞曲豔發」❼，因私交而恨元、白，甚無謂也。可見本篇係針對杜牧而發。

五代閩之黃滔亦有同感。其〈答陳磻隱論詩書〉云：

自李飛數賢，多以粉黛爲樂天之罪，殊不謂三百五篇，多乎女子，蓋在所指說如何耳❽。

按李戡原名飛，黃滔爲白氏辯駁，蓋不以杜牧之論爲然。

二、北宋時代

北宋文彥博之尊孔而崇仰韓、孟，亦前有所據。杜牧〈書處州韓吏部孔子廟碑陰〉篇末云：

韓吏部〈夫子廟碑〉曰：天下通祀，唯社稷與夫子。社稷壇而不屋，取異代爲配，未若夫子巍然當門，用王者禮，以門人爲配，自天子至於庶人，親北面而師之。夫子以德，社稷以功，固有次第。因引孟子曰：「生人已來，未有如夫子者也。」自古稱夫子者多矣，稱夫子之德，莫如孟子；稱夫子之尊，莫如韓吏部⑨。

文彥博〈絳州翼城縣新修至聖文宣王廟碑記〉篇末曰：

杜牧云：「稱夫子之德，莫如孟子；稱夫子之尊，莫如韓吏部。」孟所謂生人以來未有夫子，賢過堯、舜遠矣。韓所謂自天子至郡邑守長，得共祀而徧天下者，惟社稷與孔子。社稷壇而不屋，豈如孔子巍然當坐，用王者禮，以門人配，自天子而下，北面拜跪，禮如親弟子然。然則夫子之德之尊，韓、孟之言詳已⑩。

其中論要旨全本杜牧。

歐陽修作詩爲文，亦多取法杜牧。嘗告梅堯臣：「作〈廬山高詩〉送劉同年，效杜牧〈晚晴賦〉，自以爲得意。」⑪費袞曰：

或云：歐陽公取《新唐書》列傳，令子叔弼讀而臥聽之，至〈藩鎮傳敘〉，嘆曰：「若皆如此傳敘，筆力亦不可及。」此恐未必然。〈藩鎮傳敘〉乃全用杜牧之〈罪言〉耳⑫。

按〈藩鎭傳敘〉全引〈守論〉，並非〈罪言〉，宋史繩祖嘗辨其誤[13]。誠見杜牧筆力爲歐公所歎服。故歐公〈孫子後序〉云：

> 牧亦慨然最喜論兵，欲試而不得者，其學能道春秋戰國時事，甚博而詳。……傳言魏之諸將出兵千里，公每坐計勝敗，授其成筭，諸將用之，十不失一，一有違者，兵輒敗北。故魏世用兵悉以新書從事。其精於兵也如此。牧謂曹公於注《孫子》尤略，蓋惜其所得，自爲一書。是曹公悉得武之術也[14]。

篇中譽杜牧之言兵，上下古今，「甚博而詳」。至於申論曹操擅長兵術，則本乎杜牧〈注孫子序〉所謂：

> 武所著書，凡數十萬言，曹魏武帝削其繁剩，筆其精切，凡十三篇，成爲一編。曹自爲序，因注解之，曰：「吾讀兵書戰策多矣，孫武深矣。」然其所爲注解，十不釋一，此者蓋非曹不能盡注解也。予尋《魏志》，見曹自作兵書十餘萬言，諸將征伐，皆以新書從事，從令者尅捷，違教者負敗。意曹自於新書中馳驟其說，自成一家事業，不欲隨孫

武後盡解其書，不然者，曹豈不能耶⑮！

牧稱曹操詳其自撰新書，而略於所注《孫子》，盡得武術，用兵如神，皆歐公所據以入文者也。再則宋張表臣曰：「近代歐公〈醉翁亭記〉，步驟類〈阿房賦〉。」⑯清汪志伊舉證云：「歐陽公〈醉翁亭〉連用『也』字，仿唐人杜牧〈阿房宮賦〉『開粧鏡也』、『棄脂水也』。」⑰又如清李調元謂〈秋聲賦〉「原出於〈阿房〉、〈華山〉諸篇。」⑱蓋〈秋聲賦〉首段以比興起筆，連用「波濤」、「風雨」、「赴敵之兵」等生動之譬喻⑲，虛摹秋聲，情景交融；二段轉入實寫，以酣暢之筆墨，狀物擬人，想像豐富；三段筆鋒陡轉，盡情抒發悲秋之歎，及人生之感慨；末段餘音嫋嫋，收言有盡而意無窮之效。全篇散體為主，間用駢偶，抑揚頓挫，音韻鏗鏘，較杜牧〈阿房宮賦〉之鋪排宏麗，感慨遙深，無論結構、辭采、手法、語氣，皆有同工之妙，承襲之迹顯然。

蘇洵及軾、轍二子精工策論，辨古今之治亂、詳政教之得失，多繼軌杜牧。故徐乾學稱牧文「筆勢放縱，蘇氏父子近之。」⑳李慈銘謂：「蘇氏老泉最勝，東坡次之，然僅毗於杜樊川，而筆力且不逮焉，子由則又次矣！」㉑清張文虎亦云：「杜牧雄奇超邁，實為蘇氏先導。」㉒蓋蘇洵最喜言兵，自比賈誼，取法《國策》，皆雷同於杜牧。故觀其文，無論內容、形式、氣象，多彼此聲息相通，如〈幾策〉、〈權書〉之論兵獻策，馳騁放恣，神似杜牧〈罪言〉、〈原十六衛〉、〈守論〉、〈戰論〉諸篇㉓，此其氣象接近之證也。〈權書上・明間〉云：

吾間不忠，反爲敵用，一敗也；不得敵之實，而得敵之所僞示者以爲信，二敗者；受吾財而不能得敵之陰計，懼而以僞告我，三敗也㉔。

其條陳師法〈戰論〉「五敗」之說㉕；〈強弱〉言兵勢有上、中、下「三權」㉖，〈攻守〉稱攻、守俱各「三道」㉗，〈權書下・孫武〉責孫子以「三失」㉘，〈幾策・審敵〉論匈奴不過「三計」㉙，手法皆出自〈罪言〉上、中、下三策也。至於〈衡論下・申法〉批評當代法弊可怪而未嘗怪者五，所謂「其必先治此五者，而後詰吏胥之姦可也」㉚，句本〈戰論〉「今者誠能治其五敗，則一戰可定，四支可生也」㉛；〈幾策・審勢〉：「其勢固已駸駸焉日趨於強大」㉜、〈審敵〉：「駸駸乎將入於深淵」㉝、〈權書上・心術〉：「故一忍可以支百勇」㉞，遣辭脫胎〈燕將錄〉：「今國兵駸駸北來」、「一可枝百者累數萬人」㉟，此其形式承沿之證也。

杜牧〈上宣州高大夫書〉云：

科第之設，聖祖神宗所以選賢才也，豈計子弟與寒士也。古之急於士者，取盜取讎，取於夷狄，豈計其所由來㊱？

蘇洵〈衡論上．廣士〉云：

古之取士，取於盜賊，取於夷狄，古之人非以盜賊夷狄之事可爲也，以賢之所在而已矣！……夫古之用人，無擇於勢，布衣寒士而賢則用之，公卿之子弟而賢則用之㊲。

其論古人取士及於盜賊夷狄，斥當代選賢乃計子弟寒士之非是，蓋歸宗杜牧。若乃〈論諫上〉稱：

今古論諫，常與諫而少直，其說蓋出於仲尼，吾以爲諷直一也，顧用之之術何如耳㊳。

顯見蘇洵不以杜牧〈與人論諫書〉之主張諷而勿直爲是，另別裁新聲，此其內容接續之證也。

蘇軾雅愛杜牧詩文，〈將之湖州戲贈莘老〉云：「亦知謝公到郡久，應怪杜牧尋春遲。」㊴又曾書杜牧〈雨中作〉詩，刻石定州㊵。宋王某《道山清話》記載：「東坡在雪堂，一日讀牧之〈阿房宮賦〉凡數遍。每讀徹一遍，即再三咨嗟，至夜分猶不寐。」非誠有所好，殆不至此。其謫居黃州作〈赤壁賦〉，一寫夜遊之樂，二寫樂極悲來，三寫因悲生悟，層層深入，跌宕起伏，所採清新流暢之散文筆調，蓋頗得〈阿房宮賦〉三昧。故錢基博謂杜牧「文開蘇軾」[41]，如蘇軾〈書杜牧集僧制〉、〈書劉昌事〉，皆因杜牧〈燉煌郡僧正慧苑除臨壇大德制〉、〈宋州寧陵縣記〉有感而發。〈六一居士集序〉稱「學者以愈配孟子，蓋庶幾焉。」[42]亦本杜牧爲言，是以明焦竑云：「杜牧之〈書韓公處州夫子廟碑陰〉尊夫子可謂至矣！蘇長公序《六一集》論楊、墨、申、韓煞透澈，其源實出此乎？」[43]至於策論之辭暢意達，務肆以盡，尤多追隨杜牧，如〈策別〉分四項十七目，〈蓄材用〉云：

> 夫今之所患兵弱而不振者，豈士卒寡少而不足使歟？器械鈍弊而不足用歟？抑爲城郭不足守歟？廩食不足給歟？此數者皆非也。然所以弱而不振，則是無材用也[44]。

立旨乃發皇〈戰論〉：

> 夫天下無事之時，殿寄大臣，偷處榮逸，爲家治具，戰士離落，兵甲鈍弊，車馬刓弱，而未嘗爲之簡帖整飾，天下雜然盜發，則疾敺疾戰。此宿敗之師也，何爲而不北乎！是不蒐練之過者，其敗一也。夫百人荷戈，仰食縣官，則挾千夫之名，大將小裨，操其餘

羸，以虜壯爲幸，以師老爲娛，是執兵者常少，糜食者常多，築壘未乾，公囊已虛。此不責實科食之過，其敗二也㊺。

牧指晚唐軍事「兵甲鈍弊」、「執兵者常少」，蘇軾以爲北宋並非「器械鈍弊」、「士卒寡少」，蓋承牧言而自出新意。又篇中「今朝廷之上，不能無憂，而大臣恬然」，闡〈守論〉「而執事大人，曾不歷算周思，以爲宿謀；方且嵬岸抑揚」一節之論㊻；「天下未嘗無才，患所以求才之道不至」，發〈原十六衛〉「近代已來，於其將也，弊復爲甚」一段之意㊼，皆若合符節。杜牧〈原十六衛〉云：

至於開元末，愚儒奏章曰：「天下文勝矣，請罷府兵。」詔曰「可」。武夫奏章曰：「天下力強矣，請搏四夷。」詔曰「可」。於是府兵內剷，邊兵外作，戎臣兵伍，湍奔矢往，內無一人矣㊽。

蘇軾〈教戰守〉曰：

及至後世，用迂儒之議，以去兵爲王者之盛節，天下既定，則卷甲而藏之。數十年之後，甲兵頓弊，……天下分裂，而唐室因以微矣㊾！

其批評唐開元末府兵廢壞，強藩割據之勢，蓋雷同一響。〈定軍制〉云：

唐有天下，置十六衛府兵，天下之府八百餘所，而屯于關中者，至有五百，然皆無事，則力耕而積谷，不惟以自贍養，而又有以廣縣官之儲，是以兵雖聚于京師，而天下亦不至於弊者，未嘗無事而食也㊿。

亟稱唐初設府立衛之良善，亦推杜牧〈原十六衛〉之旨要也。〈省費用〉稱：「夫爲國有三計，有萬世之計，有一時之計，有不終月之計」51，此亦仿杜牧〈罪言〉三策也。其步武之迹顯然。

蘇轍學杜牧者，如〈陳州爲張安道論時事書〉開篇云：

伏以中外臣庶，各有職事；越職而言，國有常憲。臣守土陳州，非有言責而輒言之，計其狂愚，茲實有罪52。

此本〈罪言〉破題：

國家大事，牧不當官，言之實有罪，故作〈罪言〉53。

篇中復陳明神宗開邊、併營、戎患之悔有三，新法青苗、助役、保甲之弊有三，蓋仿〈罪言〉三策之條列也。〈六國論〉言秦之有韓、魏，猶腹心之疾云：

夫秦之所與諸侯爭天下者，不在齊、楚、燕、趙也，而在韓、魏之郊；諸侯之所與秦爭天下者，不在齊、楚、燕、趙也，而在韓、魏之野。秦之有韓、魏，譬如人之有腹心之疾也。韓、魏塞秦之衝，而蔽山東之諸侯，故夫天下之所重者，莫如韓、魏也。昔者范睢用於秦而收韓，商鞅用於秦而收魏；昭王未得韓、魏之心，而出兵以攻齊之剛壽，而范睢以爲憂；然則秦之所忌者可以見矣54。

其立論觀點與間架，蓋盡出〈罪言〉「中策莫如取魏」一段55。杜牧以魏能遮山東燕、趙，蘇轍亦以韓、魏蔽山東諸侯，其觀點相同一也。杜牧論魏地形險要，反覆推闡，開合嚴密，蘇轍論韓、魏亦然；杜牧舉中晚唐誅蔡、誅齊、誅滄、誅趙四例證明，蘇轍亦舉戰國范睢、商鞅、昭王三例證明，其間架相同二也。若乃〈唐論〉言唐府兵制內外輕重得宜，全闡杜牧〈原十六衛〉之旨；暢敘兵制沿革，由周衰，而秦，而漢，而魏晉，而至唐貞觀施行府兵，復承〈罪言〉就歷代成敗證山東重要之手法。〈荀彧論〉則務反杜牧〈題荀文若傳後〉之議，辨荀彧無過，皆沿襲之徵也。

至於王安石、曾鞏之受杜牧影響，雖不甚瞭然。而安石〈和王微之秋浦望齊山感李太白杜牧之〉詩譽杜牧「末世篇章有逸才」[56]，清翁方綱許爲知小杜：「所見者深矣！」[57]王應麟則稱其〈外祖母黃夫人墓表〉所謂：「女婦居不識廳屏」[58]，係取用杜牧〈唐故岐陽公主墓誌銘〉「不識刺史聽屏」一句[59]。又宋潘淳云：「南豐先生曾子固言『〈阿房宮賦〉：「鼎鐺玉石，珠瑰金礫，棄擲邐迤，秦人視之，亦不甚惜。」瑰當作塊，蓋言秦人視珠玉如土塊瓦礫也。』又言：『牧賦宏壯巨麗，馳騁上下，累數百言，至「楚人一炬，可憐焦土」，其論盛衰之變，判於此矣。』」[60]顯見曾、王二人於杜牧散文固有深味，而形於字句諷誦之間矣！

三、南宋以後

南宋陳造之摹擬杜牧，亦以〈罪言〉命題，申論「謀敵」、「備用」、「救時」三事，開篇云：

孟子曰：位卑而言高，罪也。謀國計治，達官顯人之任，而猥賤者輒及之，誠爲有罪。某吏藩鎮之橫，豈杜子之責？安南之役，晁子非在位者，二子輒言之，目以罪言宜也。某吏隱江湖，自分無求於世，而僭言天下大計，非罪乎？然冒罪而言，言之果爲己耶！此固不容誅。言天下大計，而或有一得焉，可以少補當世爲國者之慮，彼將求之之不暇，何暇罪之？某之所言三：一曰謀敵，二曰備用，三曰救時[61]。

考其師法杜牧譴責強藩驕橫，獻以三策，無論立意、體制及破題手法，皆規行矩步；故紀昀明言「集中〈罪言〉一篇，蓋仿杜牧而作，不免紙上談兵，徒爲豪語。其文則恢奇排奡，要亦陳亮、劉過之流。」[62]蓋多學杜牧之矯健壯偉者也。

明初宋濂品評《孫子》，以爲其書「凡十三篇，〈藝文志〉乃言八十二篇，杜牧信之，遂以爲武書數十萬言，魏武削其繁剩，筆其精粹，以成此書。」[63]蓋採用杜牧〈注孫子序〉觀點，並節引字句入文，乃熟其篇章之證也。故所作〈秦士錄〉，以「錄」爲名，且專記人物事迹，則溯源杜牧〈燕將錄〉，篇中以學問、見識、武藝，刻劃鄧弼仗力雄人之形象，與杜牧擷取三事，突顯譚忠恃謀取勝之手法，頗具異曲同工之妙。

清陳沆甚推崇杜牧，其箋李賀〈還自會稽歌并序〉曰：「杜牧之序《長吉集》，獨舉此篇及七言之〈銅仙辭漢歌〉，此深於知長吉，故舉此二詩以明隅反也。」[64]其〈李賀詩箋〉，亦迭引杜牧〈李賀集序〉考證賀之歲壽、卒年、作品；且云：「後之註《昌谷集》者，惟姚文燮一序，頗能推杜牧之旨。」[65]可見其箋詩有得力杜牧散文者。

清姚文燮〈昌谷詩註自序〉則本〈李賀集序〉曰：

杜牧之言，賀理不及《騷》，而爲《騷》之苗裔也，是不必以《騷》抑賀也。又謂少加以理，可奴僕命《騷》也，是又不必以賀抑《騷》也。《騷》理何必皆賀，賀理何必皆《騷》也。我於是乎註賀[66]。

其就牧稱賀詩「蓋《騷》之苗裔」、「少加以理，奴僕命《騷》可也」發論[67]，皆斑斑可考。足證杜牧散文對後世散文創作影響之深遠矣！

---

❶ 參見〈明文案序上〉，《南雷集》卷一。

❷ 引文見《全唐文》卷七九七。

❸ 引文見《樊川文集》卷六。

❹ 引文見《皮子文藪》卷三。

❺ 引文見《皮子文藪》卷九。

❻ 引文見《樊川文集》卷九。
❼ 引文見《全唐文》卷七九七。
❽ 引文見《黄御史集》卷八。
❾ 同❸。
❿ 引文見《潞公文集》卷十二。
⓫ 宋阮閱《增修詩話總龜》卷八云：「郭功父少時，喜誦文忠公詩。一日，過聖俞。聖俞曰：『近得永叔書云：「作〈盧山高詩〉送劉同年，效杜牧〈晚晴賦〉，自以爲得意」，恨未見此詩。』功父誦之，聖俞擊節歎賞。」
⓬ 引文見《梁谿漫志》卷六，「唐藩鎮傳敘」條。
⓭ 引文見《學齋佔畢》卷二。
⓮ 引文見《歐陽文忠公文集》卷四十二。
⓯ 引文見《樊川文集》卷十。
⓰ 引文見《珊瑚鈎詩話》頁一。
⓱ 參見袁枚《隨園詩話》補遺卷三援引。
⓲ 引文見《賦話》卷五。
⓳ 引文見《歐陽文忠公文集》卷十五。

⑳ 引文見《古文淵鑑》卷四十，評〈罪言〉語。
㉑ 引文見《越縵堂讀書記》中，八，文學。
㉒ 引文見〈唐十八家文錄序〉，《舒藝室雜著》乙上。
㉓ 李慈銘稱杜牧「所著如〈罪言〉、〈原十六衛〉、〈守論〉、〈戰論〉諸篇，前惟賈太傅〈治安策〉、〈過秦論〉，後惟老蘇〈幾策〉、〈權書〉可以鼎立，固爲最著。」見《越縵堂讀書記》中，八，文學。
㉔ 引文見《嘉祐集》卷二。
㉕ 引文見《樊川文集》卷五。
㉖ 同㉔。
㉗ 同㉔。
㉘ 引文見《嘉祐集》卷三。
㉙ 引文見《嘉祐集》卷一。
㉚ 引文見《嘉祐集》卷五。
㉛ 同㉕。
㉜ 同㉙。
㉝ 同㉙。

㉞ 同㉔。

㉟ 同③。

㊱ 引文見《樊川文集》卷十二。

㊲ 引文見《嘉祐集》卷四。

㊳ 引文見《嘉祐集》卷八。

㊴ 引文見《蘇東坡集・前集》卷四。

㊵ 王士禎《蜀道驛程記》卷一云：「初五日過慶都縣古望鄉，暮抵定州，……覓韓忠獻公閱古堂衆春圖舊址，不可得，惟蘇文忠公書杜牧之『得州荒僻中，更值連江雨』一篇石刻尚在。按此詩乃牧之刺黃州作。坡曾謫黃，後帥定武，更書之耳。」

㊶ 引文見《中國文學史》上冊，頁四二二。

㊷ 引文見《蘇東坡集・前集》卷二十四。

㊸ 引文見《焦氏筆乘》卷四。

㊹ 引文見《蘇東坡集・應詔集》卷四，策別二十。

㊺ 同㉕。

㊻ 同㉕。

㊼ 同㉕。

㊽同㉕。

㊾引文見《蘇東坡集·應詔集》卷四，策別十六。

㊿引文見《蘇東坡集·應詔集》卷四，策別十九。

51 引文見《蘇東坡集·應詔集》卷四，策別十八。

52 引文見《欒城集》卷三十五。

53 同㉕。

54 引文見《欒城應詔集》卷一。

55 同㉕。

56 引文見《臨川先生文集》卷十九。

57 引文見《石洲詩話》卷二。

58 參見《困學紀聞》卷十七〈評文〉。

59 引文見《樊川文集》卷八。

60 引文見《潘子真詩話》第十四條「杜牧賦元稹詩」，見《宋詩話輯佚》上，頁三七六。

61 引文見《江湖長翁集》卷二十四。

62 引文見《四庫提要》卷一六一，「江湖長翁文集」條。

63 引文見〈諸子辯并序〉，《宋學士全集》卷二十七。

64 引文見《詩比興箋》卷四。
65 同64。
66 引文見《昌谷集註》卷首。
67 同15。

第二節 對五代北宋編纂唐史之沾溉

杜牧頗以史筆自豪，其碑誌傳狀之作，對唐史之編纂大有助益。茲以《舊唐書》、《新唐書》、《資治通鑑》爲例，明此說之可信。

一、《舊唐書》

《舊唐書》爲五代後晉劉昫等撰，其列傳頗采杜牧文字，如〈韋溫傳〉敘溫止文宗虛飾尊號，罷黜太子，及臨終生瘡三事，皆根據杜牧〈韋公墓誌銘并序〉。墓誌銘云：

時宰相百吏，源條帝功德，譔號上獻，公獨再疏曰：「今蜀之東川川溢殺萬家，京師雪積五尺，老幼多凍死，豈崇虛名報上帝時耶？」帝乃止，遂訖十五年不答尊號事❶。

本傳云：

羣臣上尊號，温上疏曰：「德如三皇止稱皇，功如五帝止稱帝。徽號之來，乃聖王之末事。今歲三川水災，江淮旱歉，恐非崇飾徽稱之時。」帝深嘉之，乃止❷。

墓誌銘云：

莊恪太子得罪，上召東西省御史中丞、郎官於內殿，悉疏莊恪過惡，欲立廢之，曰：「是宜爲天子乎！」羣公低首唯唯，公獨進曰：「陛下唯一子，不教，陷之至是，太子豈獨過乎？」上意稍平。不數日，遷尚書右丞。

本傳云：

莊恪得罪，召百僚諭之，温曰：「太子年幼，陛下訓之不早，到此非獨太子之過。」遷尚書右丞。

前後沿襲之迹可見。〈牛僧孺傳〉亦多摘取杜牧〈牛公墓誌銘并序〉，如墓誌銘敘牛公奉法無私云：

半歲，遷御史中丞。宿州刺史李直臣以贓數萬敗，穆宗得偏辭於中，稱直臣冤，且言有才，宰相言格不用。公以具獄奏，上曰：「直臣有才可惜。」公曰：「彼不才者，無飽食以足妻子，安足慮。本設法令，所以縛束有才者，祿山、朱泚，是才過人而亂天下。」上因可奏，曰「善」。賜章服金紫，遷戶部侍郎，掌財賦事❸。

本傳則云：

長慶元年，宿州刺史李直臣坐贓當死，直臣賂中貴人爲之申理，僧孺堅執不回。穆宗面喻之曰：「直臣事雖僭失，然此人有經度才，可委之邊任，朕欲貸其法。」僧孺對曰：「凡人不才，止於持祿取容耳。帝王立法，束縛奸雄，正爲才多者。祿山、朱泚以才過人，濁亂天下，況直臣小才，又何屈法哉？」上嘉其守法，面賜金紫。二年正月，拜戶部侍郎❹。

其敘大和六年，牛公獨排衆議，力主誠信待吐蕃事，亦如出一轍。皆略改杜牧文而爲傳也。至於〈杜悰傳〉敘憲宗長女下嫁事，本諸杜牧〈唐故岐陽公主墓誌銘〉；〈杜牧傳〉取諸杜牧〈自撰墓誌銘〉，述臨終不祥之兆，並刪節〈上李太尉論北邊事啟〉潤色成篇，皆《舊唐書》摘錄杜牧散文入傳之證也。

二、《新唐書》

《新唐書》爲北宋歐陽修等撰，其列傳實宋祁手筆。李慈銘云：「宋子京深喜樊川之文，《新唐書》中傳論多取其語，其自作文字亦力仿之，故于〈啖助等傳〉論宋學之弊，其識議亦與樊川同。」❺考宋祁著史，引杜牧篇章不勝枚舉。如〈白居易傳贊〉云：

杜牧謂：「纖豔不逞，非莊士雅人所爲。流傳人間，子父女母，交口教授，淫言媟語，入人肌骨不可去。」蓋救所失，不得不云❻。

此引〈李府君墓誌銘〉稱李戡語一段，而同其論者也。〈啖助傳贊〉就〈上池州李使君書〉批評不學之徒一段起議；〈東夷列傳贊〉引〈張保皐鄭年傳〉插敘郭子儀事生歎，皆同其論者也。〈劉昌傳贊〉評曰：

且勒兵乘城與賊抗，所賴惟賞罰耳。今無罪而斬其甥，士心且離，不祥莫大焉，寧好事者傳此以益其美？非昌志也。牧以爲張巡、許遠陷睢陽，其名傳，昌全寧陵而事不得暴于世，寧牧未之思邪❼？

此援引〈宋州寧陵縣記〉，而異其論者也。

至於用爲立傳依據之例更多，如〈杜牧傳〉全引〈罪言〉；〈藩鎮魏博列傳〉全引〈守論〉；〈東夷列傳〉亦大幅採錄杜牧之文云：

有張保皐、鄭年者，皆善鬬戰，工用槍。年復能沒海，履其地五十里不噎，角其勇健，保皐不及也。年以兄呼保皐，保皐以齒，年以藝，常不相下。自其國皆來爲武寧軍小將。後保皐歸新羅，……王遂召保皐爲相，以年代守清海❽。

較於〈張保皐鄭年傳〉所謂：

> 新羅人張保皋、鄭年者，自其國來徐州，爲軍中小將。保皋年三十，年少十歲，兄呼保皋。俱善鬪戰，騎而揮槍，其本國與徐州無有能敵者。年復能沒海履其地，五十里不噎，角其勇健，保皋差不及年。保皋以齒，年以藝，常齟齬不相下。後保皋歸新羅，……王遂徵保皋爲相，以年代保皋[9]。

此僅就杜牧字句稍加潤色也可察。其他如〈韋丹傳〉本〈唐故江西觀察使武陽公韋公遺愛碑〉，〈牛僧孺傳〉本〈牛公墓誌銘并序〉，〈周墀傳〉本〈周公墓誌銘〉，〈崔鄲傳〉本〈禮部尚書崔公行狀〉，〈沈傳師傳〉本〈吏部侍郎沈公行狀〉，〈岐陽莊淑公主傳〉本〈唐故岐陽公主墓誌銘〉，〈韋溫傳〉本〈韋公墓誌銘并序〉，〈李方玄傳〉本〈唐故處州刺史李君墓誌銘并序〉，〈李戡傳〉本〈李府君墓誌銘〉，〈杜顗傳〉本〈杜君墓誌銘〉，〈藩鎮盧龍列傳〉本〈燕將錄〉，〈李希烈傳〉本〈竇列女傳〉，其節引杜牧篇章成文之例，蓋指不勝屈矣。

三、《資治通鑑》

北宋司馬光修《資治通鑑》，亦頗采杜牧之文，有援以敘事者，有據以評論者。其援以敘事之例，如〈唐紀·文宗大和五年（八三一）〉敘崔鄲之政績云：

秋，八月，戊寅，以陝虢觀察使崔郾爲鄂岳觀察使。鄂岳地囊山帶江，處百越、巴、蜀、荆、漢之會，土多羣盜，剽行舟，無老幼，必盡殺乃已。郾至，訓卒治兵，作蒙衝追討，歲中，悉誅之。郾在陝，以寬仁爲治，或經月不笞一人，及至鄂，嚴峻刑罰；或問其故，郾曰：「陝土瘠民貧，吾撫之不暇，尚恐其驚；鄂地險民雜，夷俗慓狡爲姦，非用威刑，不能致治。政貴知變，蓋爲此也。」❿

其文字顯然採自〈禮部尚書崔公行狀〉：

凡二年，改岳、鄂、安、黃、蘄、申等州觀察使，囊山帶江，三十餘城，繚繞數千里，洞庭百越，巴蜀荆漢而會注焉。五十餘年，北有蔡盜，於是安鎖三關，鄂練萬卒，皆傖楚善戰，寖有戰風，稱爲難治，有自往矣。公始臨之，簡服伍旅，修理械用，親之以文，齊之以武，大創廳事，以張威容。造蒙衝小艦，上下千里，武士用命，盡得羣盜。……初鎮于陝，或束梃經月，不鞭一人。……及遷鎮鄂渚，嚴峻刑法，至於誅戮，未嘗貫一等，後一刻。或問於公曰：「陝、鄂之政不一，俱臻於治，何也？」公曰：「陝之土瘠民勞，吾撫之不暇，尚恐其驚。鄂之土沃民剽，雜以夷俗，非用威刑，莫能致理。

政貴知變，蓋爲此也。」⓫

遺辭大同小異，承襲故也。〈文宗大和七年（八三三）〉摘錄〈罪言〉云：

杜牧憤河朔三鎮之桀驁，而朝廷議者專事姑息，乃作書，名曰〈罪言〉，大略以爲：國家自天寶盜起，河北百餘城不得尺寸，人望之若回鶻、吐蕃，無敢窺者。齊、梁、蔡被其風流，因亦爲寇。未嘗五年間不戰，焦焦然七十餘年矣。今上策莫如先自治，中策莫如取魏，最下策爲浪戰，不計地勢，不審攻守是也⓬。

復載〈原十六衛〉、〈戰論〉、〈守論〉、〈注孫子序〉等篇。宋胡三省注云：「觀温公取杜牧此語，則其平時講明相業，可以見矣！」⓭足證司馬光對杜牧以文論兵之重視。至於〈憲宗元和四年（八〇九）〉引〈燕將錄〉，〈武宗會昌三年（八四三）〉採〈上李司徒相公論用兵書〉，〈宣宗大中二年（八四八）〉取〈唐故江西觀察使武陽公韋公遺愛碑〉入文，皆援以敘事之例也。

據以評論之例，如〈漢紀・獻帝建安十七年（二一二）〉云：

荀彧佐魏武而興之，……其功豈在管仲之後乎！管仲不死子糾，而荀彧死漢室，其仁復居管仲之先矣！而杜牧乃以爲「彧之勸魏武取兗州，則比之高、光，官渡不令還許，則比之楚、漢，及事就功畢，乃欲邀名於漢代，譬之教盜穴牆發匱而不與同挈，得不爲盜乎！」臣以爲孔子稱「文勝質則史」，凡爲史者記人之言，必有以文之。然則比魏武於高、光、楚、漢者，史氏之文也，豈皆彧口所言邪！用是貶彧，非其罪矣。且使魏武爲帝，則彧爲佐命元功，與蕭何同賞矣；彧不利此，而利於殺身以邀名，豈人情乎⑭！

此引杜牧〈題荀文若傳後〉文字，針對「文若之死宜然哉」之論點加以反駁⑮。至於〈唐紀．文宗大和七年（八三三）．考異〉稱：

杜牧〈上崔相公書〉曰：「高僕射寬厚聞名，不（按《樊川文集》無不字）能治軍事，舉動流汗，拜于堂下。」此蓋文士筆快耳，未必然也⑯！

則不以杜牧之言爲信。乃若〈德宗貞元二年（七八六）．考異〉引〈竇列女傳〉備考，而從《實錄》及《舊傳》；〈文宗大和五年（八三一）．考異〉引〈牛公墓誌銘并序〉以正《舊傳》之誤，皆見其於杜牧多所去取，爲影響之徵也。

❶引文見《樊川文集》卷八。
❷引文見《舊唐書》卷一六八。
❸引文見《樊川文集》卷七。
❹引文見《舊唐書》卷一七二。
❺引文見《越縵堂讀書記》中，八，文學。
❻引文見《新唐書》卷一一九。
❼引文見《新唐書》卷一七〇。
❽引文見《新唐書》卷二三〇。
❾引文見《樊川文集》卷六。
❿引文見《資治通鑑》卷二四四。
⓫引文見《樊川文集》卷十四。
⓬同❿。
⓭同❿。
⓮引文見《資治通鑑》卷六十六。
⓯同❾。

⑯同⑩。

第三節　對當時軍政措施之導引

杜牧感時憂世，頻干執政，其文對晚唐國防、內政之施爲，亦發揮影響。茲分兩方面言之。

一、國防方面

會昌朝，李德裕之盡其才謀，破回鶻，平上黨，締造豐功偉勳，既緣武宗信任之誠，亦和杜牧獻策之殷有關。《資治通鑑》稱其用兵「頗采牧言」❶，《新唐書・杜牧傳》記載：

宰相李德裕素奇其才。會昌中，黠戛斯破回鶻，回鶻種落潰入漠南，牧說德裕不如遂取之，以爲：「兩漢伐虜，常以秋冬，當匈奴勁弓折膠，重馬免乳，與之相校，故敗多勝少。今若以仲夏發幽、并突騎及酒泉兵，出其意外，一舉無類（按《樊川文集》作頗字）矣。」德裕善之。會劉稹拒命，詔諸鎮兵討之，牧復移書於德裕，以「河陽西北去天井關彊百里，用萬人爲壘，窒其口，深壁勿與戰。成德軍世與昭義爲敵，王元逵思一雪以自奮，然不能長驅徑擣上黨，其必取者在西面，……。」俄而澤潞平，略如牧策❷。

可見杜牧〈上李太尉論北邊事啟〉、〈上李司徒相公論用兵書〉之受重視，而影響晚唐軍事也。《資治通鑑・唐紀・武宗會昌四年（八四四）》又敘：

八月，辛卯，鎮、魏奏邢、洺、磁三州降，宰相入賀。李德裕曰：「昭義根本盡在山東，三州降，則上黨不日有變矣。」❸

其強調山東雄峙天下，主宰治亂，即先前杜牧〈罪言〉「兵祖於山東，胤於天下」，「王者不得，不可爲王；霸者不得，不可爲霸」之論❹。同年八月又敘：

初，李德裕以「韓全義以來，將師出征屢敗，其弊有三：一者，詔令下軍前，日有三四，宰相多不預聞。二者，監軍各以意見指揮軍事，將師不得專進退。三者，每軍各有宦者爲監使，悉選軍中驍勇數百爲牙隊，其在陳戰鬬者，皆怯弱之士；每戰，監使自有信旗，乘高立馬，以牙隊自衛，視軍勢小卻，輒引旗先走，陳從而潰。」德裕乃與樞密使楊欽義、劉行深議，約敕監軍不得預軍政，每兵千人聽監使取十人自衛，有功隨例霑賞，二樞密皆以爲然，白上行之。自禦回鶻至澤潞罷兵，皆守此制。自非中書進詔意，更無他詔自中出者。號令既簡，將帥得以施其謀略，故所向有功❺。

其弊之二、三，蓋本乎杜牧〈戰論〉痛陳挫敗之因有五。所謂：

夫大將將兵，柄不得專，恩臣詰責，第來揮之，至如堂然將陣，殷然將鼓，一則曰必爲偃月，一則曰必爲魚麗，三軍萬夫，環旋翔佯，愰駭之間，虜騎乘之，遂取吾之鼓旗。此不專任責成之過，其敗五也❻。

李德裕約敕宦官不得干預軍政，使號令統一，而平藩定邊克以奏功，殆多得杜牧之啟發也！

二、內政方面

會昌五年（八四五）六、七月間，杜牧有〈上李太尉論江賊書〉，建議設官巡檢，處置長江盜賊。云：

今若令宣、潤、洪、鄂各一百人，淮南四百人，每船以三十人爲率，一千二百人分爲四十船，擇少健者爲之主將。仍於本界江岸刱立營壁，置本判官專判其事，揀擇精鋭，牢爲舟棹，晝夜上下，分番巡檢，明立殿最，必行賞罰。……安有烏合蟻聚之輩敢議攻劫❼？

八月李德裕上〈請淮南等五道置游弈船狀〉，云：

望每道令揀前件人解弓弩又諳江路者，每一百人置遊弈將一人，須清白強幹稍有見會者充，如法造遊弈船，船五十隻，一百人分爲兩番，長須在江路來往。……其下番人便於沿江要害處置營，……如三度以下擒捉得賊，委使司超與職名，其官健以下，便以賊贓物賞給，務令優厚；如兩度有賊不覺察，遊弈將科責差替，……所貴鄰接之地，同力叶心，江路盜賊，因此斷絶❽。

其造船設營，分番巡察，以及擇健將，嚴賞罰之辦法與杜牧完全一致。又德裕狀題下云：「淮南（原注：緣疆界闊遠，請令出三百人）浙西、宣歙、江西、鄂岳（原注：各出二百人）」，其兵員人數亦與杜牧建議大致吻合，且書、狀寫作時間相銜，故傅璇琮稱德裕陳狀「即采納杜牧的主張」❾。

至於宣宗大中五年（八五一），杜牧陳鹽政之弊，而有〈上鹽鐵裴侍郎書〉，云：

伏以鹽鐵重務，根本在於江淮，今諸監院，頗不得人，皆以權勢干求，固難悉議停替。其於利病，豈無中策？某自池州、睦州，實見其弊。蓋以江淮自廢留後已來，凡有冤人，無處告訴，每州皆有土豪百姓，情願把鹽每年納利，名曰「土鹽商」。如此之流，兩稅之外，州縣不敢差役。自罷江淮留後已來，破散將盡，以監院多是誅求，一年之中，追呼無已，至有身行不在，須得父母妻兒錮身軀將，得錢即放，不二年內，盡恐逃亡❿。

篇中建議改革前非，重置江淮留後。據《新唐書》記載：「戶部侍郎裴休爲鹽鐵使，上鹽法八事，其法皆施行，兩池榷課大增。」⓫當與酌采杜牧建言有關。

結　語

綜觀杜牧散文之攘斥佛、老，推尊孔聖，並駕韓、孟，指責元、白，皆對晚唐五代皮日休、黃滔，及北宋文彥博等作家有所啟發。其散文賦與策論，對北宋歐陽修、三蘇之條達疏暢，博辯雄恣，沃灌尤爲深廣；當中又以三蘇之論兵氣息最近。南宋以降，如陳造、宋濂、陳沆、姚文燮，或仿其篇題，或承其體制，或本其論見，亦多所取資。至於《舊唐書》、《新唐書》、《資治通鑑》之大量援引其篇章評史立傳；李德裕之談笑用兵，裴休之痛革鹽弊，尤多採其計謀，足證杜牧散文之導引晚唐軍政措施，沾溉後世文史創作，影響深遠，不容忽視。

---

❶ 引文見《資治通鑑》卷二四七。
❷ 引文見《新唐書》卷一六六。
❸ 引文見《資治通鑑》卷二四八。
❹ 引文見《樊川文集》卷五。
❺ 同❸。
❻ 同❹。
❼ 引文見《樊川文集》卷十一。
❽ 引文見《李衛公文集》卷十二。
❾ 以上論述參見《李德裕年譜》頁五七三至五七五。
❿ 引文見《樊川文集》卷十三。

⑪引文見《新唐書・食貨志》卷五十四。又裴休充諸道鹽鐵轉運使於大中五年（八五一）二月，見《舊唐書・宣宗紀》卷十八下。

第捌章　後人對杜牧散文之評論

杜牧散文之傳，時逾千載，歷代加以評論者，頗不乏人，或長篇大論，或精言要語，如棄不甄采，曷以見牧文流譽之廣遠，迭受後來矚目哉？爰就個人所及，擇其尤要者一百九十四則，按其性質，條分六類於下。又各類資料，略依時代先後爲序；遇有跨類兩屬之情況時，則酌其重點所在，歸入最合適之類別。爲此特將分節輯錄之始末，略作說明，以供同好參考。

第一節　綜覈大要之評論

凡品評杜牧散文，其內容周贍而能通觀大體者，以唐之裴延翰爲首唱；其後於清有全祖望、紀昀、李慈銘；以及今人林傳甲、錢基博、孫昌武等七人屬之，其說如下：

一、

延翰自撮髮，讀書學文，率承導誘。伏念始初出仕入朝，三直太史筆，比四出守，其間餘二十年，凡有撰制，大手短章，塗藁醉墨，碩夥纖屑，雖適僻阻，不遠數千里，必獲寫示。以是在延翰久藏蓄者，甲乙籤目，比校焚外，十多七八，得詩、賦、傳、錄、論、辯、碑、誌、序、記、書、啟、表、制，離爲二十編，合爲四百五十首，題曰《樊川文集》。嗚呼！雖當一時戲感之言，孰見魄兆，而果驗白耶！……竊觀仲舅之文，高騁夐厲，旁紹曲摭，絜簡渾圓，勁出橫貫，滌濯滓窳，支立欹倚。呵摩郛瘃，如火煦焉；爬梳痛痒，如水洗焉。其抉剔挫偃，敢斷果行，若誓牧野，前無有敵。其正視嚴聽，前衡後鑾，如整冠裳，祇謁宗廟。其聒蟄爆聾，迅發不慄，若大呂勁鳴，洪鐘橫撞，撐裂噎喑，戛切〈韶〉、〈濩〉。其砭熨嫉害，堤障初終，若濡槁於未焚，膏癰於未穿。栽培教化，翻正治亂，變醨養瘠，堯醲舜薰，斯有意趨賈、馬、劉、班之藩牆者邪。……其文有〈罪言〉者，〈原十六衛〉者，〈戰〉、〈守〉二論者，與時宰〈論用兵〉、〈論江賊〉二書者。上獵秦、漢、魏、晉，南、北二朝，逮貞觀至長慶數千百年，兵農刑政，措置當否，皆能採取前事，凡人未嘗經度者，若繩裁刀解，粉畫線織，布在眼見耳聞下。其譎往事，則〈阿房宮賦〉；刺當代，則〈感懷詩〉；有國欲亡，則得一賢人，決遂不亡，則〈張保皐傳〉；尚古兩柄，本出儒術，不專任武力者，則注《孫子》而爲其序；褒勸賢傑，表揭職業，則贈莊淑大長公主及故丞相奇章公、汝南公墓誌；摽白歷代取士得才，率由公族子弟爲多，則〈與高大夫書〉；諫諍之體，非訐醜惡，與主鬪激，則〈論諫書〉；若一縣宰，因行德教，不施刑罰，能舉古風，則〈謝守黃州表〉；一存一亡，適見交分，則〈祭李處州文〉；訓勵官業，告束君命，擬古典謨，以寓誅賞，則司帝之誥。其餘述喻讚誡，興諷愁傷，易格異狀，機鍵雜發，雖綿遠窮幽，醲腴魁礨，筆酣句健，窕眇碎細，包詩人之軌憲，整揚、馬之衙陣，聳曹、劉之骨氣，掇顏、謝之物色，然未始不撥斷治本，緪幅道義，鈎索於經史，觝禦於理化也。（唐 裴延翰〈樊川文集序〉，《樊川文集》卷首）

二、

杜牧之才氣，其唐長慶以後第一人耶？讀其詩、古文詞，感時憤世，殆與漢長沙太傅相上下；然長沙生際熙時，特爲廟堂作憂盛危明之言，以警惰窳。牧之正丁輓季，故其語益蒿目搥胸，不能自已；而其不善用其才亦略同。牧之世家公相，少負高名，其於進取本易，不幸以牛僧孺之知，遂爲李衛公所不喜。核而論之，當時之黨於牛者，盡小人也，而獨有牧之之磊落，李給事敏中之伉直；則雖受知於牛，而不可謂之牛之黨。衛公不能別白用之，概使沉埋，此其褊心，無所逃於識者之責備。而其勛名之不得究竟，至有朱崖之行，亦未嘗不由此。然在牧之，則不可謂非急售其才，而不善其用者也。衛公討澤潞，牧之上方略，衛公頗用其言，功成而賞不之及，衛公誠過矣。然古之人有成非常之功，裂圭封而飄然辭去者，牧之獨弗聞耶？亦何用是怏怏爲也。且衛公雖未能忘情於門户之見，而其相業，則雖怨仇之口不能沒。牧之所爲詩，其於衛公，深文詆之，是何言歟？近世海鹽胡孝轅謂牧之年未五十，四典專城，亦不可謂之牢落，其言良是。長洲何焯不以爲然。果爾，則是必爲鄧仲華而後可也。且牧之自湖州入爲舍人。唐之舍人，乃入相之資也。其時衛公已退，牧之之大用，亦不遠矣。而讀其應召時詩，何其衰之甚邪？殆亦長沙賦鵩之徵也。非所謂不善用其才者耶？嗚呼！天下之難得者才也，僅而生之，而或有人焉抑之，或又不能隨時知進退得喪，急求表見，而反自小之，是非特其人之不幸也，天下之不幸也。吾願操大鈞之柄者，其無以成見爲用舍，春容而陶鑄之；而負瑰奇之器者，其無以一擲不中，遂蕉萃而喪其天年，其庶幾乎！（清 全祖望〈杜牧之論〉，《鮚埼亭集》外編卷三十七，八九七頁）

三、

《樊川文集》二十卷。……范攄《雲溪友議》曰：「先是，李林宗、杜牧言元、白詩體舛雜，而爲清苦者見嗤，因茲有恨。牧又著論言：近有元、白者，喜爲淫言媟語，鼓扇浮囂，吾恨方在下位，未能以法治之。」《後村詩話》因謂：「牧風情不淺，如杜秋娘、張好好諸詩，青樓薄倖之句，街吏平安之報，未知去元、白幾何？」比之以燕伐燕，其說良是。《新唐書》亦引以論居易。然考牧集無此論，惟〈平盧軍節度巡官李戡墓誌〉述戡之言曰：「嘗痛自元和以來有元、白詩者，纖豔不逞，非莊士雅人，多爲其所破壞。流於民間，疏於屏壁，子父女母，交口教授，淫言媟語，冬寒夏熱，入人肌骨，不可除去。吾無位，不得用法以治之。」欲使後代有發憤者，因集國朝以來類於古詩，得若干首，編爲三卷，目爲《唐詩》，爲序以導其志云云。然則此論乃戡之說，非牧之說，或牧嘗有是語，及爲戡誌墓，乃借以發之。故攄以爲牧之言歟。平心而論，牧詩冶蕩，甚於元、白。其風骨則實出元、白上。其古文縱橫奧衍，多切經世之務。〈罪言〉一篇，宋祁作《新唐書・藩鎮傳論》實全錄之。費袞《梁谿漫志》載：「歐陽修使子棐讀《新唐書列傳》，臥而聽之，至〈藩鎮傳敘〉，嘆曰：『若皆如此傳，筆力亦不可及。』」識曲聽真，殆非偶爾。即以散體而論，亦遠勝元、白。觀其集中有〈讀韓杜集詩〉，又〈冬至日寄小姪阿宜詩〉曰：「經書刮根本，史書閱興亡。高摘屈宋豔，濃薰班馬香。李杜泛浩浩，韓柳摩蒼蒼。近者四君子，與古爭強梁。」則牧於文章具有本末，宜其薄視長慶體矣。（清　紀昀《四庫提要》一五一，七至八頁）

四、

《樊川文集》　唐杜牧撰　午後讀樊川文。予自己酉冬，於《唐文粹》中讀牧之文數篇，不過謂其生峭便學，如孫樵、劉蛻之徒。今日復之，乃知才學均勝，通達治體，原本經訓，而下筆時，復不肯一語猶人，故骨力與詩等，而氣味醇厚較過之。所著如〈罪言〉、〈原十六衛〉、〈守論〉、〈戰論〉諸篇，前惟賈太傅〈治安策〉、〈過秦論〉，後惟老蘇〈幾策〉、〈權書〉，可以鼎立，固爲最著。他如：〈李飛墓誌〉、〈盧秀才墓誌〉、〈李賀集序〉、〈注孫子序〉、〈杭州新造南亭記〉、〈上司徒論用兵書〉、〈上李太尉論江賊書〉、〈黄州刺史謝上表〉、〈進撰韋寬遺愛碑文表〉、〈塞廢井文〉、〈題荀文若傳後〉諸作，皆奇正相生，不名一體，氣息亦直通兩漢長篇。如〈韋寬遺愛碑〉，尤見筆力。〈燕將錄〉、〈竇烈女傳〉亦卓然史才，雖取境太近，然一展卷間，如層巒疊嶂，煙景萬狀，如名將號令，壁壘旌旗，不時變色，如長江大河，風水相遭，陡作奇狀，又如食極潔諫果，味美于回，真韓、柳外，一勍敵也。至於〈送薛處士序〉則諷以處士二字之難副，〈上昭義劉司徒書〉則勉以討賊之忠義，〈上高大夫書〉則論取士之不可以資格，〈與人論諫書〉則戒直言之激怒致禍，〈投知己書〉則告以不急人知之素，〈答莊充書〉則規以求人作序之非，具見生平風節。《唐史》言其以從兄悰貴顯，常悒悒不樂，亦未可信矣。又考牧之雖稍見用於大中初，其時職史秉筆，未免於會昌朝事，稍形指斥，此亦君相之意，其微詞見義，如〈奇章公墓誌〉中，直載劉從諫入朝還鎮月日，及〈杭州南亭記〉言武宗毀佛寺事，固曲直甚明爾。咸豐乙卯（一八五五）七月初一日。（清 李慈銘《越縵堂讀書記》中，八，文學，六三二頁）

五、杜牧之因唐末藩鎮驕蹇，追咎長慶以來，措置亡術，嫌不當位而言，故作〈罪言〉；綜天下之情形，權累朝之得失，如聚米畫沙，不爽尺寸。其〈原十六衛〉痛言府兵內剷，邊兵外作，窮源竟委，論斷謹嚴。〈戰論〉、〈守論〉，皆雄奇超邁，光燄炤人。〈燕將傳〉筆力陡健，即以太史公取《戰國策》材料爲之，亦不過如是。宋蘇洵好言兵，因西夏久無功，乃著〈權書〉，皆論兵法，縱橫開闔，壁壘皆新。其子蘇軾之策略，以雋快之筆，騁英偉之氣，雄辭博辨，矯厲不羣，蘇轍〈民政策〉及〈商〉、〈周〉、〈六國〉、〈秦〉、〈晉〉、〈隋〉、〈唐〉諸論，其精警處，亦不讓父兄也。杜牧之文，選八家者棄而不收，而蘇氏之平淡者亦收之，明人無識之甚也。至於王安石文筆刻露，不過唐之牛僧孺，曾鞏之文筆紆徐，不過唐之元稹，蓋不僅歐公之文出於昌黎也。彼選唐宋八家者，固不足以語唐宋之流別矣。（林傳甲〈杜牧文體爲宋之蘇氏先導〉，《中國文學史》第十四編，一七四頁）

六、先是寶曆中，敬宗大起宮室；而牧進士未第，年二十餘，乃作〈阿房宮賦〉以譏之，……雖不甚琢鍊，而急言竭論，出之以鏗鏘鼓舞；鋪采摛文，不害爲抑揚爽朗。傳有《樊川文集》二十卷，外集一卷，別集一卷。詩出杜甫，得其風調而遜其沈鬱。文開蘇軾，有其疏快而無其警切。集中〈答莊充書〉曰：『凡爲文以意爲主，氣爲輔，以辭彩章句爲之兵衛；未有主強盛，而輔不飄逸者，兵衛不華赫而莊整者。四者高下，圓折步驟，隨主所指，無不如意。苟意不先立，止以文彩辭句，繞前捧後，是言愈多而理愈亂。意能遣辭，辭不能成意。』其持論歸於先意氣而後辭句。今觀其文，指陳利病，敢論列大事，務肆以盡，欲以文章經世，厥爲宋儒蘇軾之先河。而宋祁修《新唐書》，錄牧〈罪言〉以爲藩鎮傳敘；歐陽修讀之，歎曰：「筆力亦不可及！」然辭暢而意不足，氣盛而理轉浮，苦於有筆力而無筆意。同於蘇者，氣之暢，辭之盡；而不如蘇者，意之透，理之足也；下筆纚纚，按之無物；論說然，書疏亦然。〈阿房宮賦〉，陳古以監今，筆勢放縱，而意特警發，集中之勝。其他所爲如〈燕將錄〉，〈贈太尉牛公墓誌銘〉，〈贈司徒周公墓誌銘〉，〈唐故岐陽公主墓誌銘〉，〈唐故歙州邢君墓誌銘〉，〈唐故平盧軍節度巡官隴西李府君墓誌銘〉，〈贈吏部尚書沈公行狀〉，傳誌雜記之文，渾涵光芒，如行雲流水，隨筆曲注，而情事都盡；蓋得韓公之雄直，而力祛澀艱；開宋人之機利，而妙盡頓挫；波有餘渟，筆無滯機；敘事如此，乃蘇軾之所難能；而世人顧以議論稱之，亦傎已！晚唐學韓文而得其雄直者，杜牧也。學韓文而似其峻拗者，孫樵也。杜牧開蘇軾。孫樵開王安石。（錢基博《中國文學史》第二章第十三節，四二一至四二三頁）

七、杜牧的文章筆勢健舉，風神氣概在晚唐一般的浮華淺露的文風中，特別顯得不同凡響。這首先是由于他注重表達重大的社會內容，他自己又有一種積極用世、追求理想的精神；而個人的志願與現實的矛盾激發出那種抑塞不平之氣，融煉成一種縱橫奧衍、峭健挺拔的文字。而他的語言又特別核煉精工，善創新辭，結句用語都很富獨創性。但他在時風影響下，表達上也有過求新異的流弊，不如韓、柳那樣流利暢達。例如他給李賀集作序，用形象的語言描摹李詩的風格，頗爲生動，但用語卻求深求怪，則是一個缺點了。總地看來，杜牧的散文成就是傑出的，堪稱爲「古文運動」的後勁。（孫昌武《唐代古文運動通論》第八章二節，三一四頁）

第二節　成就地位之評論

品評杜牧散文之成就與地位者，有晚唐李商隱以下二十三家，三十六則。輯錄如下：

一、〈李賀小傳〉京兆杜牧爲〈李長吉集序〉，狀長吉之奇甚盡，世傳之。（唐　李商隱《樊南文集詳注》八，十九頁）

二、是歲葬牛太尉，天下設祭者百數，他日尹言：「吾太尉之薨，有杜司勳之誌與子之奠文二事爲不朽。」（唐　李商隱《樊南乙集序》，《樊南文集詳註》七，二十五至三十六頁）

三、虱念〈阿房宮賦〉　楊州蘇隱夜臥，聞被下有數人齊念〈阿房宮賦〉，聲緊而小，急開被視之，無他物，惟得虱十餘，其大如豆，殺之即止。（唐　馮贄《雲仙雜記》七，五十頁）

四、崔郾侍郎，既拜命於東都，試舉人，三署公卿，皆祖於長樂傳舍，冠蓋之盛，罕有加也。時吳武陵任太學博士，策蹇而至，郾聞其來，微訝之，乃離席與言。武陵曰：「侍郎以峻德偉望，爲明天子選才俊，武陵敢不薄施塵露，向者偶見太學生十數輩，揚眉抵掌，讀一卷文書。就而觀之，乃進士杜牧〈阿房宮賦〉。若其人，真王佐才也。侍郎官重，必恐未暇披覽。」於是搢笏朗宣一遍。郾大奇之。武陵曰：「請侍郎與狀頭。」郾曰：「已有人。」曰：「不得已，即第五人。」郾未遑對。武陵曰：「不爾，即請此賦。」郾應聲曰：「敬依所教。」既即席，白諸公曰：「適吳太學以第五人見惠。」或曰：「爲誰？」曰：「杜牧。」衆中有以牧不拘細行間之者，郾曰：「已許吳君矣。牧雖屠沽，不能易也。」（五代　王定保《唐摭言》六，五十一頁）

五、東坡在雪堂，一日讀牧之〈阿房宮賦〉凡數遍。每讀徹一遍，即再三咨嗟，至夜分猶不寐。有老二兵皆陝人，給事左右，坐久，甚苦之。一人長歎，操西音曰：「知他有甚好處，夜久寒甚，不肯睡，連作冤苦聲。」其一曰：「也有兩句好。」其人大怒曰：「你又理會得甚底？」對曰：「我愛他道：天下人不敢言而敢怒。」叔黨臥而聞之，明日以告東坡，大笑曰：「這漢子也有鑒識。」（宋　王某《道山清話》八至九頁）

六、〈上與元呂守書〉……昔人之器遇，往往在隻辭片言。……〈戰場文〉、〈阿房宮賦〉不有識者，詎能拔出俗中，借以齒牙。（宋　李新《跨鼇集》二十二，三頁）

七、李朴〈送徐行中序〉云：「吾嘗論唐人文章，下韓退之爲柳子厚，下柳子厚爲劉夢得，下劉夢得爲杜牧，下杜牧爲李翺、皇甫湜，最下者爲元稹、白居易。蓋元、白以澄澹簡質爲工，而流入於鄙，譬如哇淫之歌，雖足以快心便耳，而類乏〈韶〉、〈濩〉。翺、湜優柔泛濫，而辭不掩理，杜牧清深勁峻，而體乏步驟。夢得俊逸麗轉，而時窘邊幅。

子厚雄健飄肆，有懸崖峭壑之勢，不幸不發爲仁義，而發爲躁誕。至退之而後淳粹溫潤，駸駸乎爲六經之苗裔。（宋　王正德《餘師錄》三，六頁）

八、晁補之……〈阿房宮賦〉云：「亦使後人而復哀後人。」皆唐賦之不可廢者也。（宋　王正德《餘師錄》一，十頁）

九、前輩謂科舉之法，雖備於唐，然是時考真卷，有才學者，士大夫猶得以姓名薦之有司，有司猶得以公論取之。如吳武陵以〈阿房宮賦〉薦杜牧，必欲寘首選是也。（元　盛如梓《庶齋老學叢談》下，二頁）

十、蘇子瞻在黃州夜誦〈阿房宮賦〉數十遍，每遍必稱好。非其誠有所好，殆不至此。（明　李東陽《懷麓堂雜記》十，十二至十三頁）

十一、李岡甫〈制義序〉　唐人應試之作，累千百牘，無甚傳者。所傳一二，如錢起〈湘靈〉，杜牧〈阿房〉，假得於夙搆感夢之餘，幾幸不墜。而猶以試體無傳，間附於雜作。（明　黃道周《媚幽閣文集》一〇一頁）

十二、有唐一代詩人，如李，如杜，皆不能爲文章。……求其兼詣並至，自杜樊川、柳柳州之外，殆不多見。（明　江盈科《雪濤小書》九頁）

十三、〈明文案序上〉某嘗標其中十人爲甲案，然校之唐之韓、杜，宋之歐、蘇，金之遺山，元之牧庵、道園，尚有所未逮。蓋以一章一體論之，則明未嘗無韓、杜、歐、蘇、遺山、牧庵、道園之文；若成就以名一家，則如韓、杜、歐、蘇、遺山、牧庵、道園之家，有明固未嘗有其一人也。（清　黃宗羲《南雷集》一，十四頁）

十四、予於唐文，最喜杜牧牧之、孫樵可之，以爲在翺、湜之右。（清　王士禎《居易錄》十九，十三頁）

十五、唐末古文並稱樵、蛻。蛻《文泉子》予所手錄，然不逮樵遠甚。樵之文，在大中時，唯杜牧可稱勍敵。（清　王士禎《蠶尾續文》，輯自《全唐文紀事》七十一，九〇〇頁）

十六、余於唐人之文，最喜杜牧、孫樵二家。皮日休《文藪》，陸龜蒙《笠澤叢書》，抑其次

焉。（清　王士禎《香祖筆記》五，五頁）

十七、余嘗欲取唐人陸宣公、李衛公、劉賓客、皇甫湜、杜牧、孫樵、皮日休、陸龜蒙之文，遴而次之，爲八家以傳，恨敓於吏事，不遑卒業，俟乞骸骨歸田後，當畢斯志。聊書此以當息壤。（清　王士禎《香祖筆記》五，五十五頁）

十八、〈杏花懷杜牧之〉〈阿房賦〉就已爭奇，猶憶武陵搢笏時。省得青樓薄倖意，傷心豈但杏花枝。（清　劉始菖，輯自《杏花村志》五，四頁）

十九、《柳亭詩話》卷十六，歐陽永叔欲以衛公文與昌黎並稱曰韓、李；……梨洲〈明文海序〉則稱韓、杜，杜謂牧之。鄙意李文公源出昌黎，衛公、牧之亦僅得一體，皆不若柳州也。（清　平步青《霞外攟屑》七上，四五二頁）

二十、御選《唐宋文醇》，採之葛氏，以宣公、衛公儷小杜，不若越縵六家評騭之精。（清　平步青《霞外攟屑》六，四三〇至四三一頁）

二十一、

（孫）樵之文，在大中時，惟杜牧可稱勍敵耳。（清　宋顧樂《夢曉樓隨筆》十一頁）

二十二、余於唐人之文，最喜杜牧、孫樵二家。（清　宋顧樂《夢曉樓隨筆》十五頁）

二十三、唐人文，韓、柳之外，陸宣公、李衛公、獨孤及、劉賓客、李翺、皇甫湜、杜牧、孫樵、皮日休、陸龜蒙。此十家當遴次以傳。（清　宋顧樂《夢曉樓隨筆》十五頁）

二十四、賦至唐，碌碌未有奇者。李、杜二公，亦迥句閒起耳，唯楊敬之〈華山賦〉，杜牧之〈阿房宮賦〉，能以小說大，以大說小，離形得似，有馬季長〈長笛賦〉作用。（清　方棨如《偶然欲書》四頁）

二十五、《劉賓客文集》三十卷，劉禹錫撰，……其古文則恣肆博辨，於昌黎、柳州之外，自有軌轍。其詩則含蓄不足，而精銳有餘。氣骨亦在元、白上，均可與杜牧相頡頏。（清　紀昀《四庫提要》一五〇，二十一頁）

二十六、杜牧之與韓、柳、元、白同時，而文不同韓、柳，詩不同元、白；復能於四家外，詩文

皆別成一家，可云特立獨行之士矣。（清　洪亮吉《北江詩話》一，二頁）

二十七、有唐一代，詩、文並擅者，惟韓、柳、小杜三家。（清　洪亮吉《北江詩話》二，十八頁）

二十八、中唐以後，小杜才識，亦非人所及。文章則有經濟，古、近體詩則有氣勢。倘分其所長，亦足以了數子，宜其薄視元、白諸人也。（清　洪亮吉《北江詩話》二，十八頁）

二十九、詩文並可獨到，則昌黎而外，惟杜牧之一人。（清　洪亮吉《北江詩話》六，六十九頁）

三十、唐、宋、元　二十二家文　明葛鼐選　唐四家顏魯公、陸宣公、李衛公、杜樊川，宋十六家韓魏公、范文正公、司馬温公、范忠宣、鄒道鄉、二程（合爲一家）、李盱江、張文潛、黄山谷、楊龜山、王梅溪、朱文公、陸象山、陳龍川、真西山、文文山，元二家劉靜修、虞道園。其去取殊未善……。（按此處書眉有後記：王漁洋嘗欲選陸宣公、李衛公、劉賓客、皇甫湜、杜牧、孫樵、皮日休、陸龜蒙之文爲八家。余欲以劉、皇甫、杜、孫、皮、陸，更合元次山、獨孤及、李習之、李觀、歐陽詹、劉蛻爲十二家文）咸豐戊午（一八五八）十二月十四日。（清　李慈銘《越縵堂讀書記》中，八，文學，五九四頁）

三十一、閱《明文授讀》，梨洲（明文案序），言嘗標其中十人爲甲案，然較之唐之韓、杜，宋之歐、蘇，金之遺山，元之牧庵，道園，尚有所未逮。議者以震川爲明文第一，似矣。試除去其敍事之合作，時文境界，間或闌入，此無他，三百年人士之精神，專注於場屋之業，割其餘以爲古文，其不能盡如前代之盛，無足怪也。其論可謂通矣。然竊有未盡者，古文爲天地之元氣，關乎運數。宋文最高者歐、曾、王三家，然已不能及唐之韓氏。歐、王毗於柳子厚，曾毗於李習之，蘇氏老泉最勝，東坡次之，然僅毗於杜樊川，而筆力且不逮焉，子由則又次矣。（清　李慈銘《越縵堂讀書記》中，八，文學，六〇五頁）

三十二、歐、曾、蘇、王皆正宗，……旁門者其必唐之孫樵、杜牧乎？宋祁其繼焉者也。咸豐丙辰（一八五六）八月初六日。（清　李慈銘《越縵堂讀書記》下，十二，劄記，一二三六頁）

三十三、《全唐文》所收，如初唐之王、楊、盧、駱，盛唐之李、杜，中唐之韓、柳、元、白，晚唐之杜牧、李商隱諸家，皆有集行世，而甄錄無遺；蓋欲集一代之大成，未便置名家於简外。（清　甘鵬雲《潛廬續稿》三，八頁）

三十四、紀事之文，如唐杜牧《燕將錄》、羅隱《拾甲子年事》、孫樵《書何易于》是也。（清王之績《鐵立文起》，輯自《全唐文紀事》三，三十五頁）

三十五、近人有仿張爲《主客圖》，取張司業、賈長江以下五律成集者，賦此正之。……五字論中晚，誰將杜法參。宋支從渭北，甲乙到樊南。是有君形者，寗從正味含。（余罪言）如不朽，綺語又何慙？（楊鍾義《雪橋詩話初集》六，四十八頁）

三十六、至於韓、柳以後的唐代散文作家，可以分成三組：第一組以韓愈爲首的，……第二組以柳宗元爲首的，……第三組是位居韓柳以外，而又聲氣相通的作家，如白居易、元稹、裴度、李德裕、牛僧孺、杜牧、皮日休、羅隱等，他們雖不屬任何一組，但均從不同的立場，不同的角度，用不同的方式，和創作實踐的成績，表達了他們對古文運動的支

持。（王師更生〈唐宋散文作家與古文運動〉，《臺北市國學講座專輯第五輯，二一一頁）

第三節　淵源影響之評論

探討杜牧散文之淵源或影響者，有宋張表臣等二十家，二十三則。錄之如下：

一、近代歐公〈醉翁亭記〉，步驟類〈阿房賦〉。（宋　張表臣《珊瑚鉤詩話》一頁）

二、唐人作賦，多以造句爲奇。杜牧〈阿房宮賦〉云：「明星熒熒，開粧鏡也。綠雲擾擾，梳曉鬟也。渭流漲膩，棄脂水也。煙斜霧橫，焚椒蘭也。雷霆乍驚，宮車過也。轆轆遠聽，杳不知其所之也。」其比興引喻，如是其侈。然楊敬之〈華山賦〉，又在其前，敘述尤壯，曰：「見若咫尺，田千畝矣。見若環堵，城千雉矣。見若杯水，池百里矣。見若蟻蛭，臺九層矣。醯鷄往來，周東西矣。蠛蠓紛紛，秦速亡矣。蜂窠聯聯，起阿房矣。俄而復然，立建章矣。小星奕奕，焚咸陽矣。纍纍繭栗，祖龍藏矣。」後又有李庚者，賦西都云：「秦址薪矣。漢址蕪矣。西去一舍，鞠爲墟矣。代遠時移，作新都矣。」其文與意，皆不逮楊、杜遠甚。高彥休《闕史》云：「敬之賦五千字，唱在人口。賦內之句，如上數語，杜司徒、李太尉德裕常所誦念。牧之乃佑孫。則〈阿房宮賦〉實模倣楊作也。」（宋　洪邁《容齋五筆》七，五十八頁）

三、集注坡詩有未廣者。如看潮詩曰：「安得『夫差水犀』手，三千強弩射潮低。」……趙次公注：「三千彊弩手，杜牧〈寧陵縣記〉中語」，不知此語已見《前漢・張騫傳》曰：「漢兵不過三千人，彊弩射之即破矣。」又〈五代世家〉，亦有三千彊弩事，何但牧言。（宋　王楙《野客叢書》二十三，二三九頁）

四、杜牧之〈阿房宮賦〉曰……楊敬之〈華山賦〉曰……二文同一機杼也。或者讀〈阿房宮賦〉至「歌臺暖響，春光融融，舞殿冷袖，風雨淒淒。一宮之間，而每候不齊」，擊節歎賞，以爲善形容廣大如此。僕謂牧之此意，蓋體魏卞許〈蘭昌宮賦〉曰：「其險則望舒涼室，羲和温房。隆冬御絺，盛夏重裘。一宇之深邃，致寒暑於陰陽。」非出於此乎？（宋　王楙《野客叢書》二十四，二三六頁）

五、〈阿房賦〉犯〈華山賦〉中語。余讀陸傪〈長城賦〉首云：「千城絶，長城列。秦民

竭，秦君滅。」不覺失笑曰：此豈非「蜀山兀，阿房出」之本祖歟？名輩在樊川前。（宋　劉克莊《後村詩話集後》一，二頁）

六、荆公爲〈外祖母墓表〉云：「女婦居不識廳屏，笑言不聞鄰里，是職然也。」唐岐陽公主不識刺史廳屏，見杜牧之文。薛巽妻崔氏言笑不聞於鄰，見柳子厚文。荆公爲文，字字不苟如此，讀者不知其用事。（宋　王應麟《困學紀聞》十七）

七、荀子曰：「千人萬人之情，一人之情是也。」〈阿房宮〉語本此。（宋　王應麟《困學紀聞》十）

八、韓退之〈原鬼〉篇末亦云：「作〈原鬼〉。」晦庵〈考異〉謂古書篇題多在後，荀子諸賦是也。但此篇前既有題，不應復出，以愚觀之，此乃結語，非篇題也。……杜牧〈原十六衛〉云：「作〈原十六衛〉。」……豈皆篇題之謂哉？（宋　吳子良《林下偶談》一，二頁）

九、國朝宋祁《新唐・藩鎮傳序》全載杜牧〈守論〉一篇，實體班固〈項籍傳贊〉全載賈誼〈過秦論〉一篇。蓋〈守論〉乃藩鎮之事實，而〈過秦〉實項氏之張本，不嫌取當代詞人之文而證之。（宋　史繩祖《學齋佔畢》二，三十六頁）

十、今人以賦作有韻之文，爲〈阿房〉、〈赤壁〉累故耳。然長卿〈子虛〉，已極曼衍。〈卜居〉、〈漁父〉，實開其端。（明　王世貞《全唐詩說》十二頁）

十一、杜牧之〈書韓公處州夫子廟碑陰〉尊夫子可謂至矣。蘇長公序〈六一集〉論楊、墨、申、韓煞透澈，其源實出此乎？（明　焦竑《焦氏筆乘》四，一〇九頁）

十二、（楊慎）擬〈過秦論〉云：「六王初畢，四海始一。雄圖既溢，武力未畢。」論擬〈過秦〉，實宋人場屋體。又此段又本唐人〈阿房宮賦〉。然小杜首四語甚奇，而楊四語之中，再用畢字，殊失檢點。（明　胡應麟《少室山房筆叢》六，續甲部〈丹鉛新錄〉二一一至二一二頁）

十三、杜、楊二文，同一機杼。洪容齋謂敬之（〈華山〉）賦內數語，杜佑、李德裕常所誦念。牧之乃佑孫。則〈阿房宮賦〉實模仿楊作也。」《江行雜錄云》：「牧之〈阿房宮賦〉：『六王畢，四海一，蜀山兀，阿房出。』陸修〈長城賦〉：『千城絕，長城列，秦民竭，秦君滅。』輩行在牧之前，則〈阿房〉又祖〈長城〉句法矣。」（清　吳景旭《歷代詩話》十九，丙集七，二三一頁）

十四、桐城汪稼門先生云：「歐陽公〈醉翁亭〉連用『也』字，仿唐人杜牧〈阿房宮賦〉『開粧鏡也』、『棄脂水也』；杜牧又仿漢人邊孝先〈博塞賦〉『分陰陽也』、『象日月也』。不知詩亦有之。〈墻有茨〉三章，均用『也』字；〈桑扈〉三章，均用『矣』字。」（清　袁枚《隨園詩話》補遺三，輯自一七九〇及一七九二隨園自刻本）

十五、《江湖長翁文集》四十卷，宋陳造撰。……集中〈罪言〉一篇，蓋仿杜牧而作，不免紙上談兵，徒爲豪語。（清　紀昀《四庫提要》一六一，四頁）

十六、〈秋聲〉、〈赤壁〉，宋賦之最擅名者，其原出於〈阿房〉、〈華山〉諸篇，而奇變遠弗之逮，殊覺剽而不留。陳后山所謂一片之文，押幾個韻者耳。……蓋以文爲賦，則去風雅日遠也。（清　李調元《賦話》五，四十頁）

十七、

《宋史·汪伯彥傳》全用羅願（新安志），故無甚醜辭。《唐牛僧孺傳》本《杜樊川集》，亦然。（清　焦循《易餘籥錄》八，七頁）

十八、〈鈔何有軒文集序〉……諸侯皆有將，海外國皆有臣，而燕將譚忠及新羅人張保皋、鄭年以杜牧傳。作《唐書》者皆本其文以入列傳，若是乎人之傳不傳，史之書不書，其權半歸諸當時能屬文之人，然則屬文之人重矣，而可無乎？（清　焦循《雕菰集》十六，二五九頁）

十九、〈唐十八家文錄序〉世人論古文，曰：「唐宋八家。」又曰：「昌黎起八代之衰。」不知唐之興，與宋原委既殊，門戶自別，非可概論。至起衰之功，斷推元道州爲首。第其文散漫，未立間構。若獨孤、梁、權，規模粗具，而猶苦肥重，惟昌黎氏原本《六經》，下參《史》、《漢》，錯綜變化，冠絕百世，要其學出安定，而實淵源於毘陵，則未嘗無所因也。柳州初工駢體，後乃篤志古文，其才氣陵厲，足以抗韓；至於學識根底，遜韓多矣。同時若劉賓客，才辨縱橫，間以古藻，亦柳之亞。元相滔滔清絕，開宋人一派。李、皇甫皆學昌黎，而一得其理，一得其辭，亦各自成門徑。牛相文章刻露，議論透闢。沈下賢喜爲小篇，戛然自異。杜牧之雄奇超邁，實爲蘇氏先導。孫可之源出韓氏，而專務奇峭，要其獨至處，不可及。世以孫、劉竝稱，然復愚則近於險怪矣。皮襲美根據深厚，若在韓門，當肩隨習之，陸魯望不衫不履，野趣自得，頗有似元道州者。羅昭諫懷才不試，好爲寓言，出以過激，每不中理，然固唐一代人文之後勁也。予錄唐文凡十八家，源流變遷，概見於斯，以破唐宋八家之說之固陋。（清 張文虎《舒藝室雜著》乙上，六十三至六十四頁）

二十、鴻墀謹案：此啟（杜牧〈上安州崔相公〉）雖短章，神似韓愈〈潮州謝上表〉。（清 陳鴻墀《全唐文紀事》四十一，五二七頁）

二十一、杜牧在唐朝作家中，最推崇李、杜、韓、柳，……而在創作方面，對他直接有些影響者，似乎只有韓愈。杜牧作古文，又喜歡作長篇五言古詩，健美富贍有象押韻之文，也能橫空盤硬語，這都可能是韓愈的影響。這一點，以前論杜牧詩的人似乎還很少注意到。（繆鉞〈杜牧詩簡論〉，《唐詩研究論文集》三六〇至三七〇頁）

二十二、杜牧將韓集和杜詩並列而好之如此，散文創作必定受到韓愈的影響。……杜牧學韓不取其怪奇，而取其醇厚奧衍，可謂與皇甫湜異趣，而與李翺同調。（羅聯添《韓愈研究》

七，〈韓文評論〉，二五五頁）

二十三、杜牧不但詩歌卓然成家，文亦極勝。……其〈阿房宮賦〉以文爲賦，爲歐陽修〈秋聲賦〉、蘇軾〈赤壁賦〉開先。（葉師慶炳《中國文學史》上，第十八講，三六二頁）

第四節　體裁風格之評論

析論杜牧散文之體裁或風格者，有宋王正德等十七家，二十一則。輯錄如下：

一、李扑〈謁顧子敦侍郎書〉云：「……唐興，三光五嶽之氣不分，文風復起，韓愈得其温厚深潤，以爲貫道之器。柳子厚得其豪健，肆雄飄逸果決者，僅足窺馬遷之藩鍵，而類發於躁誕。下至孫樵、杜牧，峻峰激流，景出象外，而裂窘邊幅。李翺、劉禹錫，刮垢見奇，清勁可愛，而體乏雄渾，皇甫湜、白居易，閑澹簡質，斲去雕篆，而拙迹每見，回宮轉角之音，隨時間作，類乏〈韶〉、〈夏〉，皆淫哇而不可聽」。（宋　王正德《餘師錄》三，八頁）

二、

或云：歐陽公取《新唐書列傳》，令子叔弼讀而臥聽之，至〈藩鎮傳敘〉，嘆曰：「若皆如此傳敘，筆力亦不可及」。此恐未必然。〈藩鎮傳敘〉乃全用杜牧之〈罪言〉（當爲〈守論〉之誤）耳；正如〈項羽傳贊〉掇取賈生〈過秦論〉，故奇崛可觀，而非遷、固之文也。（宋 費袞《梁谿漫志》六，十二頁）

三、〈守論〉指晝禍亂本根，皆必至之理。文字嚴緊，無矜張之氣。（宋 謝枋得，輯自《古文淵鑑》四十，十一頁）

四、〈阿房宮賦〉，賦也。前半篇造句猶是賦，後半篇議論俊發，醒人心目，自是一段好文字。賦之本體，恐不如此，以至宋朝諸家之賦，大抵皆用此格。潘子真載曾南豐曰：「牧之賦宏壯巨麗，馳騁上下，累數百言。至楚人一炬，可憐焦土，其論盛衰之變判於此。」然南豐亦只論其賦之文，而未及論其賦之體。《后山談叢》云：「曾子固短於韻語，若韻語是其所短，則其以文論賦，而不以賦論賦，毋怪焉。」（元 祝堯《古賦辯體》七，三十二頁）

五、杜牧之〈阿房宮賦〉，古今膾炙。但大半是論體，不復可專目爲賦矣。毋亦惡俳律之

過，而特尚理以矯之乎？（明　吳訥《文章辨體》序說二十二頁）

六、杜牧〈阿房〉，雖乖大雅，就厥體中，要自崢嶸擅場。惜哉，其亂數語，議論益工，面目益遠。（明　王世貞《全唐詩說》十二頁）

七、唐文章近史者三焉。退之〈毛穎〉之於太史也；子厚〈逸事〉之於孟堅也；紫薇〈燕將〉之於《國策》也。宋而下蔑聞矣。（明　胡應麟《少室山房筆叢》卷十三，乙部〈史書佔畢〉一）

八、〈燕將錄〉純以《國策》敍事爲傳錄中變體。筆力陗勁，辭句詰屈，更欲自成一家。（清　王熙，輯自《古文淵鑑》四十，十三頁）

九、〈罪言〉上策莫如自治，千古理平之要，不獨爲長慶君臣發也。其筆勢放縱，蘇氏父子近之；而牧之氣較遒上，力追《短長》。（清　徐乾學《古文淵鑑》四十，三頁）

十、杜牧之所記〈燕將錄〉，陳同甫所記〈龍伯康、趙九齡事〉，宋景濂所記〈秦士錄〉，

十一、近日錢牧齋所記（東征二士錄），皆瑰瑋倜儻。（清 王士禎《池北偶談》五，一頁）

十二、古賦隨意押韻，但令宮商協而已。宋以賦取士，於是一平一仄，交互相疊爲式。每賦八韻，蓋四平四仄也。詞句鏗鏘，瑯然可聽矣。若杜牧之（阿房宮），楊敬之（華山），蘇子瞻（前、後赤壁），偶爾寄興，非其例也。（清 陳衍《樸上老舌》，二十六至二十七頁）

十三、（戰論）四支五敗，字字精確，而文亦磊砢自喜。（清 聖祖，輯自《古文淵鑑》四十，八頁）

十四、（守論）風規峻邁，文采焰然。（清 聖祖，輯自《古文淵鑑》四十，十頁）

十五、（燕將錄）筆力陡健，極似《戰國策》中文字。（清 聖祖，輯自《古文淵鑑》四十，十二頁）

十六、問杜牧之（燕將錄）乃傳體也，何以不曰傳而曰錄？古今文章家亦有之否？ 古今諸家皆未見。牧之蓋謙言之，不敢遽爲之傳，而託於稗官別乘之流。但錄其事以俟論定，是亦傳之流也。（清　全祖望《鮚埼亭集》外編四十七，一〇三〇頁）

十六、賦以敷言，斷殊論策。固欲齊其步伐，詎應破析爲單行。且如老杜〈三大禮〉有「宮井蛟龍」之句，小杜〈阿房〉有「釘頭瓦縫」之聯。制置得宜，豈不益洋洋盈耳哉。（清　王芑孫《讀賦卮言》六頁）

十七、賦最重發端，……所慮或求奇反劣。如杜牧〈阿房宮〉起。（「六王畢，四海一，蜀山兀，阿房出。」云：按此雖全篇警拔，獨一起語病，不能爲牧之諱耳。）……實爲牛鬼之魁，是則不善變者。（清　王芑孫《讀賦卮言》十至十一頁）

十八、唐官韻賦，雖爲律綦嚴，而主司士子，有藍縷之條，（唐制試進士詩賦，工者謂之入等，拙者謂之藍縷。禮部選格注：超絕當留。藍縷當放二條。）如杜牧〈阿房宮賦〉，亦是試作而變古開新，烏在其皆四六乎？誤以四六賦爲律賦者，亦未徧觀於當時之作耳。（清　王芑孫《讀賦卮言》十八頁）

十九、

宋人以文爲賦，非宋人之刱造也，遠則宋子〈登徒子好色賦〉，近則杜牧〈阿房宮賦〉，心摹手追，流蕩忘返，適成一代之風氣，然終非正格也。（清　周中孚言《鄭堂札記》五，四頁）

二十、

〈唐文類纂序〉唐之治，貞觀爲極盛，乃其時操觚家不能革東漢以降之習。迨王、楊、盧、駱四傑，燕、許二公者出，雕琢綉繪之體，益爲時所趨效。開元、天寶以來，李華、元結、獨孤及，廓然始變，元和之治，不逮開元，而文章乃極盛，何耶？柳宗元既與韓抗衡，李翺、張籍、皇甫湜和之，劉禹錫、元稹、沈亞之、杜牧、孫樵羣趨雅正。皮日休、陸龜蒙、司空圖、羅隱，接踵不絕。蓋運會當衰微之極，非豪傑大賢，不能振之。而豪傑大賢之生，非累經至治，其氣不能磅礴蓄積以爲興起，而當其將興，又未嘗無人引其端，迨盛極之餘，則承流嗣響者，自久而不絕，不獨文章然也。（清　謝應芝《會稽山齋全集》，文四，七頁）

二十一、

寧化李元仲（世熊）明末清初人，……碑、志、傳、略諸作，皆可追孫可之、杜牧之集中之雄俊者。（陳　衍《石遺室詩話續編》十四，一二二頁，見《東方雜誌》十四卷四號，一九一七年四月）

第五節　謀略識見之評論

評論杜牧散文之謀略或識見者，有唐于鄴等七十家，八十六則。輯錄如下：

一、（牛）僧孺之薨，牧爲之誌，而極言其美，報所知也。（唐　于鄴《揚州夢記》三頁）

二、（張）祜在元、白時，其譽不甚持重。杜牧之刺池州，祜且老矣，詩益高，名益重。然牧之少年所爲，亦近於祜。爲祜恨白，理亦有之。（唐　皮日休，輯自《全唐文》七九七，十一頁）

三、（讀杜紫微集）　紫微才調復知兵，長覺風雷筆下生。還有枉抛心力處，多於五柳賦（閒情）。（唐　崔道融，輯自《全五代詩》八十六，一三〇四頁）

四、（答陳磻隱論詩書）　自李飛數賢，多以粉黛爲樂天罪，殊不知三百五篇，多乎女子，蓋在所指說如何耳。（五代　黃滔，輯自《全唐文》八二三，四至五頁）

五、牧好讀書，工詩。爲文嘗自負經緯方略。武宗朝，誅昆夷鮮卑。牧上宰相書論兵事，言胡戎入寇在秋冬之間，盛夏無備，宜五六月中擊胡爲便，李德裕稱之。注曹公所定《孫武》十三篇行於代。牧從兄悰隆盛於時。牧居下位，心嘗不樂。及將知命，得病，自爲墓誌祭文。（五代　劉昫《舊唐書·杜牧傳》一四七，八至九頁）

六、愚嘗覽李賀歌詩篇，慕其才逸奇險，雖然，嘗疑其無理，未敢言於時輩，或於奇章公集中見杜紫微牧有言：「長吉若使稍加其理，即奴僕命《騷》人可也。」是知通論合符，不相遠也。（五代　孫光憲《北夢瑣言》七，六十四頁）

七、是時劉從諫守澤潞，何進滔據魏博，頗驕蹇不循法度。牧追咎長慶以來，朝廷措置亡術，復失山東。鉅封劇鎮，所以繫天下輕重，不得承襲輕授，皆國家大事，嫌不當位而言，實有罪，故作〈罪言〉。……宰相李德裕素奇其才。會昌中，黠戛斯破回鶻，回鶻種落潰入漢南。牧說德裕不如遂取之。以爲兩漢伐虜，常以秋冬。當匈奴勁弓折膠，重馬免乳，與之相校，故敗多勝少。今若以仲夏發幽、并突騎及酒泉兵，出其意外，一舉無類矣。德裕善之。會劉稹拒命，詔諸鎮兵討之。牧復移書於德裕，……俄而澤潞平，略如牧策。……牧剛直有奇節，不爲齪齪小謹，敢論列大事，指陳病利尤切至。少與李甘、李中敏、宋祁善。其通古今，善處成敗，甘等不及也。（宋　宋祁《新唐書・杜牧傳》一六六，七至九頁）

八、贊曰……杜牧謂「纖艷不逞，非莊人雅士所爲。流傳人間，子父女母，交口教授。淫言媟語，入人肌骨，不可去」，蓋救所失，不得不云。（宋　宋祁《新唐書・白居易傳》一一九，六十一頁）

九、贊曰……唐杜牧稱寧陵之圍解，劉玄佐召昌問曰：「君以孤城，用一當十，何以能守？」昌泣曰：「始昌令守陴，內顧者斬。孤甥張俊，守西北，未嘗內顧，捽下斬之，士有死志，故能守。」因伏地流涕。玄佐亦泣曰：「國家將富貴汝。」史臣謂不然。且勒兵乘城，與賊志也。賴惟賞罰耳。今無罪而斬其甥，士心且離，不祥莫大焉，寧好事者傳此以益其美，非昌抗，所牧以爲張巡、許遠陷睢陽，其名傳，昌全寧陵而事不得暴於世，寧牧未之思邪？（宋　宋祁《新唐書・劉昌傳》一七〇，八頁）

十、杜牧云：「稱夫子之德，莫如孟子；稱夫子之尊，莫如韓吏部。」孟所謂生人以來未有夫子，賢過堯、舜遠矣。韓所謂自天子至郡邑守長，得共祀而徧天下者，惟社稷與孔子。社稷壇而不屋，豈如孔子巍然當座，用王者禮，以門人配，自天子而下，北而拜跪，禮如親弟子。然則夫子之德之尊，韓、孟之言詳已。（宋　文彥博〈絳州翼城縣新修至聖文宣王廟碑記〉，《潞公文集》十二）

十一、大和七年（八三三）杜牧憤河朔三鎮之桀驁，而朝廷議者專事姑息，乃作書名曰〈罪言〉，……又傷府兵廢壞，作〈原十六衛〉，……又作〈戰論〉，……〈守論〉，……又注《孫子》，爲之序。（宋　司馬光《資治通鑑》二四四，〈唐紀〉六十，三二九至三三四頁）

十二、會昌三年（八四三）黄州刺史杜牧上李德裕書，……時德裕制置澤潞，亦頗採牧言。（宋　司馬光《資治通鑑》二四七，〈唐紀〉六十三，四五〇至四五一頁）

十三、書劉昌事（後事見杜牧〈宋州寧陵縣記〉）　今日過寧陵縣，令言前令晏曇立劉昌廟。昌事跡見《杜牧集》，甚壯偉，宋子京獨不信，以爲無有，……可笑也。（宋　蘇軾《東坡題跋》一，四頁）

十四、論舉兵之時　自古至今，凡外國犯邊，未嘗出於盛暑之時。歷代將、帥、儒臣，皆不知此，惟唐杜牧嘗獻言於宰相李德裕曰：「漢伐匈奴，率以秋冬，當邊人勁弓折膠，童馬免乳之際，與之校勝負，故敗多勝少。今若仲夏發兵，出其意外，一舉無遺類矣。」嗚呼！世稱杜牧知兵，善論事，豈虛言哉！臣於紹興二年（一一三二）十一月初八日，嘗備杜牧之論，具劄子陳奏。（宋　呂頤浩《忠穆集》二，五頁）

十五、杜牧〈罪言〉以謂「山東之地，王者不得不爲王，霸者不得不爲霸，猾賊得之，足以致天下不安」，其確論乎！所謂山東者，蓋指太行山言之。今河北路州軍皆山東之地也，故牧曰：「禹畫九土曰冀州，程其水土，與河南等。其人沈鷙多材力，重許可，能辛苦，敦五種，習兵矢，又產健馬，下者日馳二百里，所以兵常足以當天下。」（宋　呂頤浩《燕魏雜記》三頁）

十六、杜牧〈李戡墓誌〉載戡詆元、白詩語，……元稹所不論，如樂天諷諫閑適之辭，可概謂淫言媟語耶？戡不知何人，而牧稱之過甚。古今妄人不自量，好抑揚予奪，而人輒信之類爾。觀牧詩纖艷淫媟，乃正其所言而自不知也。《新唐書》取爲牧語，論〈樂天傳〉，以爲救失，不得不然。蓋過矣。牧記戡母夢有偉男子持雙兒授之云：「予孔邱，以是與爾」，及生戡，字之天授。晁無咎每舉以爲戲曰：「孔夫子乃爲人作九子母耶？」此必戡平日自言者，其詭妄不言可知也。（宋　葉夢得《避暑錄話》下，六十六頁）

十七、杜牧記劉昌守寧陵斬孤甥張俊事，史臣固疑之，然但以理推，未嘗以〈李希烈傳〉考之也。希烈圍寧陵時，守將高彥昭，昌乃其副。賊次城，欲登，昌蓋欲引去，從劉元佐請兵，出不意以擣賊，彥昭誓於衆曰：「中丞欲示弱，覆而取之誠善，然我爲守將，得失在生人，今士創重者須供養。有如棄城去，則傷者死內，逃者死外，吾民盡矣」，於是士皆感泣，請留，昌大慙。」則全寧陵，昌安得全攘其功耶？計劉元佐間能拒守，當在彥昭，不在昌也。牧好其意，欲造作語言，爲文字故不復審虛實，希烈圍寧陵四十日，而謂之三月；城不陷而元佐救兵至，敗希烈，而云韓晉公以強弩三千，希烈解圍，皆非是。士固有幸有不幸，高彥昭不得立傳，計是官不至甚顯而死，故昌得以爲名，趙充國云：「兵勢國之大事，當爲後法」，昌爲將固多殺，正史有之，猶不足爲法，況未必有。聊爲辨正，以信史氏之誤。（宋　葉夢得〈避暑錄話〉下，六十六至六十七頁）

十八、

論荀彧，……范曄取其歸正，謂能「殺身以成仁」，而杜牧以謂「教盜穴牆發櫃而不分其財，得不謂之盜乎？」二者之論不同，……荀彧計深謀遂，其死也以巧，……彧之用心，如杜牧者能知之。（宋　李綱《梁溪全集》一五〇，五頁）

十九、水土斤兩重輕　世傳水之好者，比他水升斗同而銖兩多。故宣州漏水有秤爲此也，杜牧〈罪言〉曰：「幽、并二州，程其水土，與河南等，常重十二。」然則不獨水有輕重，土亦然也。（宋　程大昌《演繁露》七，九頁）

二十、長吉卒年　義山之傳，得於長吉姊，嫁王氏者，其言必不妄。然牧之序謂賀二十七死，而義山則云：「長吉生二十四年，位不過奉禮太常」，又不同何耶？（宋　嚴有翼《藝苑雌黃》，見《宋詩輯佚》下，二〇六頁）

二十一、杜牧之序李賀詩云：「《騷》人之苗裔。」又云：「少加以理，奴僕命《騷》可也。」牧之論太過。賀詩乃李白樂府中出，瑰奇譎怪則似之，秀逸天拔則不及也。（宋　張戒《歲寒堂詩話》上，十二頁）

二十二、

人有幸不幸，荀彧漢之忠臣，而杜牧著論譏之云：「荀彧平日爲曹操畫策，嘗以高祖比之，則是與操反無疑。」予則以爲不然，且元微之上裴晉公書云：「日者閣下方事淮、蔡，獨當鑪錘，始以追韓信，拔呂蒙爲急務，固非叔孫通薦儒之日也。」然則微之固嘗以高祖比裴度矣，而謂微之勸度反可乎？（宋　吳曾《能改齋漫錄》十，三四八頁）

二十三、李希烈攻寧陵，劉昌令守陴，內顧者斬。昌孤甥張浚居西北，未嘗內顧，而捽下斬之，士有固志，故能解其圍。杜牧之所記如此。嗚呼，無罪而殺其所親，以之警衆，雖云成功，害理甚矣。故宋子京不取，以爲好事者傅會，此蓋有功於昌，而東坡譏笑之。信蘇氏之學，駁而不醇也。（宋　王若虛《滹南遺老集》二十九，一四九頁）

二十四、杜牧罪元、白詩歌傳播，使子父女母，交口誨淫。且曰：「恨吾無位，不得以法繩之。」余謂此論合是元魯山、陽道州輩人口中語。牧風情不淺，如〈杜秋娘〉、〈張好好〉諸篇，青樓薄倖之句，街吏平安之報，未知去元、白幾何？以燕伐燕，元、白豈肯心服？（宋　劉克莊《後村詩話後集》二，七頁）

二十五、杜牧嘗爲牛奇章公掌書記，後誌牛公墓，書維州事，是牛而非李。又云：「李太尉專柄，多逐賢士。」牧弟顗嘗爲李衛公巡官，後李貶袁州，牛公欲辟致顗，辭以李公方在困，不願就。牧誌顗墓，備載其事。牛、李相反如冰炭。門下士各分朋黨。二杜於其間，一爲牛客，一爲李客，各行其志，各主其所主，不以牛、李之存、沒，用、舍爲向背，其兄弟俱豪傑之士矣。自唐至今，維州曲直之論未定。惟温公是奇章，與牧之論同。（宋 劉克莊《後村詩話後集》一，四五五頁）

二十六、杜牧〈記寧陵〉謂天寶末，薛愿守淮陽，賊不能陷，故不傳。不得與張、許並稱。今以《新、舊二史》考之，乃云：「愿爲潁川太守，與龐堅共守潁川。城陷，二人俱死。」按潁川乃許川，而淮陽乃陳州，所守之地不同，所記之事各異。豈牧傳聞之誤耶？抑亦史者采摭而不得其真乎？（宋 孫奕《履齋示兒編》十二，一一九頁）

二十七、杜牧之〈送薛處士序〉云……。論人若牧之，則可謂不失名實者矣。（元 李治《敬齋古今黈》三，一至二頁）

二十八、杜牧之〈自撰墓誌銘〉言注《孫子》，推五星，說相法。文學之士，多能如此。（宋 謝采伯《密齋筆記》三，八至九頁）

二十九、〈荀彧本傳〉云：「留壽春，以憂薨。」《通鑑》取《魏氏春秋》而書，司馬温公論曰：「文勝質則史。凡爲史者記人之言，必有以文之。然則比魏武於高、光楚漢者，皆史氏之文也，豈彧之言耶？用是貶彧，非其罪矣。」某曰：彧附曹氏，終始昭然，杜牧已結正款，無可逃者，有世之下，所信者史，而以爲非彧口所言。吾謂其臨薨所焚毀陳事書，皆奇筆密謀者，無非傾漢滅劉氏之邪謀，不可以示海內傳後世者也，豈可謂皆史氏之文也。愚者一得之慮，不敢自遜於先哲。（宋　謝采伯《密齋筆記》續，三至四頁）

三十、杜牧〈上宣州高大夫書〉……云：宰相河東司空公中書令裴公皆進士。《文粹》以「司空公中書令」作「司徒兼中書令」，按下文云：「司空公始相憲宗」，又云：「裴公元和中剪蔡」。是二人也。蓋司空公迺杜黃裳，與杜牧俱是京兆萬年人，爲檢校司空，河中慈隰節度使，故云：「河東司空公」，既與杜牧同族，故不書姓名，而裴度則爲司徒，真拜中書令，亦非兼也。今杜牧云皆進士，又分別兩人事迹，則非一人矣；況總云：「凡此十九公」，則是房元齡、郝處俊、來濟、上官儀、李玄義、婁師德、張柬之、郭元振、魏知古、姚元崇、宋璟、劉幽求、蘇瓌、子頲、張説、張九齡、張巡，並杜黃裳、裴度共十九人。《文粹》迺云：「司徒兼中書令裴公」，則遺杜黃裳一人，與下文不應。當如《集本》，作司空中書令爲是。（宋　彭叔夏《文苑英華辨證》十，二至三頁）

三十一、〈戰論〉唐自府兵既弛，藩鎮跋扈，要君者皆是，羈縻奉命者十二三耳。此論若當時振起行之，未必不可反危爲安，不徒文字嚴卓可垂也。（宋　謝枋得，輯自《古文淵鑑》四十，八頁）

三十二、牧之才高，意欲異衆，心鄙元、白，良有以也。（元　方回《瀛奎律髓》十二，三頁）

三十三、〈李〉賀詞如百家錦衲，五色炫耀，光奪眼目，使人不敢熟視。求其補於用，無有也。杜牧之謂「稍加以理，奴僕命《騷》可也。」豈非惜其詞勝。（元　范晞文《對牀夜語》二，十五頁）

三十四、然樊川自負奇節，不爲齪齪小謹。至論列大事，如〈罪言〉、〈原十六衛〉、〈戰〉、〈守〉二論、〈與時宰論兵〉、〈論江賊書〉，達古今，審成敗，視昔之平安杜書記爲何如耶？惜夫天慭將相之權，弗使究其設施，迴翔紫微，文空言耳，揚州舊夢，尚奚憶哉？（元　朱經《青樓集序》，一至二頁）

三十五、〈牧之水榭〉牧之信奇士，縱橫見當時。著書亦有兵，豈惟工賦詩。（明　馬治，輯自《明詩紀事》甲籤十九，三九〇頁）

三十六、杜牧會昌中爲睦州刺史，嘗論土鹽商爲害，孳孳爲民。群中號紫微太守。（明　李賢《大明一統志》四十一，十二頁）

三十七、宋景文公云：「……荀彧之于曹操，本許以天下，及議者欲加九錫，彧未之許，非不之許，欲出諸己耳。操不悟，遽殺之。然則天奪其爽以誅彧，寧不信乎？」此論深爲有見，然……荀彧之志，杜牧亦嘗道及之矣。（明　姜南《叩舷憑軾錄》一頁）

三十八、崔道融〈讀杜紫微集〉：「紫微才調復知兵，常遣風雷筆下生，猶有枉拋心力處，多於五柳賦〈閒情〉。」梁昭明太子序《陶淵明集》云：「白璧微瑕，惟在〈閒情〉一賦。」杜牧嘗注《孫武子》，又作〈守論〉、〈戰論〉、〈原十六衛〉，皆有經濟之略，故道融以此絕句少之。杜牧嘗譏元、白，……而牧之詩淫媟者，與元、白等耳！豈所謂「睫在目前猶不見」乎？（明　楊愼《升菴詩話》十一，一四七頁）

三十九、〈讀杜牧之文集〉牧之〈書韓文公處州孔子廟碑陰〉首曰：「天不生夫子於中國，當何如？」曰：「不夷狄如也。」訓讀之曰：「牧之其有激也。即天不生夫子於中國，中國豈至不夷狄如耶？」終讀之其言曰：「有天、地、日、月爲之主，有陰、陽、鬼神爲之祐，夫子巍然，統而辨之，復引堯、舜、禹、湯、文、武、周公爲之助，彼四君若燕昭、秦始、漢武、梁武，二臣若李斯、商鞅，不爲無知，一旦不信，背而之刑名，之仙，之釋，仍族滅之。儻不生夫子，百家蠭起，十年一變法，百年一改教，天下隨時而宗，誰敢非之，縱有非之，橫流中國，不知止泊，何依而爲辭。彼夷狄之俗，一定而不易，是故必不夷狄如也。」牧之豈徒有激也，其有見也。今夫子之道，孟子而後周子、兩程子、張子，以及朱子者，明之於天下昭昭矣。朱子之道，夫子之道也。今天下於朱子，乃敢有非之者，蓋二十年來矣。然猶曰宗孔氏，儻不生夫子，刪《詩》、《書》，定《禮》、《樂》，贊《周易》，修《春秋》，其於堯、舜、禹、湯、文、武、周公，亦有非之者，將誰宗焉以一道德同風俗耶？中國紛紛，人作聰明，私其學焉，豈左衽者之定於榛榛狉狉哉？嗚呼！牧之有見，豈徒有激也。（明　黃訓《讀書一得》三，二十七

至二十八頁）

四十、

李商隱〈賽古欖神文〉，……杜牧之亦有〈池州祭木瓜神文〉，中云：「禱神之際，甘雨隨至，槁然凶歲，化爲豐年。」可見當時長吏，留心民事，猶有徧走羣望遺意。（明　王志堅《評選四六法海》八，三十四頁）

四十一、

〈罪言〉全忠有事兗鄆，必先結羅弘信，而天下更無能與梁抗者。唐莊宗用兵累年，不能大勝，得魏而取汴如寄。當時大勢，在魏可知之。牧之此論，已預見得。（明　王志堅，輯自《古文淵鑑》四十，二頁）

四十二、

紫微與元、白待張祜一案，幾成詩獄。初，杜與白論詩不合，而祜亦常覔解於白，失其意。後彭陽公薦祜詩於朝，元復左袒白，奏罷之。紫微守秋浦，因激而爲祜稱不平，與祜交偏厚，贈祜詩有「不羡人間萬户侯」，而於元、白，盛稱李戡欲用法治其詩之説，使諸公仕路相值，豈有幸哉！獨惜一祜詩受鏑於斯，因受盾於斯。匪拜詩賜紫微，拜詩禍紫微矣。歎賢達成心難化至此。（明　胡震亨《唐音癸籤》二十五，二二六頁）

四十三、

杜牧之門第既高，神穎復儁。感慨時事，條畫率中機宜，居然具宰相作略。顧回翔外郡，晚乃升署紫微。隄築非遙，甑裂先兆，亦繇平昔詩酒情深，局量微嫌疎躁，有相才，乏相器故爾。自牧之後，詩人擅經國謦望者概少，唐人材益寥落不振矣。（明 胡震亨《唐音癸籤》二十五，二二五頁）

四十四、〈罪言〉牧之歷審成敗，見其如此非浪語者。（清 徐乎遠，輯自《古文淵鑑》四十，二頁）

四十五、唐杜牧〈答莊充書〉曰：「自古序其文者，皆後世宗師其人而爲之。今吾與足下竝生今世，欲序足下未已之文，固不可也。」讀此言，今之好爲人序者，可以止矣。（清 顧炎武《日知錄集釋》十九，十七頁）

四十六、艷詩有述歡好者，有述怨情者，《三百篇》亦所不廢。顧皆流覽而達其定情，非沈迷不反，以身爲妖冶之媒也。……迨元、白起，而後將身化作妖冶女子，備述衾裯中醜態。杜牧惡其蠱人心，敗風俗，欲施以典刑，非已甚也。（清 王夫之《薑齋詩話》下，十至十一頁）

四十七、〈牧之〉星宿羅胸氣吐虹；屈蟠兵策畫山東。黨牛怨李君何與，青史千秋有至公。（清　王士禎《漁洋山人精華錄》六，八十一頁）

四十八、〈戲倣元遺山論詩絕句三十六首之一〉　京兆風情粉黛叢，鬢絲晚惜落花風。湖州箋記揚州夢，綺語翻教詆白公。（清　王士禎《帶經堂集》漁洋詩十四，四頁）

四十九、〈原十六衛〉唐初府兵之設，最爲得策。一變而爲彍騎，再變而爲召募，遂成藩鎮之患。宜樊川激切言之。（清　王鴻緒，輯自《古文淵鑑》四十，七頁）

五十、〈罪言〉綜天下之情形，權累朝之得失，如聚米畫沙，不爽尺寸。（清　聖祖，輯自《古文淵鑑》四十，一頁）

五十一、〈原十六衛〉府兵與藩鎮相爲輕重，而唐之興廢即因之。溯源窮委，論斷獨精。（清　聖祖，輯自《古文淵鑑》四十，五頁）

五十二、

李長吉詩，每近〈天問〉、〈招魂〉，《楚騷》之苗裔也。特語語求工，而波瀾堂廡又窄，所以有山節藻梲之誚。杜牧之謂「賀且未死，少加以理，可以奴僕命《騷》。」果天假以年，所造遂止此乎？（清　沈德潛《說詩晬語》上，十三頁）

五十三、昔杜牧之〈答莊充書〉以爲「自古文之有序，皆後世宗師其人而爲之，今與足下並生今世，而欲序足下未已之文，甚爲不可。」予竊以爲不然。君子病無乎中而致飾於外，亦病有乎中而不表見於外者，其人之言，不足以垂世而行遠歟，而吾比比焉徇時俗而寵譽之，是導佞而貢諛也，恥孰甚焉，其人之言，足以垂世而行遠歟，則雖與吾並時而生，方將宗師之不暇，而詠歌之，而稱述之，其可後乎？（清　葉方藹，輯自《帶經堂集》，〈漁洋詩集葉序〉一頁）

五十四、元微之詠物諸什，亦有可採；但好爲譏刺，有怒目張牙之態，宜杜紫微之痛詆也。（清　宋長白《柳亭詩話》二十二，五〇二頁）

五十五、或云：（李）飛言見於杜牧集中。牧祖佑，年老不致仕，香山有詩譏之，故牧假飛語以詆之耳。（清　袁枚《隨園詩話》一，五頁）

五十六、〈杜牧墓〉蕭郎白馬遠從軍，落日樊川弔紫雲。客裏鶯花逢杜曲，唐朝春恨屬司勳。高談澤潞兵三萬，論定揚州月二分。手折芙蓉來酹酒，有人風骨類夫君。（清　袁枚《小倉山房詩集》八，一三頁）

五十七、《箋註評點李長吉歌詩》四卷。……賀之爲詩，冥心孤詣，往往出於筆墨蹊徑之外，可意會而不可言傳。嚴羽所謂「詩有別趣，非關於理」者，以品賀詩，最得其似。故杜牧稱其「少加以理，可以奴僕命《騷》。」（清　紀昀《四庫提要》一五〇，三十六頁）

五十八、杜牧之作〈李飛墓誌〉，……飛又名戡，字定臣，渤海敬王奉慈七世孫，年三十，盡通六經。定臣詩今頗罕見，未知果視元、白爲何如也。（清　吳騫《拜經樓詩話》四，五十五頁）

五十九、唐以河北爲山東。……杜牧以「山東，王不得不王，霸不得不霸，賊得之，故天下不安。」愚謂唐之河北、魏博、鎮、冀諸鎮爲山東。（清　王鳴盛《十七史商榷》九十，九九五頁）

六十、小杜〈感懷詩〉爲滄洲用兵作，宜與〈罪言〉同讀。〈郡齋獨酌詩〉意亦在此。王荆公云：「末世文章有逸才」，其所見者深矣。（清　翁方綱《石洲詩話》三，二十七頁）

六十一、〈謁杜樊川祠〉杏花村上草離離，古屋斜陽漾酒旗。知己一人牛節度，風流絕代杜分司。曾聞戰論諳兵略，只爲情多看水嬉。自去騷壇無格調，瓣香低首拜靈祠。（清　馬蘇臣，輯自《晚青簃詩匯》六十四，十四頁）

六十二、唐人作唐人詩序，亦多夸詞，不盡與作者痛癢相中；惟杜牧之作〈李長吉序〉可以無媿，然亦足有商者，……余每訝序中「春和秋潔」二語，不類長吉，似序儲、王、韋、柳五言古詩。而「雲煙綿聯，水之迢迢」，又似爲微之〈連昌宮詞〉，香山〈長恨歌〉諸篇作贊。若「時花美女」，則〈帝京篇〉、〈公子行〉也。此外數段，皆爲長吉傳神，無復可議矣。其謂長吉詩爲命《騷》苗裔一語，甚當。蓋長吉詩多從〈風〉、〈雅〉及《楚辭》中來，但入詩歌中遂成栁體耳。又謂「理雖不及，辭或過之。」「使加以理，奴僕命《騷》可也」，數語吾有疑焉。夫唐詩所以夐絕千古者，以其絕不言理耳。宋之程、朱及故明陳白沙諸公，惟其談理，是以無詩。《楚騷》雖忠憂惻怛，然其妙在荒唐無理。而長吉詩歌，所以得爲《騷》苗裔者，正當於無理中求之，奈何使欲加以理耶？理襲辭鄙，而理亦付之陳言矣，豈復有長吉詩歌，又豈復有《騷》哉？（清吳大受《詩筏》六十三至六十四頁）

六十三、余惟牧之內懷經濟之略，外騁豪宕之才。當其時，藩鎮方張，朝廷多事：五諸侯並起，欲逼天閽；十常侍未除，先驚帝座。屯蜂晝聚，社鼠宵行。江充既兆亂於犬臺，賈誼轉埋忠於鵩舍。往往激昂狂節，搖蕩愁旌；陳兵事之書，一麾願乞，揭〈罪言〉之目，三刖奚辭。觀其〈獨酌〉成謠，〈感懷〉發詠，固非徒以一己牢愁之語，托之無端綺靡之詞者也。（清 吳錫麒〈杜樊川集注序〉，《樊川詩集註》卷首）

六十四、昌黎〈荀子篇〉云：「荀與楊大醇而小疵。」而于〈原道〉則曰：「荀與楊也，擇焉而不精。」夫擇不精，語不詳，何大醇小疵之有？此其言之自相矛盾也。以予論之，荀子大醇而小疵，楊子擇不精而語不詳。杜牧之有〈三子言性辨〉，且獨贊荀子矣。（清周中孚《鄭堂札記》一，五至六頁）

六十五、

《新舊唐書》並稱長吉唐宗室鄭王之後。維《舊書》稱年二十四，《新書》稱年二十七。以杜牧序證之，則《新書》是矣。杜序作於大和五年（八三一），而稱距賀死後十有五年，則是賀卒於憲宗元和之十二年（八一七），當生於德宗貞元之七年（七九一），姚文燮謂生於建中二年（七八一）者非也，杜牧序文又稱集賢學士沈子明言：「元和中與賀義愛甚厚。賀且死，授我平生所著歌詩凡二百二十三首，離爲四編」云，與今所傳本合，則是長吉所手定。其此本所佚者，皆其所不欲存，而李藩乃謂「搜其遺集，爲賀表兄以夙恨，投之溷中，致傳世無幾」者，亦非也。牧又言：「《離騷》有感怨刺懟，言及君臣理亂，時有以激發人意，賀蓋其苗裔，如〈金銅仙人辭漢歌〉、〈補梁庚肩吾宮體謠〉，求取情狀離絕，遠去筆墨畦徑間，亦殊不能知之。使賀且未死，少加以理，奴僕命《騷》可也。」後之註《昌谷集》者，惟姚元燮一序，頗能推杜牧之旨。（清　陳沆《詩比興箋》四，一二四頁）

六十六、李賀〈還自會稽歌〉　杜牧之序《長吉集》獨舉此篇，及七言之〈銅仙辭漢歌〉，此深於知長吉，故舉此二詩以明隅反也。（清　陳沆《詩比興箋》四，一二五頁）

六十七、皇甫持正云：「孟子、荀子，皆一偏之論。」孟子合經而多益，杜牧之云：「荀言人之性惡，比於二子（孟子、楊雄），荀得多矣。」孟荀皆偏，何以孟子獨能合經乎？荀子得多，則不必與辨也。或感憤之語歟？（清　陳澧《東塾讀書記》三，三頁）

六十八、杜牧之識見，自是一時之傑。觀所作〈罪言〉謂：「上策莫如自治，中策莫如取魏，最下策爲浪戰。」又兩進策於李文饒，皆案切時勢，見利害於未然。以文論之，亦可謂不浪戰者矣。（清　劉熙載《藝概》一，二二至二三頁）

六十九、元晦相國，稹從子，……出爲御史中丞、桂管觀察使。見疊綵山有千越四望，左右迴翼，心大樂之，引水穿沼，治亭院其間。晦自命名。其小記與題篆，似皆出其手。……晦於元氏，亦秀而文，有勝抱者。乃杜牧之薦其友人韓乂云：「乂惡晦之爲人。」將有所揚，必有所抑，又絕無指實，恐牧之斯言，非篤論也。（明　張鳴鳳《桂故》三，七頁）

七十、《樊川集》中〈上池州李使君書〉有曰：「今之言者，必曰：『使聖人微旨不傳，乃鄭玄輩爲之注解之罪。』僕觀其解釋，明白完具，雖聖人復出，必挈置數子，坐於游、夏之位。若使玄輩解釋不足爲師，要得聖人復出，如周公、夫子親授微旨，然後爲學；是則聖人不出，終不爲學，聖人復出，亦隨而猾之矣。」此等議論，唐中葉以後，人所罕知。樊川文章風概，卓絕一代。其學問識力，亦復如是，予向推爲晚唐第一人，非虛誣也。宋子京深喜樊川之文，《新唐書》中傳論，多取其語，其自作文字，亦力倣之，故于〈啖助等傳〉論宋學之弊，其識議亦與樊川同。非韓、歐文學家所知也。同治丁卯（一八六七）七月初二日。（清　李慈銘《越縵堂讀書記》中，八，文學，六三三頁）

七十一、

癸亥大寒十二月中十三日乙酉。……嘗謂書生知此（兵）事者，若唐之杜牧、宋之尹洙，所論或未盡可用。劉秩著作一代通才，而青坂陳濤房琯以敗，況其他乎？（清　李慈銘《孟學齋日記》甲集首集下，八十四頁，見《越縵堂日記》一）

七十二、

光緒九年（一八八三）一月十二日。……昔李衛公等平澤潞，牧之上書數萬餘言，衛公置不答。……夫以衛公……之才，足以奔走一世者，猶不敢以言取人，以滋流弊。（清　李慈銘《荀學齋日記》丁集下，六十三頁，見《越縵堂日記》八）

七十三、

《避暑錄話》　宋葉夢得撰　其辨〈劉昌傳〉宋寧陵斬孤甥張俊事，本出《杜牧集》，……尤有裨於史學。光緒戊子（一八八八）三月十七日。（清　李慈銘《越縵堂讀書

記》下，九四〇至九四一頁）

七十四、閱讀史兵略，至唐河北之事，深歎李絳、杜牧之賢。（清 譚獻《復堂日記》一，一頁）

七十五、牧之〈與池州李使君書〉云：「僕常念百代之下，未必爲不幸。何者，以其書具而事多也。今之言者，必曰：『使聖人微旨不傳，乃鄭玄輩爲注解之罪。』僕觀其所解釋，明白完具，雖聖人復生，必挈數子，坐於游、夏之位。若使玄輩解釋不足爲師，安得聖人復生如周公、夫子親授微旨，然後爲學，是則聖人不生，終不爲學。假使聖人復生，即亦隨而汩之矣。此則不學之徒，好出大言，欺亂常人耳。自漢以降，其有國者，成敗興廢，事業蹤蹟，一二億萬。青黃白黑，據實空有，皆可圖畫。考其來由，裁其短長，十得四五，足以應當時之務矣，不似古人穹天鑿元，躡於無蹤，算於忽微，然後能爲學也。故曰：生百代之下，未必爲不幸也。」庸按：牧之才人，迺推崇北海如是，蓋唐人爲學，精注疏，守家法，不敢薄視漢儒。至宋而石守道，劉公是出，始議注疏，立新説，遂有矢集康成者矣。今之云康成解經而經晦，以及麟鼓郊天臆造病康成者，此杜所謂不學之徒，好出大言，欺亂常人者也。（清 平步青《霞外攟屑》七上，四五四至四

五五頁）

七十六、〈杜牧之墓〉傷春傷別鬢如絲，不比南朝舊總持。十里青樓盻書記，兩行紅粉笑分司。談兵澤潞工何益，出守湖壖事竟遲。手把玉簫來酹酒，無能有味感清時。（清　甘丙昌，輯自《晚晴簃詩匯》一四三，六至七頁）

七十七、杜牧之敘李長吉詩云：「少加以理，則可以奴僕命《騷》。」言昌谷俶詭之詞，容有未足於理處也。（清　陳衍《石遺室詩話續編》四，一頁，見《東方雜誌》十二卷十號，一九一五年四月）

七十八、〈樊川春望〉旅食京華兩鬢絲，江湖落魄亦堪悲。談兵愛國人何在，小杜墳連老杜祠。（清　徐坊，輯自《晚晴簃詩匯》一八〇，一頁）

七十九、〈讀樊川集有感〉司勳胸臆在孤行，浮世傳詩亦強名。仍歲江湖疑中酒，幾人霄漢肯論兵？能容兩黨非無術，不作三公爲有情。莫舉前身江總例，鬢絲心鐵感平生。（清　張佩綸，輯自《晚晴簃詩匯》一六五，十四頁）

八十、讀《杜樊川集》一六〈上宰相求湖州三啟〉及〈上宰相求杭州啟〉所言，其時京、外官吏收入多寡，判若天淵，可以想見。其〈求杭州啟〉云：「作刺史則一家骨肉四處皆泰，爲京官則一家骨肉四處皆困。」此則晚唐士大夫所共同之心理及環境，實不獨牧之一人爲然也。（陳寅恪〈元白詩中俸料錢問題〉，見《清華學報》第十卷第四期，八八六頁）

八十一、李戡斥（元和體）爲「纖艷不逞……」，而葉石林於《避暑錄話》三駁之云：「如樂天諷諭閑適之辭，可概謂淫言媟語耶？」殊不知「樂天諷諭閑適之辭」，乃微之〈上令狐楚啟〉所謂「詞直氣粗罪尤是懼，固不敢陳露於人」者，而當時最流行之元白詩，除「千言或五百言律詩」外，惟此杯酒光景間小碎篇章之元和體詩耳。如《元氏長慶集》五一〈白氏長慶集序〉略云：「予始與樂天同校祕書之名，多以詩章相贈答，會予譴掾江陵，樂天猶在翰林，寄予百韻律詩及雜體前後數十章，是後各佐江通，復相酬寄。巴楚江楚間，洎長安中少年，遞相倣效，競作新詞，自謂元和體詩；而樂天〈秦中吟〉、〈賀雨〉諷諭等篇，時人罕能知者。然而，二十年間，禁省觀寺，郵候牆壁之上，無不書，王公妾婦，牛童馬走之口無不道。自篇章以來，未有如是流傳之廣者。」尤足證杜

牧、李戡之所以痛詆，要非無故，而葉氏則未解此點也。（陳寅恪《元白詩箋證稿》附論（丁）〈元和體詩〉三三八頁）

八十二、記唐人干謁之風　唐人之丐，固不因得舉成名而即止。杜牧〈上宰相第三啟〉（見《全唐文》卷七五三）謂：「某伏念骨肉，悉皆早衰多病，常不敢以壽自期。今更得錢二百萬，資弟妹衣食之地，假使身死，死亦無恨。湖州三考，可遂此心。」又〈上宰相求杭州啟〉（見《全唐文》卷七五三）謂：「某一院家累，亦四十口。作刺史則一家骨肉四處皆泰，爲京官則一家骨肉四處皆困。今天下以江淮爲國命。杭州戶十萬，稅錢五十萬。刺史有厚祿。」又其〈爲堂兄慥求澧州啟〉（見《全唐文》卷七五三）謂：「家兄近在郢州汨口草市，絕俸已是累年。孤外甥及姪女，堪嫁者三人，仰食恃衣者，不啻百口。脫粟蒿藿，才及一餐。」此則明明以乞丐謀官職也。（錢穆《中國文學演講集》一一四頁）

八十三、又卷七五三　杜牧〈上宣州高大夫書〉：「來濟、上官儀、李元義，皆進士也。後爲宰相，……儀革廢后召，元義助處俊言不可以位與武后。」據《舊書》八一及八四，李元義，李義琰也。豈以武宗名炎，故《集》文改曰元義歟？「革廢武后召」及「革廢武后詔」之訛，已見《英華辨證》十。又同篇原注云：「開州取唐舍人爲職方郎中，知制誥。」依前卷四九〇權德輿〈唐使君盛山唱和集序〉次自夔州內召，非自開州，此處是杜牧記述之誤。（岑仲勉〈讀全唐文札記〉，見《唐人行第錄》三二五頁）

八十四、杜牧曾謂：「自元和以來，有元白者，纖艷不逞……」，杜牧何以出此？說者謂由〈秦中吟不致仕〉一詩所引致耳。〈八朝偶雋〉云：「元和初，杜佑爲司徒，年過七十，猶未請老，裴晉公時知制誥，因高郢致仕，令詞曰：『以年致仕，抑有前聞，近代寡廉，罕由斯道』，蓋譏佑也。公此詩所指當與裴同，盛爲當時傳誦，厥後杜牧之每於公多不足語，形之詩篇，致託李戡之言，極口詆誚，文章家報復，可畏如此。宋祁不察，據以論公，過矣。牧之，佑之孫也。……」雖然，杜牧之語，固爲揭其所短，亦適以揚其所長。蓋杜牧係貴族文學之作者，而居易爲平民文學之作者，立場不同，著眼遂異。（楊向時〈香山摭述〉，見《國立政治大學學報》第一期，三三八頁）

八十五、〈罪言〉舊評曰：「剖辨形勢，揣悉事機，如畫沙聚米，宛在目中，此經濟大文也。」（朱近情、吳于庭合評本，未知專屬誰氏，故以舊評稱之。）（高步瀛《唐宋文舉要》中冊，六三一頁）

八十六、〈原十六衛〉　舊評曰：「府兵壞而藩鎮重，尾大之禍，唐卒不振。篇中利利害害，辨如列眉。惟中有感憤，故言之切摯也。」王季友曰：「唐初府兵之設，最爲得策，一變而爲彍騎，再變而爲召募，遂成藩鎮之患，宜樊川激切言之。」（高步瀛《唐宋文舉要》中冊，六四一頁）

第六節　修辭藝術之評論

評論杜牧散文之修辭藝術者，有宋沈括等二十一家之說，輯錄如下：

一、杜牧〈阿房宮賦〉誤用龍見而雩事，宇文時斛斯椿已有此繆，蓋牧未嘗讀《周書》、《隋書》也。（宋　沈括《夢溪筆談》十四，五頁）

二、南豐先生曾子固言「〈阿房宮賦〉：『鼎鐺玉石，珠瑰金礫，棄擲邐迤，秦人視之，亦不甚惜。』瑰當作塊，蓋言秦人視珠玉如土塊瓦礫也。」又言：「牧賦宏壯巨麗，馳騁上下，累數百言，至『楚人一炬，可憐焦土』，其論盛衰之變，判於此矣。」（宋　潘

淳《潘子眞詩話》，見《宋詩話輯佚》上，三七六頁）

三、牧之云：「未雩何龍。」鮑欽止謂予言：本是「未雲何龍。」當以此爲是。（宋 洪芻《洪駒父詩話》，見《宋詩話輯佚》下，五十六頁）

四、牧之〈阿房賦〉：「複道橫空，未雩何龍。」議者謂龍星也，非真龍也，不可比複道。《北史》：「源師夏以龍見請雩，時高阿那肱錄尚書事，謂爲真龍出見，大驚喜，問龍所在，作何顏色。師曰：『此是龍星初見，依禮當雩郊壇，非真龍也。』阿那肱忿然曰：『漢兒多事，強知星宿。』祭事不行。」方牧之下筆時，偶不記此耶？雖然，凡物之生於下者，皆有星主乎上。雩，《爾雅》注：吁嗟請雨。雨，龍所司也。龍星雖非真龍，所主龍也，故請雨則以其夏見之時。又《爾雅》螮蝀謂之雩。螮蝀，虹也，以比橫空之複道，又何害？（宋 朱翌《猗覺寮雜記》上，三十二至三十三頁）

五、〈阿房宮賦〉只是篇末說秦及六國處佳。若「丁頭粟粒」等語，俳優不如。（宋 陳長方《步里客談》下，二頁）

六、

裴晉公自爲誌銘曰：「裴子爲子之道，備存乎家牒。爲臣之道，備存乎國史。」杜牧亦自銘曰：「嗟爾小子，亦克厥修。」此二銘詞簡而備。（宋　王讜《唐語林》二，四十四頁）

七、杜牧賦〈阿房〉，其意遠，其辭麗。吳武陵至以王佐譽之。今用秦事參考，則其所賦可疑者多。其敘宮宇之盛曰：「覆壓三百餘里，隔離天日。」按〈始皇紀〉：「作阿房在三十五年，周馳爲閣道，自殿下直抵南山。」據地里而約計之，自渭水而南，直抵南山，僅可百許里。若從東西橫計之，則自鄠杜以至滻水，亦無百里，安得蓋覆三百餘里也。及其敘妃嬪之盛，則曰：「王子皇孫，輦來于秦，爲秦宮人，有不得見者，三十六年。」此又誤也。始皇立二十六年，初并六國，則二十五年前，未能盡致侯國子女也，安得三十六年不見御幸也耶？按〈本紀〉曰：「秦每破諸侯，寫放其宮室，作之咸陽北坂上（即渭城也），南臨渭，自雍門以東至涇渭。殿屋複道。周閣相屬，所得諸侯美人鐘鼓以充入之。」則宮室嬪御之盛，如賦所言，乃渭北宮宇中事，非阿房也。阿房終始皇之世，未嘗訖役，工徒之多，至數萬人。二世取之，以供驪山。未幾，周章軍至戲，則又取此役徒以充戰士。則是歌臺舞榭，元未落成，宮人未嘗得居也。安得有脂水可棄，而漲渭以膩也。其曰：「上可坐萬人，下可建立五丈旗」者，乃其立模期使及此，而始皇未嘗於此受朝也。則可以知其初撫未究也。而牧皆援渭北所載，以實渭南，豈非誤歟？（宋　程大昌《雍錄》一，二十至二十一頁）

八、杜牧之作〈范陽盧秀才墓誌〉曰：「生年二十，未知古有人曰周公、孔子者。」蓋謂世雖農夫卒伍，下至臧獲，皆能言孔夫子，而盧生猶不知，所以甚言其不學也。若曰：「周公、孔子」，則失其指矣。（宋　陸游《老學庵筆記》二，十五頁）

九、李光遠〈觀潮詩〉云：「默運乾坤不暫停」，……「默運乾坤」四字，重濁不成詩語，雖有出處，亦不當用，須點化成詩家材料，方可入用，……如杜牧之作〈李長吉詩序〉云：「絕去筆墨畦畛。」此得之矣。（宋　吳可《藏海詩話》一，七頁）

十、唐杜牧一代文士，其賦〈阿房〉，意遠而詞麗。……《洪駒父詩話》載鮑欽止之說，謂古本作「未雲何龍」，未知何所據。（宋　趙與時《賓退錄》七，七十五至七十六頁）

十一、杜牧之〈阿房宮賦〉云：「長橋臥波，未雲何龍。複道行空，不霽何虹。」或以雲為雩字之誤，其說幾是，然亦於理未愜。豈望橋時常晴，而觀複道必陰晦耶？「鼎鐺玉石，金瑰珠礫。」曾子固以爲瑰當作塊。言視金珠如土塊瓦礫耳。然則「鼎鐺玉石」，亦謂視鼎如鐺，視玉如石矣。無乃太艱詭而不成語乎？「棄擲邐迤」恐是「邐迤棄擲」。「滅六國者，六國也，非秦也。族秦者，秦也。非天下也。嗟乎。使六國各愛其人，則足以拒秦。使秦復愛國之人，則遞三世可至萬世而爲君。」多嗟乎字，當在滅六國上。尾句云：「亦使後人而復哀後人也。」此亦語病也。有使字則哀字下不得，不當復云後人。言哀後人，則使字當去。讀者詳之。（宋　王若虛《滹南遺老集》三十六，一八一頁）

十二、李方元曰：「沈約年八十，手寫簿書。」本杜牧所作〈方元墓誌〉。……愚按《理道要訣》云：「宋光祿大夫傅隆，年過七十，手寫籍書。梁尚書令沈約，位已崇尚，議讀實重。」蓋誤以傅隆爲沈約也。（宋　王應麟《困學紀聞》十四，十八至十九頁）

十三、杜牧之〈阿房宮賦〉：「長橋臥波，未雲何龍。」正本是雲字，後人傳寫之訛，云未雲何龍，殊爲無理。杜之意蓋謂長橋之臥波上，如龍之未得雲而飛去。正如蛟龍得雲雨，恐終非池中物之義。若加以雩字，則不惟無義，兼亦錯誤讀龍字了。《左傳》：「龍見而雩。」注：謂龍星也，非龍也，龍星未見，則不得雩。今曰：「未雩」，則龍當未見，何形可見？龍又星名，何有於長橋之勢哉？又此賦善於用事。凡作文之法，經可證史，史不可證經。前代史可證後代史，後代不可以證前。如〈阿房宮賦〉所用事，不出於秦時。只「煙斜霧橫，焚椒蘭也」二句，尤不可及，六經只以椒蘭爲香，如「有椒其馨」、「其臭如蘭」、「蘭有國香」是也。《楚辭》亦是以椒蘭爲香，如「椒漿蘭膏」是也。沈檀龍麝等字，皆出於漢。西京以後，詞人方引用。至唐人詩文，則盛引沉檀龍麝爲香，而不及椒蘭矣。牧此賦獨引用椒蘭，是不以秦時所無之物爲香也。（宋　史繩祖《學齋佔畢》二，三十二至三十三頁）

十四、杜牧之〈阿房宮賦〉，……譏之者云：誤用龍見而雩事，謂龍乃龍星，非龍也。不知杜所用乃雲從龍之龍，正取《易》雲從龍之義。蓋雲而非雩也。少陵詩云：「日落青龍現水中」，正與此同。且雲與霽正相對。若作雩，乃祭名也。有何義相涉而引以爲偶耶？（明　朱孟震《續玉笥詩談》四十頁）

十五、古詩歌俱用虛字，前一字叶韻，……而後人鮮知者。……杜牧之〈阿房宮賦〉：「明星熒熒，開粧鏡也」，八句「也」字，前一字亦俱不叶韻，乃知前人已多昧此法，……或曰：「明星熒熒」八句，鬟、蘭相叶，是隔句韻，……蓋古人用韻有此法云。（清　毛

先舒《聲韻叢說》十四至十五頁）

十六、昌黎時在字句上留意，其後門人衍成惡派，如皇甫湜等，故意將下一字移上，上一字移下，欲以見古，再傳至杜牧等，幾不可讀矣！（清　李紱《榕村全集》，《榕村語錄》二十九）

十七、杜牧〈阿房宮賦〉，讀者多於「楚人一炬，可憐焦土」句截住，終篇則云：「嗚呼」，以下感慨作結，遂疑卒章無韻。不知「卒叫」以下，直至「滅秦者非天下也」句始住。下音戶，與上舉、土二字爲韻。終篇「足以拒秦」、「萬世爲君」、「復哀後人」，自以秦、君、人三字爲韻。（清　王元啟《讀韓記疑》，輯自《全唐文紀事》十五，一九六頁）

十八、杜牧〈阿房宮賦〉：「有不得見者，三十六年。」始皇爲王二十五年，爲帝十二年，當作三十七年。（清　玉繩《瞥記》三，二十一頁）

十九、稱謂有泥古而失之者，如杜牧之〈邕府巡官裴府君墓誌〉云：「某娶裴氏，實君之私。」案《爾雅》釋親：「女子謂姊妹之夫爲私。」故〈衛風〉云：「譚公維私。」今牧之以男子借用女子之稱謂，豈不泥古而失之乎？若作實君之姊婿或妹婿，便是文從字順，各適職矣。（清　周中孚《鄭堂札記》一，三至四頁）

二十、〈如不及齋文草敘〉　昔昌黎論文，謂古者詞必己出，降而不能，乃用剽賊；剽賊者，間用古人成語，己出則自三數字以上，必自己構造。凡古人已聯絡成句者，概不假借。是說也，唐人李習之、皇甫持正、杜牧之、孫可之諸家，北宋歐、曾、王、蘇輩皆宗之。（陳衍《石遺室文四集》六十八頁）

二十一、沈傳師：「元和十二年（八一七）二月十三日自左補闕史館修撰充」《舊書》一四九〈本傳〉：「遷司門員外郎知制誥，召充翰林學士。」《新書》一三二〈本傳〉亦云：「遷司門員外郎知制誥，召入翰林爲學士」，一似自司門員外入充者。惟《樊川集》一四〈吏部沈公行狀〉云：「授太子校書、鄠縣尉、直史館、左拾遺、左補闕、史館修撰、翰林學士」，則簡而不失其序矣。（岑仲勉〈翰林學士壁記注補〉，見《史料與史學》第一冊上，一二四至一二五頁）

結語

通觀後人對杜牧散文之品評，或綜覈全體，或專論成就地位、淵源影響、體裁風格、謀略識見、修辭藝術，所見雖一鱗半爪，但大有助於研究之參考，彌足珍貴。故綜而輯之，以告世之好杜牧散文者。

第玖章　結　論

綜合前論，可知杜牧散文之寫作，蓋緣於時代激盪、家世惕厲、交遊陶染三種背景；其淵源，厥於經、史、子、集四部，均博觀而約取；其體裁，大別分論辯、傳狀、序記、書啟、碑誌、祭祝、散賦七類；其風格，雖紛繁多姿，大致仍以雄奇朗暢為主；其思想歸趨，涵蓋政治之輔君活人、軍事之平藩定邊、學術之崇儒反佛、文學之尚意慕古、人性之愛怒致惡等五項要旨；其藝術造詣，具備識見高卓、情感激越、布局靈巧、援事富贍、描摹傳神、節奏鏗鏘、造語奇俊等七種特色；其影響，包括啟迪後世之散文創作、沾溉五代北宋之唐史編纂、導引當時之軍政措施等三大層面；其後人之相關評論，亦可分就綜覈大要、成就地位、淵源影響、體裁風格、謀略識見、修辭藝術等六種角度著眼；總此各點，足證杜牧確為晚唐傑出之散文家。

吾人深感歷來於杜牧散文研究之不足，或棄而弗論，或論而弗達，或達而弗信。如錢冬父於其《唐宋古文運動》一書中探討晚唐古文，舉孫樵為代表，附論沈亞之、皮日休、陸龜蒙、羅隱四家，而不及杜牧❶，此棄而弗論之例也；宋李朴評唐人文章，以爲杜牧「體乏步驟」❷，此論而弗達之例也；王士禎於唐文最喜杜牧，「以爲在（李）翺、（皇甫）湜之右」❸，此達而弗信之例也。故窮源竟委於四部，而後知紀昀譽「牧於文章具有本末」之可信❹；明於杜牧造語有極淺白流暢者，而後知清李紱稱其學韓愈移易字句，「欲以見古」，「幾不可讀」之未得其實❺。蓋本文鑑於前人研究之得失，故以考察《樊川文集》爲主，參酌先賢品評爲輔，窮深致遠，庶免游談無根之譏也。

昔全祖望推崇「杜牧之才氣，其唐長慶以後第一人耶？」❻余以爲杜牧大有功於散文體裁之開拓，如揚棄碑誌板重之格套，開宋代文賦之先河，致力「原」、「言」、「辯」、「文」、「錄」、「題後」、「送序」、「碑陰」、「公署廳壁記」、「書畫器物記」等新興體類之創作，皆突破陳規，自鑄偉制。其於風格之展現尤富異采；辭暢氣盛，博辯雄恣，蓋迥別於唐宋八家。而爲文壇獨步，故洪亮吉許爲「文不同韓、柳」，而「別成一家，可云特立獨行之士矣。」❼其於思想之開展亦卓然有成；如軍國大論之反映現實，文學見解之匡拯時偏，甚至政治、學術、人性方面之觀點，皆承遞中唐，肇啟北宋，而有千古不可泯滅之見解存乎其間。其於藝術之修爲復與衆不同；體其情志，觀其布局，察其手法，味其字句，諷其聲調，而後見其〈阿房宮賦〉、〈燕將錄〉、〈罪言〉、〈原十六衛〉、〈戰論〉、〈守論〉等篇之所以高標百世而不朽者，殆非偶然。

杜牧之文，上追先秦，下啟北宋，承韓、柳未竟之業，開歐、蘇風氣之先，不唯於唐宋八家有接續之功，於我國散文演進更發揮轉關之效。故錢基博譽為「得韓公之雄直，而力祛澀艱；開宋人之機利，而妙盡頓挫。」❽足證在我國散文發展史上，有其不容忽視之重要地位。今後治唐、宋散文而復好杜牧之學者，曷不破除以詩廢文之故步，留意於其散文之成就乎！

---

❶ 參見該書第五章。

❷ 引文見〈送徐行中序〉，宋王正德《餘師錄》卷三「李朴」轉引。

❸ 引文見《居易錄》卷十九。

❹ 引文見《四庫提要》卷一五一「樊川文集」條。

❺ 引文見《榕村語錄》卷二十九，收於《榕村全集》。

❻ 引文見〈杜牧之論〉，《鮚埼亭集》外編卷三十七。

❼ 引文見《北江詩話》卷一。

❽ 引文見《中國文學史》上冊，頁四二三。

附表

一、杜牧散文編年表

編年部分

寫作時間	篇名	備註
唐敬宗寶曆元年乙巳（八二五）	阿房宮賦	參見繆鉞《杜牧年譜》頁十三考證。（簡稱「繆《年譜》頁十三。」）
唐文宗大和元年丁未（八二七）	燕將錄	繆《年譜》頁十五。
	竇列女傳	繆《年譜》頁十六。
	同州澄城縣戶工倉尉廳壁記	繆《年譜》頁十五。
大和五年辛亥（八三一）	李賀集序	篇云本年受沈子明之託而作。
大和八年甲寅（八三四）	罪言	繆《年譜》頁廿九。

編年部分

年份	篇目	說明
大和八年甲寅（八三四）	原十六衛	繆《年譜》頁三十四。
	淮南監軍使院廳壁記	篇云撰於本年。
開成元年丙辰（八三六）	（唐故銀青光祿大夫檢校）禮部尚書（御史大夫充浙江西道都團練觀察處置等使上柱國清河郡開國公食邑二千戶贈吏部尚書）崔公行狀	篇云崔公薨於本年，姑繫於此。
開成二年丁巳（八三七）	（唐故平盧軍節度巡官隴西）李府君墓誌銘	篇云李戡卒於本年，姑繫於此。
開成三年戊午（八三八）	投知己書	篇云大和二年舉進士，本文作於其後十載，則當繫於此。
開成四年己未（八三九）	唐故岐陽公主墓誌銘	參見郭文鎬〈杜牧詩文系年小札〉（《人文雜誌》一九八九年第五期，頁一一九）考證。（簡稱「郭〈小札〉頁一一九。」）
	唐故范陽盧秀才墓誌	繆《年譜》頁四十六。
唐武宗會昌元年辛酉（八四一）	與浙西盧大夫書	繆《年譜》頁四十八。
	上宣州崔大夫書	參見胡可先〈杜牧詩文編年補正〉（《四川大學學報》一九八三年第一期，頁五十八）考證。（簡稱「胡〈補正〉頁五十八。」）

編年部分		
會昌元年辛酉（八四一）	唐故灞陵駱處士墓誌銘	篇云駱峻卒於本年，姑繫於此。
會昌二年壬戌（八四二）	上李中丞書	繆《年譜》頁五十一。
	上池州李使君書	繆《年譜》頁五十五。
	上知己文章啟	郭〈小札〉頁一二〇。
會昌三年癸亥（八四三）	塞廢井文	本文作于會昌二年春至四年秋，牧任黃州刺史期間，姑繫於此。
	上李司徒相公論用兵書	《資治通鑑》卷二四七〈唐紀〉繫於本年四月。
	上門下崔相公書	牧於〈上安州崔相公啟〉提及會昌三年八月所獻長啟，蓋指本篇。
	祭城隍神祈雨文	〈祭城隍神祈雨第二文〉云擔任黃州刺史十六月，可推作於本年。
	祭城隍神祈雨第二文	篇云擔任黃州刺史十六月，可推作於本年。

編年部分		
會昌四年甲子（八四四）	上李太尉論北邊事啟	繆《年譜》頁六十。
會昌五年乙丑（八四五）	池州造刻漏記	篇云撰於本年。
	池州重起蕭丞相樓記	篇云新樓峻工於本年。
	上李太尉論江賊書	繆《年譜》頁六十二。
	上安州崔相公啟	郭〈小札〉頁一二二。
	（唐故宣州觀察使御史大夫）韋公墓誌銘并序	篇云韋溫逝於本年，姑繫於此。
	唐故處州刺史李君墓誌銘并序	篇云李方玄卒於本年，姑繫於此。
會昌六年丙寅（八四六）	上宣州高大夫書	胡〈補正〉頁五十九。
	祭木瓜神文	篇云撰於本年。

編年部分		
唐宣宗 大中元年丁卯 （八四七）	送盧秀才赴舉序	繆《年譜》頁六十九。
大中二年戊辰 （八四八）	宋州寧陵縣記	篇云撰於本年。
	上刑部崔尚書狀	繆《年譜》頁七十。
	唐故邕府巡官裴君墓誌銘	篇云裴希顏卒於本年，姑繫於此。
大中三年己巳 （八四九）	上周相公書	繆《年譜》頁七十四。
	上宰相求杭州啟	繆《年譜》頁七十七。
	唐故江西觀察使武陽公韋公遺愛碑	篇云本年奉詔而撰。
	（唐故太子少師奇章郡開國公贈太尉）牛公墓誌銘并序	繆《年譜》頁七十九。
	唐故歙州刺史邢君墓誌銘并序	篇云邢羣大和三年（八二九）卒，考其會昌時在世，則當爲大中三年（八四九）之誤，姑繫於本年。

編年部分		
大中四年庚午（八五〇）	杭州新造南亭子記	篇云宣宗在位，杭州地近湖州，當作於大中四年牧任湖州刺史任內，姑繫於此。
	上河陽李尚書書	繆《年譜》頁八十四。
	上宰相求湖州第一啟	繆《年譜》頁七十九。
	上宰相求湖州第二啟	繆《年譜》頁七十九。
	上宰相求湖州第三啟	繆《年譜》頁七十九。
大中五年辛未（八五一）	上鹽鐵裴侍郎書	繆《年譜》頁八十七。
	唐故進士龔軺墓誌	篇云撰於本年。
	祭龔秀才文	篇云撰於本年。
	祭周相公文	篇云撰於本年。

編年部分

年代	篇名	備註
大中六年壬申（八五二）	薦韓乂啟	參見郭文鎬〈杜牧詩文系年小札〉（《人文雜誌》一九八四年第六期，頁一二二）考證。
	（唐故東川節度使檢校右僕射兼御史大夫贈司徒）周公墓誌銘	篇云周墀歸葬於本年，姑繫於此。
	（唐故淮南支使試大理評事兼監察御史）杜君墓誌銘	篇云杜顗歸葬於本年，姑繫於此。
	自撰墓誌銘	繆《年譜》頁九十。

不編年部分

年代	篇名	備註
作年不詳	戰論	
	守論	
	論相	
	三子言性辯	
	張保皋鄭年傳	

不編年部年

作年不詳

（唐故尚書）吏部侍郎（贈吏部尚書）沈公行狀

題荀文若傳後

注孫子序

送薛處士序

上昭義劉司徒書

與人論諫書

答莊充書

與汴州從事書

薦王寧啟

不編年部分		
作年不詳		
爲堂兄慥求澧州啟	書處州韓吏部孔子廟碑陰	唐故復州司馬杜君墓誌銘并序

二、杜牧散文體裁及著錄一覽表

體裁	篇名	樊川文集（卷）	文苑英華（卷）	唐文粹（卷）	全唐文（卷）
論	罪言	五	三七五	四八	七五四
	原十六衛	五	三七五	四八	七五四
	戰論	五	七四三	三七	七五四
	守論	五	七四三	三七	七五四
	論相	五	七五〇	三五	七五四
辯	三子言性辯	六	三六七	四六	七五四

論辯	塞廢井文	六	三六四		七五四
傳狀	燕將錄	六	七九五	一〇〇	七五六
	張保皋鄭年傳	六	七九五		七五六
	竇列女傳	六	七九五		七五六
	（唐故銀青光祿大夫檢校）禮部尚書（御史大夫充浙江西道都團練觀察處置等使上柱國清河郡開國公食邑二千戶贈吏部尚書）崔公行狀	十四	九七七		七五六
	（唐故尚書）吏部侍郎（贈吏部尚書）沈公行狀	十四	九七七		七五六
序記	題荀文若傳後	六			七五四
	李賀集序	十	七一四	九三	七五三
	注孫子序	十	七三八	九五	七五三

序	送薛處士序	十	七三三	九八	七五三
	送盧秀才赴舉序	十			七五三
	杭州新造南亭子記	十	八三四		七五三
	池州造刻漏記	十	八三二		七五三
	池州重起蕭丞相樓記	十			七五三
	同州澄城縣戶工倉尉廳壁記	十	八〇五		七五三
	宋州寧陵縣記	十			七五三
記	淮南監軍使院廳壁記	十	八〇二		七五三
書啓	上李司徒相公論用兵書	十一		八〇	七五一

書				啓
上李太尉論江賊書	十一			七五一
上門下崔相公書	十一			七五一
上昭義劉司徒書	十一		八〇	七五一
上周相公書	十二	六八四	八〇	七五二
上宣州高大夫書	十二	六九〇	八三	七五二
上李中丞書	十二			七五二
與人論諫書	十二	六七六	八三	七五二
與浙西盧大夫書	十二	六七二		七五二
上宣州崔大夫書	十三	六七二		七五一

書				
上池州李使君書	十三	六七二		七五一
投知己書	十三	六九二		七五一
答莊充書	十三	六八一	八四	七五一
上河陽李尚書書	十三	六七一		七五一
上鹽鐵裴侍郎書	十三	六七一		七五一
與汴州從事書	十三			七五一
啓				
上李太尉論北邊事啟	十六		八〇	七五二
上刑部崔尚書狀	十六			七五〇
上安州崔相公啟	十六			七五二

類別	篇名				
書啓	薦韓乂啟	十六	六五三		七五二
書啓	上知己文章啟	十六	六五七	八五	七五二
書啓	薦王寧啟	十六	六五二		七五二
書啓	上宰相求湖州第一啟	十六	六六〇		七五三
書啓	上宰相求湖州第二啟	十六	六六〇		七五三
書啓	上宰相求湖州第三啟	十六	六六〇		七五三
書啓	上宰相求杭州啟	十六	六六〇		七五三
書啓	為堂兄慥求澧州啟	十六	六六〇		七五三
碑誌	書處州韓吏部孔子廟碑陰	六	八四六	五一	七五四

碑				
唐故江西觀察使武陽公韋公遺愛碑	七	八七〇		七五四
誌				
（唐故太子少師奇章郡開國公贈太尉）牛公墓誌銘并序	七	九三八	六八	七五五
（唐故東川節度使檢校右僕射兼御史大夫贈司徒）周公墓誌銘	七	九三八		七五五
唐故岐陽公主墓誌銘	八	九六九	五五下	七五六
（唐故宣州觀察使御史大夫）韋公墓誌銘并序	八	九三九		七五五
唐故處州刺史李君墓誌銘并序	八	九五四		七五五
唐故歙州刺史邢君墓誌銘并序	八	九五四		七五五
（唐故平盧軍節度巡官隴西）李府君墓誌銘	九	九五八		七五五
（唐故淮南支使試大理評事兼監察御史）杜君墓誌銘	九	九五八		七五五

類別	篇名				
碑誌	唐故灞陵駱處士墓誌銘	九	九六二		七五六
	唐故復州司馬杜君墓誌銘并序	九	九五八		七五五
	唐故邕府巡官裴君墓誌銘	九	九五八		七五五
	唐故范陽盧秀才墓誌	九	九六二		七五五
	唐故進士龔軺墓誌	九	九六二		七五五
	自撰墓誌銘	十	九四六		七五四
祭祝	祭城隍神祈雨文	十四	九九六		七五六
	祭城隍神祈雨第二文	十四	九九六		七五六
	祭木瓜神文	十四	九九七		七五六

祭祝	祭周相公文	十四	九八九		七五六
	祭龔秀才文	十四			七五六
散賦	阿房宮賦	一	四七	一	七四八

主要參考書目

一、杜牧研究專著論文類

樊川文集　杜　牧　商務四部叢刊影印明翻宋刊本

樊川文集　杜　牧　上海古籍出版社今人陳允吉點校本

樊川詩集注　杜　牧　漢京四部刊要清馮集梧注本

杜牧研究　謝錦桂毓　商務印書館

杜牧　顏崑陽　河洛出版社

杜牧之研究　陳恩綺　臺大四十七年度碩士論文

杜牧之研究　吳洙亨　臺大七十二年度碩士論文

杜牧研究資料彙編　譚黎宗慕　藝文印書館

杜牧年譜　繆　鉞　人民文學出版社
杜牧論稿　吳在慶　廈門大學出版社
文學史上的杜牧　謝錦桂毓　中外文學第三卷第九、十期
杜牧交遊考　王先漢　中華學苑第六期
略論杜牧的文和賦　王西平等　齊魯學刊一九八五年第三期
杜牧政論詩文初探　張嘯虎　羣衆論叢一九八〇年第三期
論杜牧之寫作背景　張再富　文海第十九期
從杜牧詩文看杜牧的政治軍事思想　王西平等　人文雜誌一九八二年第六期
杜牧文學思想初窺　王西平等　晉陽學刊一九八五年第四期
杜牧的文學思想　張金海　文學遺產一九八三年第三期
杜牧詩文編年補正　胡可先　四川大學學報一九八三年第一期
杜牧詩文繫年小札　郭文鎬　人文雜誌一九八四年第六期
杜牧詩文繫年小札　郭文鎬　人文雜誌一九八九年第五期

二、經史子類

十三經注疏		藝文印書館
戰國策	劉　向	里仁書局
史記	司馬遷	藝文印書館
漢書	班　固	藝文印書館
後漢書	范　曄	藝文印書館
三國志	陳　壽	藝文印書館
通典	杜　佑	新興書局
舊唐書	劉昫等	藝文印書館
唐會要	王　溥	商務印書館
唐書	歐陽修等	藝文印書館
資治通鑑	司馬光	明倫出版社
通志	鄭　樵	商務印書館
崇文總目	歐陽修等	商務印書館
郡齋讀書志	晁公武	商務印書館
直齋書錄解題	陳振孫	商務印書館
文獻通考	馬端臨	商務印書館

四庫全書總目提要 紀昀 商務印書館

隋唐史 王壽南 三民書局

荀子 荀況 商務印書館

孫子 孫武 藝文印書館

孔子家語 王肅 世界書局

唐摭言 王定保 世界書局

三、詩文集類

昌黎先生集 韓愈 國立故宮博物院影印宋刊本

柳宗元集 柳宗元 漢京四部刊要今人吳文治校點本

皮子文藪 皮日休 商務四部叢刊影明刊本

黃御史集 黃滔 商務四部叢刊影明刻本

潞公文集 文彥博 商務印書館

歐陽文忠公文集 歐陽修 商務四部叢刊影印元刊本

嘉祐集 蘇洵 商務四部叢刊影印宋鈔本

蘇東坡集　蘇軾　商務印書館國學基本叢書
欒城集　蘇轍　商務四部叢刊影印明蜀府活字本
欒城應詔集　蘇轍　商務四部叢刊影宋寫本
江湖長翁集　陳造　商務印書館
宋學士全集　宋濂　藝文印書館
文苑英華　李昉等　新文豐出版社
唐文粹　姚鉉　商務四部叢刊影明刻本
古文淵鑑　徐乾學等　學部圖書局
全唐文　董誥等　大化書局

四、詩文論類

文心雕龍　劉勰　商務四部叢刊影明刊本
文章辨體序說　吳訥　泰順書局
文體明辨序說　徐師曾　泰順書局
全唐文紀事　陳鴻墀　世界書局

藝概	劉熙載	華正書局
越縵堂讀書記	李慈銘	中華書局
漢魏六朝專家文研究	劉師培	育民出版社
駢文與散文	蔣伯潛	世界書局
體裁與風格	蔣伯潛	世界書局
中國散文論	方孝岳	清流出版社
古文通論	馮書耕等	中華叢書編審委員會
文心雕龍研究	王師更生	文史哲出版社
文心雕龍讀本	王師更生	文史哲出版社
中國文學的本源	王師更生	學生書局
修辭學	黃師慶萱	三民書局
散文結構	方師祖燊等	蘭臺書局
韓愈研究	羅聯添	學生書局
唐代古文運動探究	黃春貴	八德教育文化出版社
宋代古文運動探究	黃春貴	文笙書局
北宋的古文運動	何寄澎	幼獅文化事業公司

文氣與文章創作關係研究　朱榮智　師大書苑
唐末五代散文研究　呂武志　學生書局
古代散文文體概論　陳必祥　文史哲出版社
中國古代文體學　褚斌杰　學生書局
中國散文藝術論　李正西　貫雅文化公司
唐代古文運動通論　孫昌武　百花文藝出版社
唐代古文運動論稿　劉國盈　陝西人民出版社
唐宋散文　葛曉音　上海古籍出版社
唐宋古文運動　錢冬父　國文天地雜誌社
歷代散文叢談　郭預衡　山西人民出版社
文章例話　周振甫　蒲公英出版社

五、文學史類

中國文學史　林傳甲　學海出版社
中國文學史　錢基博　海國書局

中國文學發展史　劉大杰　華正書局
中國文學史初稿　邱師燮友等　福記文化圖書有限公司
中國文學史　葉師慶炳　學生書局
中國文學批評史　郭紹虞　明倫出版社
中國文學批評史　羅根澤　學海出版社
中國文學批評史　劉大杰　匯文堂
中國散文史　陳柱　商務印書館
中國散文演進史　倪志僩　長白出版社
中國散文史（上冊）　郭預衡　上海古籍出版社
古文運動史略　邱師燮友　師大四十八年度碩士論文
隋唐五代文學思想史　羅宗強　上海古籍出版社

六、期刊報紙類

簡論我國散文的立體、命名與定義　王師更生　孔孟月刊第二十五卷第十一期
論我國古今散文體類分合之價值原則與方法　王師更生　孔孟學報第五十四期

論中國散文之藝術特徵　王師更生　教學與研究第九期
唐宋八大家及其散文藝術　王師更生　中國學術年刊第十期
唐宋散文作家與古文運動　王師更生　中華文化復興月刊第廿二卷第三期
唐宋八大家散文寫作藝巧淺探　王師更生　台北市國學講座專輯第五輯
經典的散文　王師更生　國語日報七十五年七月廿七日
先秦諸子的散文　王師更生　國語日報七十五年八月廿四日
史傳散文　王師更生　國語日報七十五年九月廿八日
兩漢散文（上）　王師更生　國語日報七十五年十月廿六日
兩漢散文（下）　王師更生　國語日報七十五年十一月廿三日
魏晉南北朝散文　王師更生　國語日報七十五年十二月廿八日
唐宋八大家散文（上）　王師更生　國語日報七十六年一月廿五日
唐宋八大家散文（下）　王師更生　國語日報七十六年二月廿三日
中晚唐古文趨向新議　葛曉音　北京大學學報一九八五年第五期
論唐代的古文革新與儒道演變的關係　葛曉音　中國社會科學一九八七年第一期
從韓柳歐蘇文看唐宋文的差異　洪本健　文史哲一九九〇年第三期
談文章的氣勢　朱正華　浙江師範大學學報一九八五年二期

國立中央圖書館出版品預行編目資料

杜牧散文研究／呂武志著.--初版--臺北市：
臺灣學生，民83
面；　公分.--
參考書目：面　ISBN 957-15-0603-6（精裝）.--ISBN 957-15-0604-4（平裝）

1.（唐）杜牧 - 學術思想 - 中國散文　2.中國散文 - 歷史與批評 - 唐（618-907）

825.84　　83002444

杜牧散文研究（全一冊）

著作者：呂武志
出版者：臺灣學生書局
發行人：丁文治
發行所：臺灣學生書局
臺北市和平東路一段一九八號
郵政劃撥帳號〇〇〇二四六六八號
電話：三六三四一五六
FAX：三六三六三三四
本書局登記證字號：行政院新聞局局版臺業字第一一〇〇號
印刷所：淵明電腦排版
地址：永和市福和路一六四號四樓
電話：二三一三六一六
香港總經銷：藝文圖書公司
地址：九龍偉業街九十九號連順大廈五字樓及七字樓
電話：七九五九五九五

定價 精裝新臺幣三三〇元 平裝新臺幣二七〇元

中華民國八十三年五月初版

82503

ISBN　957-15-0603-6（精裝）
ISBN　957-15-0604-4（平裝）

臺灣學生書局出版

中國文學研究叢刊

①詩經比較研究與欣賞　裴普賢著
②中國古典文學論叢　薛順雄著
③詩經名著評介　趙制陽著
④詩經評釋　朱守亮著
⑤中國文學論著譯叢（二册）　王秋桂編
⑥宋南渡詞人　黃文吉著
⑦范成大研究　張劍霞著
⑧文學批評論集　張健著
⑨詞曲選注　王熙元等編著
⑩敦煌兒童文學　雷僑雲著
⑪清代詩學初探　吳宏一著
⑫陶謝詩之比較　沈振奇著
⑬文氣論研究　朱榮智著
⑭詩史本色與妙悟　龔鵬程著
⑮明代傳奇之劇場及其藝術　王安祈著
⑯漢魏六朝賦家論略　何沛雄著
⑰古典文學散論　王熙元著
⑱晚清古典戲劇的歷史意義　陳芳著
⑲趙甌北研究（二册）　王建生著
⑳中國兒童文學研究　雷僑雲著
㉑中國文學的本源　王更生著
㉒中國文學的世界　前野直彬著　龔霓馨譯
㉓唐末五代散文研究　呂武志著
㉔元白新樂府研究　廖美雲著
㉕五四文學與文化變遷　中國古典文學研究會主編
㉖南宋詩人論　胡明著
㉗唐詩的傳承——明代復古詩論研究　陳國球著

㉘中外比較文學研究　第一冊（上、下）	李達三 劉介民 主編
㉙文學與社會	中國古典文學 研究會主編
㉚中國現代文學新貌	陳炳良 編
㉛中國古典文學研究在蘇聯	俄・李福清著 田大畏 譯
㉜李商隱詩箋釋方法論	顏崑陽 著
㉝中國古代文體學	褚斌杰 著
㉞韓柳文新探	胡楚生 著
㉟唐代社會與元白文學集團關係之研究	馬銘浩 著
㊱文轍（二冊）	饒宗頤 著
㊲二十世紀中國文學	中國古典文學 研究會主編
㊳牡丹亭研究	楊振良 著
㊴中國戲劇史	魏子雲 著
㊵中外比較文學研究　第二冊	李達三 劉介民 主編
㊶中國近代詩歌史	馬亞中 著
㊷近代曲學二家研究 ——吳梅・王季烈	蔡孟珍 著
㊸金元詞史	黃兆漢 著
㊹中國歷代詩經學	林葉連 著
㊺徐霞客及其遊記研究	方麗娜 著
㊻杜牧散文研究	呂武志 著